KB000927

나는, 자정에 결혼했다

나는, 자정에 결혼했다

지은이 한지수
펴낸이 임상진
펴낸곳 도서출판 넥서스

초판1쇄 인쇄 2024년 7월 25일
초판1쇄 발행 2024년 7월 31일

등록 2011년 10월 19일 제406-251002011000302호
주소 10880 경기도 파주시 지목로 5 (신촌동)
전화 (02)2088-2013

ISBN 978-89-98454-78-4 03810

가격은 뒤표지에 있습니다.
잘못 만들어진 책은 구입처에서 바꾸어 드립니다.

엔드리스(Endless) 시리즈는 도서출판 넥서스가 '문학의 영원함'을
캐치프레이즈로 삼아, 탁월한 한국문학 작품을 엄선하여 재출간하는
프로젝트입니다.

Endless 02

나는, 자정에 결혼했다

한지수 소설집

&

작가의 말

작가의 말을 다시 쓰게 되었다.

여러분의 배려로 첫 소설집이 새로 태어난 것이다. 다시 태어날 수 있다니, 얼마나 감사한 일인지!

2010년 가을로부터 십여 년의 시간이 흘렀다. 그 우여곡절의 시간을 지나면서 계속 소설을 쓰게 한 힘은 이 소설집을 통해서였다. 이 책을 읽은 분들이 매체를 통한 리뷰나 개인 연락처를 통해 진심 어린 축하와 격려를 보내주셨다. 그동안 글을 안 쓰고 어떻게 살았느냐, 이제라도 다행이다, 한국문학에서 이 작가의 자리가 있을 것이라고 믿는다, 앞으로의 행보를 지켜보겠다, 등등. 그분들이 보낸 인사는 소설을 오래 써도 되겠다는, 계속 직진하라는 따듯한 신호였다.

2010년 10월의 한지수는, 작가의 말에서 '나를 둘러싼 불친절한 세상에 감사한다'라고 말했다. '만약 세상이 내 앞에서 언제나 친절했다면, 소설 쓰기를 계속했을까'라면서 '그 친절한 세상을 반성 없이 누리면서 정수리가 뜨겁도록 고민하지 않았을 것이고, 내가 옳다고 믿는 것에 대해 의심해 보는 일도 못했을 것'이라고 썼다. 이 생각은 지금도 변함이 없다.

어떤 불친절은 특정한 사람을 더욱 단련시킨다. 병 주고 약 주는 세상에서 훨씬 많은 이야기가 태어나니까. 그래서 내 이야기는 대상이 분명하다. 사랑을 사랑하거나 이해를 이해하는 관념적인 방식이 아니라, 살아있는 대상을 그대로 보여준다. 그러기 위해 늘 소설의 현장으로 달려간다. 또한 남성성과 여성성이라는 이분법적 편견이 내게는 없다. 누군가의 평론처럼 '지독하게 공정한 시선'으로 인간성을 보여주려고 노력할 뿐이다.

여기에 실린 일곱 편의 작품은 내가 만났던 그 불친절한 세상에 대한 기록들이다.

태국어 '사이룽'은 무지개라는 뜻인데 「열대야에서 온 무지

개」에서 '사이란'이라는 이름의 주인공이 되었다. 이 소설을 쓸 때 나는 오산시청에서 주최하는 다문화가정 도우미로 일하고 있었다. 다문화가정 여성들에게 한글을 가르치면서 오히려 내가 한국어를 깊이 깨우치는 계기 되었는데, 배움이 결코 일방적이지 않다는 말을 실감했다.

「천사들의 도시」 주인공인 제임스를 만나기 위해 방문했던 5월의 필리핀 앙헬레스 시티. 그 뜨거운 천사들의 도시에서 본 이민자들의 모습은 장편소설로까지 이어졌다.

「미란다 원칙」의 착하고 싶지 않은 사회복지사와 공황장애를 앓는 치과의사를 위해 잠시 쉬어갈 수 있는 「페르마타」를 구상했다. 이탈리아의 어느 마을을 지나다가 정거장을 페르마타라고 표시한 걸 보았을 때 인생의 쉼표가 아닐까, 하는 생각을 했다. 엘리베이터 층수를 '피아노 레벨'이라고 표기하는 이탈리안의 사고방식이 내 정서와 닮아 있었다.

어느 한의사의 여동생이 항암 치료를 거부하고서 일찍 떠났다는 말을 듣고 「배꼽의 기원」을 쓰게 되었다. 그때 여성과 자궁에 관한 공부를 많이 했다.

「이불 개는 남자」는 유일하게 공부하지 않고, 현장에서 쓴 소설이다. 그 당시에 부대끼는 일이 있어서인지 마감 날짜를 지킬 수 없었다. 궁지에 몰려 괴로워하다가 편집자에게 5일간의 시간을 더 얻었다. 그 길로 접이식 탁자와 노트북을 가지고 칠곡 저수지 부근의 모텔촌으로 달려갔다. 그리고 소설의 장소인 506호에 입실했다. 이 소설은 그 모텔 방에서 3박 4일 동안 쓴, 내 피를 말린 소설이다.

내가 '르네 마그리트'의 그림에 빠져 있을 때 쓴 중편이 「나는, 자정에 결혼했다」이다. 제목을 미리 정해놓고 그린 듯 문학적인 그의 그림을 초현실주의라고 하는데, 정말로 그의 세계는 초현실적이었다.

그때 만난 내 소설의 주인공들은 지금쯤 편안해졌을까?

그 시간에 만난 주인공들과 지금 이 글을 읽는 독자들이 모두 행복했으면 좋겠다. 진심으로!

2024년 여름, 한지수

차례

어딘가에서 '똑똑' 문 두드리는 소리가 들리는 것 같았다. 그렇게 해서 서툴고 조심스러운 그 꽃들의 위로가 시작되었다. 마치 내 마음의 문을 노크하듯이, 뜨겁고 축축한 아이들의 손이 다투어가며 내 등을 두드렸다.

미란다 ——— 원칙

◆

녀석을 만난 건, 내 혈액형이 막 O형으로 바뀐 무렵이었다. 녀석은 경기도 남부에 있는 모 건설업체라는 조직의 중간 보스였는데, 내가 일하고 있는 복지관으로 무려 삼백 시간의 사회봉사를 나왔다. 그날부터 지루하기 짝이 없던 복지관 마당에 색다른 풍경이 펼쳐졌다. 그의 수하에 있는 조직원들이 복지관으로 출퇴근을 시작한 것이었다.

녀석은 첫날부터 내게 '형님'이라고 깍듯이 인사를 건넸다.

"형님, 명령만 내려주십쇼 형님!"

그러고는 그 큼직한 머리통을 아래로 팍 떨어뜨리는 것이었다. 하마터면 나는 무릎을 꿇고 녀석의 머리를 들어 올릴 뻔했다. 어디에선가 쿡쿡거리는 웃음소리가 들려오지 않았다면 나는 정말로 무릎을 꿇었을 것이다. 무릎이 휘청하는 순간 들려온 그 응원의 소리가 아니었다면.

내가 담임을 맡은 반의 장애인 학생들이 창가로 몰려나와 웃고 있었다. 애써 웃지 않아도 언제나 만개한 꽃처럼 웃는 얼굴로 태어난 아이들. 창문에 매달린 절반의 꽃들이 다운 증후군의 얼굴이었다. 저 꽃들에게 나는 부모 이상의 존재일 때가 있다. 나는 최근에 바뀐 혈액형을 떠올리고는 버티기에 돌입했다. 녀석의 머리통이 다시 올라오기를 초조하게 기다리면서 억겁의 시간을 온몸으로 체험하고 있었다. 손바닥이 축축해지고 달아올랐던 등이 서늘해질 때쯤 불그레한 녀석의 얼굴이 쑥 올라왔다.

나는 탈진한 음성으로 작업 명령을 내렸다.

"잔디부터 깎아보죠, 뭐……"

내 말이 끝나기도 전에 복지관 마당에 둘러섰던 조직원들이 일제히 머리를 조아리며 '예, 형님!'을 복창했다.

내 혈액형은 A형이었다. 학교나 군대에서 했던 검사에서도 언제나 A형이었다. 따라서 지금까지의 내 인생은 항간에 떠도는 A형에 대한 통계적인 소견으로 살아왔다고 해도 과언이 아니다. 소심해서 콩 심은 데 콩 나지만, 내심으로는 팥 심은 데서 진주라도 열리기를 바라고, 주사 맞기를 죽도록 싫어하며, 막다른 골목에 내몰리면 '에라!' 하고 나자빠져 버리는 극단주의자로 살아온 것이다. 그런 내 몸의 피를 갈아버리고 싶은 적이 어디 한두 번이었던가.

성격은 바꾸지 못한다는 말이 있다. 그 말은 곧 피를 바꿀 수 없다는 말이라고 나는 굳게 믿어왔다. 그런데 삼십 년 만에 그 피가 바뀌었다.

복지관 직원들이 처음으로 정밀한 건강검진을 받던 날, 내 혈액형이 O형이라는 판정이 나온 것이다. 피를 함부로 바꾸는 게 아니라며 고집을 피우는 바람에, 나는 피검사를 네 번이나 더 해야 했다. 어느 사람도, 심지어 연로한 내 부모까지도 내가 O형일 거라는 생각은 하지 않았다. 그들 말처럼 내 심장은 쥐좆만했으니까.

내가 '쥐좆'이 된 것은 공군에 입대하고 헌병 특기를 받았을 때였다. 헌병 모자는 군청색 바탕에 M·P라는 흰색 글씨가 커다랗게 쓰여 있었는데 그것이 발단이었다. M·P는 '밀리터리 폴리스맨'의 약자였지만, 내무반 동기들이 그것을 '마우스 페니스Mouse Penis'로 확대? 해석해버린 것이다. 물론, 그 해석이 나온 배경에는 소심한 내 성격이 한몫했을 것이다. 나는 그때부터 '쥐좆'이 되었다.

'쥐좆'으로 호명되면 곧 대답해야 했다. 그렇지 않으면 내무반 문밖에 선 채, '쥐좆'을 복창하면서 떨어야 했다. 나는 언제나 그 부름에 흔쾌히 응했다. 별명이 좋아 죽겠다는 듯 눈가에 웃음을 머금고 전신을 일자로 빳빳하게 만들면서 우렁차게 대답했다. 그러나 마음속까지 흔쾌할 수는 없었다. 그 '쥐'라는 말만 들어도 내 심장의 피돌기가 빨라진다는 사실을 주변의 누구도 눈치채지 못했다.

나는 태어나면서부터 착하다는 말을 들었다. 진통도 없이 세상에 나와 첫울음을 터트리고서 다시는 울지 않았다고 한다. 그렇게 예고도 없이 불쑥 나오는 바람에 엄마는 고춧대를 나르던 밭둑에서 나를 받아내야 했다. 나는 배가 고파도 울지 않는 대신에 두 주먹을 보라색이 되도록 꼭 쥐었다고 한다. 그런 나에게 대다수 사람은 '착하다'고 입을 모았고, 나는 그 말을 거름처럼 먹고 자라서 결국 사회복지사가 되었다.

얼마 전에는 국무총리가 주는 선행상을 받았다. 그리고 매스컴의 여론몰이 덕분에 날개 없는 천사로 불리게 되었다. 그때 나는 무엇이 선행인지의 여부를 스스로 점검해볼 시간을 가져보지도 못한 채 상장과 부상을 받아 들고 카메라를 향해 웃었다. 바로 눈앞에서 카메라 플래시가 터지는 바람에 단상을 내려오다가 발을 헛디뎠다. 식은땀이 흘렀다. 교회 성가대에서 하느님을 찬양하고 내려올 때 흘리던 땀과는 다른 것이었다. 점도가 높아서인지 아주 끈적끈적했다. 어떤 성분인지 손가락으로 찍어서 맛을 보고 싶을 정도로 종잡을 수 없는 기분이었다.

시상식장을 나오는데 길 건너편에 있는 복권방이 눈에 들어왔다. 나는 신호를 무시하면서 사 차선의 차도를 가로지르며 길을 건넜다. 그리고 복권을 샀다. 이유는 단 한 가지, 당첨되면 미련 없이 직장을 그만두기 위해서였다. 내게는 할인판매를 기다리는 연로한 부모가 있었다.

동네에는 때아닌 영정사진 바람이 불었다. 반액 할인판매를 내걸고 동네에 침투한 사진사 덕분이었다. 아버지는 이미 사진을 찍은 모양이었다. 정수리의 머리숱을 좀 더 보충해달라는 주문을 했다며 멋쩍어했지만, 무척 들떠 보였다. 다가올 죽음에 대한 설렘인지, 풍성해질 머리숱에 대한 기대인지 도무지 알 수 없었다.

그 주말에 나는 로또 용지를 들고 티브이 앞에 앉아서 숫자가 쓰인 공들이 투명한 통 속에서 돌아가는 것을 뚫어지게 바라보고 있었다. 6번 공이 또르르 굴러 나왔다. 내가 원하는 숫자가 아니었다. 다시 공들이 돌아가기 시작했다. 그 순간 통 속에서 돌아가는 숫자들이 각기 내 성격의 한 단면처럼 느껴졌다. 1번에서 45번까지의 나. 아니, 그보다 더 많은 내가 아우성을 치면서 들끓어대고 있는 것 같았다.

나는 빗나간 로또 용지를 잘게 찢으면서 생각했다. 저 많은 숫자 중에서 어떤 번호가 튀어나올는지 알 수 없는 것처럼, 내 속에 들어있는 무수한 '나'도 마찬가지라고.

내가 담임을 맡은 반은 아이큐가 70 이하인 지적 장애인 반이다. 스무 살에서 마흔 살까지의 종합반이어서 도대체 사건이 끊일 날이 없다. 정신연령은 5, 6세인데, 신체는 완전한 성인이기 때문이다. 그러나 경도 장애이기 때문에 학습 능력도 있고 간단한 조립을 하는 정도의 작업을 할 수도 있다.

우리 반은 수도배관 조립하는 일을 하고 있는데, 급여가 너무 적어서 석 달 치를 모았다가 한꺼번에 지급했다. 그러다 보니 급여일은 할 일이 더 많아졌다.

역 부근의 사창가에서 남자애들을 발견한 이후부터였다. 그곳에 몰려 있던 아이 중에는 만성이도 있었다. 만성은 월급날이면 그곳에 간다고 말하면서 자기 입술을 검지로 꾹 눌렀다. 비밀이라는 것이었다. 나는 비밀을 지키는 대신 약속할 것이 있다고 힘주어 말했다.

"그곳에 갈 때, 꼭 선생님하고 함께 가야 해."

무조건 가지 말라고 할 수는 없는 일이었다. 아이들을 보호하기 위해서라도 동행해야 했다. 만성은 내 새끼손가락을 흔들며 즐거워하더니 불쑥 은주 얘기를 꺼냈다. 흥분했는지 평소보다 더 오래 말을 더듬었다.

"터터터턴댕님, 으으은두가 나당 겨겨돈한대요."

만성은 그 말을 하더니 손으로 입을 가리며 요란하게 웃었다.

"은주가 너랑 결혼한다고? 정말이니?"

만성은 짝꿍인 은주를 좋아하고 있었다. 은주도 다운증후군이어서 그들은 남매처럼 닮은 얼굴을 하고 있었다. 나는 만성의 눈을 바라보며 그의 손을 잡았다. 그리고 사실이냐고 다시 물었다. 그 순간 만성이 펄쩍 뛰면서 용서를 빌기 시작했다.

아이들은 자주 거짓말을 했다. 악의가 있는 거짓말이 아니라, 희망 사항을 정말 그런 것처럼 말하거나 믿어버리는 것이다. 나는 그들이 사는 세상이 부러웠다. 얼굴에 '거짓'이라는 단서를 붙여놓고서 거짓말을 하는 그들의 세계로 입문하고자 노력했지만, 내 표정은 언제나 절제의 미덕을 지키기에 바빴다.

오후 수업은 복지관 뒷산으로 현장학습을 하기로 했다. 나른한 봄에는 늘 수업 장소에 변화를 주어야 했다. 서른 명 정도가 이동해야 하니 봉사자가 꼭 필요했다. 복지관 안에서는 다른 부서 선생들의 도움을 받을 수 있어서 그나마 다행이었다. 그렇지 않으면 언제나 자원봉사자들의 손을 빌려야 했다.

중간쯤 산을 오르고 있을 때 뒤쪽에서 비명이 들려왔다. 돌아보니 은주와 손을 잡고 있던 소영이가 비명을 질렀고, 뒤이어 은주가 외마디 소리를 내면서 펄쩍 뛰어올랐다. 여기저기서 '뱀'이라는 외침이 들려왔다. 나는 아래쪽으로 뛰어 내려갔다. 만성이가 아이들에게 빙 둘러싸여 있었고 그의 발 앞에 죽은 뱀이 널브러져 있었다. 아이들은 더듬거리면서 고자질하듯이 다투어 말했다. 만성이가 뱀을 죽였다는 것이다.

만성은 울 것 같은 표정으로 나를 바라보았다. 곧 용서를 빌기 직전의 얼굴이었다. 은주는 만성의 옆으로 다가가 신기한 듯이 그의 얼굴을 바라보았다. 만성이 극도로 흥분해 있다는 걸 알 수 있었다. 뚫어지게 바라보는 은주 때문인지 표정 관리가 잘 안 되는 모양이었다. 그러나 은주를 위해서는 무엇이든 할 것 같은 기세였다. 갑자기 만성이가 영웅처럼 보이더니, 이아손의 황금 양털이 불쑥 떠올랐다.

나는 만성을 진정시키느라 그의 손을 잡고 있다가 천천히 어깨에 팔을 둘렀다. 그런 다음에 훌륭하다고 반복해서 말해주었다. 아이들이 가장 듣기 좋아하는 말이었다.

"이아손은 다른 사람의 도움을 받아서 용을 죽였지만, 너는 혼자 해냈으니까 훨씬 용감한 거야."

만성은 두툼한 손으로 연신 제 가슴을 치면서 정말이냐고 몇 번이나 되물었다. 자신이 훌륭한지를 끝도 없이 확인하고 싶어 했다.

조직원들은 중간 보스인 녀석의 점심을 싸 들고 뻰질나게 복지관을 드나들었다. 하루도 거르지 않고 적게는 네 명, 많게는 열 명씩 짝을 지어 나타났다. 차츰 그들이 건네는 '형님' 소리가 정겹게 들리더니 기다려지기까지 했다. 그 소리를 들을 때마다 정말로 내가 형님이 된 것처럼 안구에 힘이 들어갔다. 게다가 자꾸만 올라가는 어깨는 도무지 어찌해볼 도리가 없었다.

녀석은 툭하면 공군을 제대했다고 거들먹거렸다.

"우리 세계에서는요 형님? 현역 제대하면 조직에서 대우가 달라지걸랑요!"

단지 그 이유로 고등학교 졸업 후에 공군에 지원했고, 제대를 하자마자 조직에 뛰어들어 오늘에 이르렀다며, 닳아빠진 자서전의 서문 같은 말을 끝도 없이 되풀이했다. 녀석의 할당량은 그의 수하에 있는 조직원들이 하고 있었으므로 뭐라고 압력을 가할 수도 없었다. 게다가 나는 그들과 어울리는 재미를 톡톡히 누리고 있던 참이었다. 녀석은 풀을 뽑는 시늉을 하다가 불쑥 여자 얘기를 꺼냈다.

"아, 몇 년 전에 깔치가 하나 있었는데요 형님? 그때 사고가 나서 내가 감방에 딸려 들어가는 바람에……"

녀석은 그 말을 하고는 담배를 꺼내 물었다. 그 여자를 회상하는 듯 눈을 가늘게 뜨고는 연기를 위로만 날려 보냈다. 저런 표정은 녀석에게서 처음 보는 것이었다. 녀석은 담배의 불꽃을 두 손가락으로 꾹 눌러서 뜯어내더니 말을 이었다. 목소리를 착 깔고서 무슨 비밀을 폭로하듯이 속삭이는 것이었다.

"괜찮은 기지배였어요. 아, 근데 거기에 환장한 년 같았다니까요 형님?"

"거기? 어디요?"

"아이, 거기가 거기지 어딥니까요 형님?"

나는 곧 녀석이 말하는 '거기'가 무엇인지 짐작했지만, 왜 그토록 부끄러워하는지는 알 수 없었다. 여드름 자국 때문인지 몰라도 녀석의 얼굴이 잘 익은 석류 껍질처럼 보일 지경이었다.

"내가 잠결에 말입니다요 형님? 그 체포될 때 형사가 불러주는 그거 있잖습니까, 그 원칙."

그때 은주가 우리 앞에 나타났다. 예의 그 환하게 웃는 얼굴로. 은주는 등 뒤에 숨기고 있던 것을 녀석의 손에 쥐어주더니 급히 뛰어갔다. 녀석의 손에 남겨진 건 캔에 담긴 오렌지즙이었다.

"이건 뭡니까요 형님?"

"마음의 표현이죠. 우리는 그렇게 애기합니다."

"아, 왜 자꾸 존대하고 그러십니까 형님? 말을 그냥 턱, 내려놓으십쇼. 근데요 형님? 지금 재하고 똑같은 얼굴이 왜 이리 많습니까?"

"21번 염색체가 우리보다 한 개 많아서요. 그래서 모두 웃고 있잖아요."

"모자라는 게 아니라 형님, 많아서 저리된 겁니까요?"

"가끔 우리보다 진화한 존재라는 생각이 듭니다."

"진화구 뭐구 잘 모르겠지만요 형님? 재네 얼굴 볼 때마다 나도 모르게 웃고 있더라니까요."

나는 고개를 돌려 하품을 하다가 급하게 입을 다물었다. 방금 은주가 뛰어들어간 현관 입구에 만성이가 서 있었다. 만성은 이쪽을 노려보고 있었다. 정확히는, 내가 아니라 녀석을 보고 있었다. 만성은 두 주먹을 꽉 움켜쥔 채 쏟아지는 햇살을 받으며 눈을 깜빡거리고 있었다.

조금 전, 녀석이 말했던 여자는 어쩌면 내가 알고 있는 그 여자인지도 모른다. 그런 여자가 어디에나 있는 것은 아닐 테니까.

팔 개월 전에, 음주 운전을 하고 사회봉사를 나온 여자가 있었다. 여자는 자주 기침을 했다. 복지관 마당의 잡초를 뽑다가 불현듯 왼손으로 입을 가리고는 가벼운 기침을 두세 차례씩 몰아서 하곤 했는데, 마치 애완견이 '나 좀 봐달라'고 짖어대는 소리처럼 들리기도 했다. 여자들이 시선을 끌기 위해 액세서리를 착용하듯이 말이다. 어쩔 수 없이 그녀를 자주 바라보다가 나는 놀라운 것을 발견했다. 여자의 기침이 패션이 될 수도 있다는 사실을.

그녀의 패션은 실로 변화무쌍했다. 기침의 횟수와 강도가 매번 달랐고, 발개진 얼굴을 수습할 때의 표정 또한 예측하기 힘들었다. 나도 바빠지기 시작했다. 여자가 손으로 입을 가리는지의 여부를 확인하느라 수업을 복지관 마당에서 할 정도였다.

아이들을 앞세워 운동장을 어슬렁거리다가 여자에게 커피가 담긴 종이컵을 내밀었다. 여자는 커피를 한 모금 마시고는 종이컵을 뚫어지게 바라보며 내게 물었다.

"미란다 원칙에 대해서 알아요?"

"아마, 묵비권에 대한 권리죠?"

여자가 커피를 마시는 사이, 나는 기억을 더듬어가며 미란다 원칙을 읊조렸다. 어느새 여자가 종이컵을 잘근잘근 씹기 시작했다. 내가 '변호사를 선임할 수 있다'는 말을 마치고 났을 때, 여자는 종이컵의 주둥이를 정확히 육각형으로 만들어놓았다. 그 육각형을 바라보면서 여자가 나지막하게 말했다.

"남자가 있었는데, 경찰이었어요. 잠결에 미란다 원칙을 말하기도 했는데……"

여자는 그쯤에서 잔기침을 토해내고는 발개진 얼굴로 남

은 커피를 마셨다.

"잠결에 용의자 취급을 받았군요?"

여자는 내 농담에 웃지 않았다.

그날 여자는 수돗가에 서서 퇴근하는 나를 기다렸다. 꽃이 수놓아진 손수건을 조몰락거리더니 물을 짜내고서 내 차에 올라앉았다. 그러고는 손수건을 폈다 접었다 하면서 새하얀 목덜미를 꼭꼭 문질러 닦는 것이었다. 여자들이란 남자를 고문하는 방법에 관해 연구하고 갈등하는 존재라는 생각이 들었다.

"그 남자가 사라지고 나서, 어느 날 문득 깨달았어요. 그 미란다 원칙에 의해서 내 몸이 반응했다는 걸요."

"……"

"나도 모르게 그 원칙을 섹스 원칙에 결부시켰나 봐요."

말을 마친 여자가 풍성한 파마머리를 한 움큼 들어 올렸다가 내려놓았다. 여자의 머리카락에서 먼지 냄새가 났다. 마른 곰팡내 같기도 해서 재채기가 나올 것도 같았다. 여자가 다시 말을 이었다.

"그 원칙을 듣고 싶어서 몸살을 앓다가 음주 운전을 하기로 했어요. 검문받는 척하다가 도주하는 방법을 생각해낸 거예요."

여자는 이제 손수건을 돌돌 말아서 손에 꼭 쥐었다. 나는 여자를 쫓아왔던 경찰이 그 원칙을 말해주었는지는 묻지 않았다. 다만 밤이 새도록 여자에게 미란다 원칙을 말해주었다.

"당신은, 묵비권을 행사할 수 있으며……"

여자는 실제로 아무런 교성도 내지 않았고, 그렇게 해서 묵비권을 행사했다. 그러나 자신이 살아온 전 생애를 변호하듯이 여자의 몸은 매 순간 정확하게 반응했다. 우리는 여자의 봉사 기간이 다 끝날 때까지, 그렇게 미란다 원칙을 주고받았다.

여자가 떠난 후, 나는 그리움이라는 말의 실체를 처음으로 깨달았다. 수돗가에 서서 손수건을 조몰락거리던 여자의 환영이 보이기 시작했다. 어떤 날처럼 손수건을 꼭 쥐고서 내 차에 앉아 있지는 않을까 하는 기대를 한순간도 내려놓지 못했다. 수업 중에도 달려나가 자동차 문을 열어보고 수돗가를 기웃거렸지만, 여자의 모습을 다시는 볼 수 없었다. 그러나 연락을 하지는 않았다.

나는 말 없이 앓았다. 목구멍 바로 아래쪽으로 덜 익은 복숭아씨 한 개가 매달린 것 같았다. 숨을 쉬거나 침을 삼킬 때마다 그 부분이 빼근하게 아파서 자주 목젖을 쓸어내렸다. 아이들은 그런 내 주위를 빙빙 돌면서 커다란 눈을 깜빡거렸다.

어느 날은 만성이가 천천히 다가오더니 내 얼굴을 빤히 바라보았다. 한동안 그렇게 바라보더니 까칠해진 내 턱을 슬쩍 만져보고는 등을 톡톡 두드려주는 것이었다. 어딘가에서 '똑똑' 문 두드리는 소리가 들리는 것 같았다. 그렇게 해서 서툴고 조심스러운 그 꽃들의 위로가 시작되었다. 마치 내 마음의 문을 노크하듯이, 뜨겁고 축축한 아이들의 손이 다투어가며 내 등을 두드렸다.

여러 날을 그렇게 앉아 있었다. 쪼그려 앉은 개 한 마리가 상처 난 몸을 제 혀로 핥는 것을 오래도록 바라보면서 동병상련에 시달렸다. 내 그리움은 원망으로 변했고, 여자에게나 자신을 약탈당했다는 느낌마저 들었다. 극약처방인 셈이었다.

그 후로 나는 여자의 환영을 괴기스럽게 여기면서 수돗가 근처에는 얼씬도 하지 않았다. 나는 그런 놈이다. 상처받지 않기 위해 스스로 몸과 마음에 완충장치를 장착하고 살아가는 부류. 그때의 나는 내 상처를 핥기에 급급한 짐승 이상은 아니었다.

이제는 숨을 쉴 때도 아프지 않다. 다만 가끔 긴 한숨이 흘러나오기는 했다. 그런데 녀석이 지금 그때의 기억을 자꾸만 들추어내는 것이다. 갑자기 녀석이 문신을 보여주고 싶다면서 자신의 등을 가리켰다. 당장이라도 웃통을 벗을 기세였다.

녀석은 굳이 나를 수돗가로 끌고 오더니 웃옷을 훌렁 벗어 던졌다. 문신 위에 물을 묻혀야만 그림이 제대로 산다나 어쩐다나. 그러면서 몸에 물을 흠뻑 적시더니 내 쪽으로 등을 돌렸다. 녀석의 등에서 뱀으로 우글거리는 메두사의 머리채를 보았다. 뒤엉켜 있는 뱀들이 서로 다른 방향으로 뻗어 나가려고 꿈틀거리고 있었다. 세 마리는 이미 양쪽 어깨 위로 넘어갔고, 두 마리는 녀석의 목덜미를 타고 오를 기세였다.

총천연색의 거대한 용 한 마리를 기대했던 나는 미친 듯이 웃음을 터트렸다.

"웬 뱀이 그렇게 많아요?"

"뱀이라니요 형님? 섭섭합니다요. 잘 보십쇼, 모두 여의주를 물고 있는 용입니다. 아홉 마리 모두가요."

"왜 하필 아홉 마리지? 구룡소에서 살던 용들인가요, 아니면 구룡폭포에서 도라도 닦은 겁니까?"

내가 빈정거리자, 녀석이 야릇하게 웃었다. 기가 막힌 반전을 준비해놓은 액션배우가 짐짓 시치미를 떼는 듯한 표정이었다.

"내가 이 생활 시작하면서 첨 일했던 데가 중국집이었는데요 형님, 그 집 이름이 바로 '구룡반점'이었습니다. 이 용들은 그때 새겼습니다요."

녀석에게도 처음이 가지는 의미는 꽤 큰 모양이었다. 나는 뱀 같은 용들을 바라보며 부러운 듯이 말했다.

"이걸 우리 아이들에게 보여주면, 점수 좀 따겠는걸요."

"정말입니까요 형님?"

녀석은 천진스럽게 웃었다.

그날 밤 녀석은 나를 술집으로 불러냈다. 삼 층에 있는 술집이었고, 여자들이 있었다. 두 명의 부하 직원이 마이크를 돌리면서 흥을 돋우고 있었는데, 한 녀석은 온몸에 두루마리 휴지를 칭칭 감고 있었다. 녀석과 어울리다 보면 어느새 내가 권력의 중심에 있는 듯한 착각에 빠지곤 했다. 소심했던 피도 화끈하게 바뀌었겠다, 만약 이대로 직장을 때려치우더라도 녀석처럼 중간 보스 정도는 할 수 있을 것 같았다.

술이 몇 순배 돌고 한참 흥에 겨워지던 순간에, 녀석이 큰 소리로 여자들에게 나가 있으라고 했다. 우리끼리 할 얘기가 있다는 것이었다. 여자들이 투덜거리며 자리에서 일어났다. 각자 볼멘소리와 코맹맹이 소리에 끈적한 눈짓, 몸짓, 그야말로 갖은 짓을 다 섞은 교태를 뚝뚝 흘리면서 나갔다.

녀석이 씩 웃더니 내게 말했다.

"우리가 돈이 없거든요 형님?"

녀석은 말끝마다 꼭 '형님'을 붙였는데, 의문문처럼 끝을 올리는 바람에 대답해야 할지 말아야 할지를 매 순간 고민하게 했다.

"지금 여기서 나가는 방법은 아래로 뛰어내리는 겁니다요 형님?"

나는 벌떡 일어나 게슴츠레한 눈으로 방안을 둘러보았다. 손바닥만 한 창문조차도 없었다. 이 밀폐된 공간에서 어떻게 나가자는 말인가. 녀석이 큼직한 엉덩이를 털면서 일어나더니 에어컨디셔너 앞으로 성큼성큼 걸어갔다. 그리고 정사각에 가까운 에어컨디셔너를 한두 차례 앞뒤로 흔들더니 간단하게 들어내는 것이었다. 녀석은 나를 바라보며 그 검은 구멍을 향해 손짓했다. 나도 모르게 뒤로 물러섰다.

"뛰어내리라고? 여긴 삼 층인데?"

녀석은 뭐가 그리 답답한지 제 가슴을 쾅쾅 두드려대면서 목청을 돋우었다.

"담을 길러야잖습니까, 아 '쥐좆'처럼 왜 그러십니까 형님?"

술이 확 깨는지 갑자기 눈앞이 형형해져 왔다. 벽지에 그려진 꽃들이 입체감을 띠면서 선명해지더니 노란 꽃술이 흔들리는 것까지 보였다. 녀석의 숨소리가 더욱 명징하게 들려오고 벽지의 꽃들마저 낄낄거리는 것 같았다. 이제 녀석마저 실실 웃기 시작했다.

그때 다른 녀석 둘이 자리에서 벌떡 일어섰다. 그러고는 뚫린 구멍 앞으로 비척비척 걸어가더니 그 앞에 서서 국민 체조를 시작했다. 아니, 국민체조를 변형한 에어로빅 같기도 했고, 출렁이는 뱃살 때문에 밸리 댄스의 시작 부분 같기도 했다. 아무튼, 그들은 국민체조의 노 젓기와 숨쉬기를 끝으로, 모든 동작은 물론 숨까지 멈추었다. 그러고는 차례로 뛰어내리면서 기합인지 비명인지 모를 외마디를 길게 남겼다. 외마디인데 아주 길었다.

이제 녀석과 나만 남았다. 녀석은 내게 필요하면 술을 더 마시라는 시늉을 했고, 나는 잔에 남아 있던 양주 석 잔을 연거푸 들이켰다. 녀석이 뛰어내리는 방법에 관해 설명했지만, 내 귀에는 아무것도 들려오지 않았다.

"밖은 화단입니다. 그러니까 떨어질 때 몸을 약간 굴리기만 하면 됩니다요 형님?"

"형님이라구?"

그때 마담이 콧소리를 내면서 문을 두드렸다. 노크 소리와 함께 녀석은 육중한 몸을 날렵하게 구멍 밖으로 내던졌다. 나는 그 자리에 선 채 녀석이 사라진 곳을 멀뚱히 바라보았다. 사각의 검은 틀이 완강하게 버티고 있었다. 술기운이든 신 기운이든 빌릴 수 있는 것은 뭐든 빌리고 싶었다. 도움이 된다면 녀석의 팬티라도 빌리고 싶은 심정이 되었다.

간신히 한 발짝을 떼면서 나도 모르게 큼큼거리는 헛기침을 뱉어냈다. 알 수 없는 나락으로 자신을 내던지기 직전에 기침하고 있다니. 여자의 기침도 이런 것이었나? 나는 고개를 저었다. 내가 하는 기침은 나에게 보내는 격려의 메시지라고 여기면서 떼었던 발을 내려놓았다. 그리고 다시 한 발을 들었을 때, 나는 그만 중심을 잃고 말았다. 화단과 내 몸이 마주치게 될 그 순간이 너무도 세밀하게 확장되어 눈앞에 펼쳐졌다. 그리고 이미 내 엉덩이는 폭신한 소파에 묻혀 있었다. 주저앉을 생각을 하기도 전에 몸이 먼저 상황을 종료해버린 것이었다.

마담이 문을 열었다. 그때 이미 녀석의 몸은 이 층과 일 층 사이에 떨어지고 있었는데, 마담의 비명이 하도 커서 녀석이 비명을 질렀는지 어쨌는지는 전혀 알 수 없었다.

나는 신용카드로 술값을 내고는, 입에 담을 수 없는 온갖 욕설을 들으며 쫓겨났다. 아까는 코맹맹이 소리로 온갖 교태를 부리던 아가씨들이 이번에는 정직한? 목소리로 갖은 훈계를 퍼붓는 것이었다. '그따위로 살다가 큰 코 다친다'는 교훈을 마지막으로 들으며 층계를 내려왔다. 그렇게 한참을 내려오다가 다시 붙들려 올라가서는 중고 에어컨디셔너를 새것으로 교체하는 비용까지 계산하고서야 완전히 풀려났다.

나는 층계를 내려오다가 갑자기 멈춰 섰다. 쥐좆이라고?

마치 그 한마디가 녀석의 모든 것인 양, 그동안 나를 대했던 녀석의 살가움 같은 것은 기억조차 나지 않았다. 녀석은 분명 내가 떼어내리지 못하리라는 걸 알고 있었을 거라는 생각이 들자, 내 입에서 느닷없이 욕설이 튀어나왔다. 사마귀. 티눈 같은 놈.

나는 미간을 찌푸리고서 화단 앞에 섰다. 샐비어가 짓뭉개져 있었다. 빨건 흙 위에 녀석들이 고군분투했던 흔적이 고스란히 남아 있었다. 녀석들은 멀쩡히 살아서 돌아간 모양이었다. 바람이 불어왔다. 바람 속에서는 샐비어 향이 아니라 녀석의 텁텁한 살 냄새가 났다. 나는 입안에 고인 침을 뱉고서 집을 향해 걷기 시작했다.

집에 돌아오니 아버지가 영정사진 앞에서 웃고 있었다. 그럴 만도 했다. 영정사진 속의 아버지는 내 또래로 보일 지경이었다. 정수리 부분의 머리가 갓 나온 잔디처럼 소복하게 자라 있었다. 사진사야말로 전지전능하다는 생각이 들었다. 어차피 아버지를 쏙 빼닮았으니, 내가 죽으면 이 사진을 써도 좋겠군! 그런 생각을 하며 고개를 들어보니 엄마가 자신의 영정사진을 들고 수줍게 웃고 있었다.

사진 속의 엄마는 눈이 세 배나 컸다. 칠십 년대 여배우처럼 긴 속눈썹이 위로 치켜 올라가 있었고, 팔 밀리미터가량의 넓은 쌍꺼풀이 또렷하게 그려져 있었다. 엄마라는 제목의 상상화였다. 웃고 있는 입매나 도톰한 코볼이 아니었다면 도저히 엄마라고 볼 수 없었다.

"사진이 아니라…… 그림이네요?"

다음 날 출근길에 엄마의 영정사진을 들고 나왔다. AS를 받지 않으면 아무짝에도 쓸모가 없을 것이었다. 만약 이 그림을 영정사진으로 사용한다면, 빈소를 찾는 대부분의 조문객들은 누가 죽었느냐며 수시로 물어올 게 뻔했다.

나는 일부러 간밤의 범행 현장 쪽으로 걸었다. 그 술집을 지나면서 슬쩍 삼 층을 올려다보았다. 에어컨디셔너가 걸쳐 있던 자리는 어느새 콘크리트로 막혀 버렸다. 아직 마르지 않은 콘크리트는 젖어 있었다. 그 거무스름한 부위를 보고 있자니 어젯밤의 수모가 고스란히 떠올랐다. 가슴 바닥으로 어떤 감정 덩어리가 스멀스멀 기어 다니고 있었다.

복지관에 출근하자마자 녀석이 내 방문을 열고 들어왔다. 나는 안구에 힘을 잔뜩 주고서 녀석의 몸을 샅샅이 훑어 내렸다. 몸이 퉁퉁해서 쿠션이 좋았던 것인지 녀석의 몸은 어디 한군데 긁힌 흔적조차 없었다. 창문 아래에 안전그물을 설치했던 게 아닌가 싶을 정도였다. 녀석은 어젯밤처럼 야릇한 웃음을 흘리며 바싹 다가왔다. 그러고는 내 주머니에 무언가를 쑥 찔러 넣었다. 나는 반사적으로 손을 넣어 물건을 꺼냈다. 두툼한 황갈색의 봉투였다.

"술값 하고 에어컨값입니다, 형님?"

눈앞이 하얘지는 경험을 할 때는 입안에 침까지 마른다는 사실을 그제야 깨달았다. 녀석은 여전히 웃었다. 어젯밤의 내 소심함에 대해 모조리 알고 있다는 듯, 아니면 다 이해한다는 듯한 그런 아량을 담은 웃음 같았다.

볼링장으로 사회 적응훈련을 하러 가는 날이 다가오고 있었다. 지역의 볼링장에서는 일주일에 한 번씩 오전 시간을 복지관에 빌려주고 있었다. 자원봉사자 한 명이 펑크를 냈지만 나는 부족한 인원을 충당하지 않았다. 그 대신 녀석을 사회 적응훈련 봉사자로 추천했다.

사회봉사자들은 복지관 밖에서의 봉사활동이 금지되어 있지만, 일반 자원봉사자가 펑크를 내거나 해서 인원이 부족할 때는 보호관찰소의 허락을 받고 사회봉사를 할 수 있었다.

어젯밤부터 내리던 비가 계속해서 쏟아지고 있었다. 비가 오는 날에는 교통사고율은 증가하고, 사람들의 기분은 저조해진다. 이래저래 사고가 자주 생긴다는 말이다.

장애인들은 비장애인들보다 날씨의 영향을 훨씬 많이 받기 때문에 이런 날은 결석률도 높다. 출석하더라도 태반이 딴전을 피우는 바람에 온종일 그들의 시선을 집중시키느라

녹초가 되었다. 오늘처럼 밖에서 수업하는 날에는 특히 신경이 곤두섰다. 관심을 끄는 것이 눈에 보이면 그것만을 향해서 달려가기 때문에, 그 순간을 놓치면 잃어버리게 되는 것이다. 실종신고를 하고 야단법석을 떤 것도 한두 번이 아니었다.

녀석은 뭐가 그리 설레는지 나비처럼 어깨를 접었다 폈다 하더니 내게 물었다.

"형님, 제가 잘할 수 있겠습니까 형님?"

나는 녀석의 어깨를 두드리면서 진심으로 대하면 된다고 넌지시 일러주었다. 문제가 생기면 친밀감을 느끼게 해주는 것이 중요하다는 말을 특히 강조했다.

말이 사회 적응훈련이지, 정작 훈련을 받는 사람들은 언제나 봉사자들이었다. 장애인들 대개가 힘이 세서 볼링공을 번쩍번쩍 들어 올리면서도 아이처럼 보채고 늘 딴전을 피웠다. 심지어는 오줌을 싸고 자원봉사자의 발등에 상처를 입히기도 했다. 그래서 봉사자들과 짝을 정해줄 때는 장애인의 덩치를 고려해야 했다. 나는 녀석을 만성의 짝으로 정해주었다.

게임을 시작하기도 전에 볼링장 안은 소음으로 가득 찼다. 괴성을 지르며 보채는 소리에 고래고래 불러대는 소리, 못 참겠다는 듯 까르르 웃어대는 소리로 넘쳐났다. 그 아우성 사이로 찢어지는 외침이 들렸다.

"여기요!"

비명이 들려온 곳은 탈의실 쪽이었다. 나와 봉사자들은 동시에 행동을 멈추었지만, 아이들의 비명은 더 높아졌다. 나보다 먼저 탈의실에 도착한 자원봉사자가 허연 얼굴로 로커룸을 가리켰다.

로커룸 앞에 도착했을 때, 녀석은 로커룸 바닥에 엎어져 있었다. 그 앞에 윗옷을 벗은 만성이가 군청색 볼링공을 안고 서 있었다. 녀석도 윗옷을 벗은 채 만성의 운동화 앞에 머리를 두고 엎어져 있었다. 등 전체를 꽉 채우고 있는 문신 때문에 얼핏 보면 옷을 입고 있는 것처럼 보였다. 녀석은 꼼짝도 하지 않았다. 녀석의 목덜미 위로 두 마리 용이 필사적으로 기어오르고 있었다.

만성은 볼링장 직원과 봉사자에 의해서 입구로 끌려 나왔다. 손과 발을 결박당하자, 겁먹은 얼굴로 나를 부르기 시작했다. 뱀을 죽였는데 칭찬해주지 않는다며 울먹거렸다. 나는 끝내 눈길도 주지 않았다. 결국, 만성은 괴성을 지르다가 온몸을 떨면서 공황상태에 빠졌다.

녀석은 응급실로 이송되었다. 경추 손상으로 인한 신경마비라는 소식을 들었을 때 말을 못 하거나 침을 못 뱉을 거라는 생각이 들었다. 그러나 녀석의 몸은 곧 장례식장으로 옮겨졌다. 응급실과 장례식장의 거리는 가깝고도 아득하게 멀었다.

장례식장으로 걸을 때 구두 안의 돌멩이가 발바닥의 오목한 용천 부근으로 굴러 들어갔다. 발걸음을 옮길 때마다 성가시게 굴었다. 나는 가로수 나무에 기댄 채 구두를 벗어 거꾸로 들고 흔들었다. 잊을 만하면 굴러 나오던 돌멩이는 아무리 흔들어도 나오지 않았다.

장례식장으로 들어서자, 녀석의 수하에 있던 조직원 세 명이 달려 나왔다. 그들은 나를 깍듯하게 맞이했다. 녀석의 노모와 여동생, 그리고 검은 양복을 입은 조직원 셋이 상주 노릇을 하고 있었다.

향을 피워 들고 얼핏 영정사진을 바라보았다. 녀석의 얼굴은 너무도 앳돼 보였다. 주민등록증을 발급받은 열여덟 살 이후로 사진을 찍지 않았다던 그의 말이 떠올랐다. 녀석은 저 사진으로 입대를 하고 제대를 했을 것이다. 나는 녀석보다 늦게 수원에 있는 제10전투비행단에 입대했다. 그리고 헌병 특기를 받았다.

그때 이유 없이 나를 향해 침을 뱉던 놈이 있었다. 놈은 무장 특기 반에서 비행기 활주로를 정리하던 놈이었다. 어느 때라도 비행기를 띄울 수 있는 만반의 태세를 갖추는 것이 무장 특기자들의 일이었다. 비가 오나 눈이 오나 활주로 위에 깨알만 한 돌멩이 하나라도 있으면 안 되었기 때문에 그들은 비상근무도 잦았다.

놈은 부대 정문을 나서면서 차렷 자세로 서 있는 내 쪽을 보고는 그냥 지나치는 법이 없었다.

"내가 저런 쥐좆만 한 돌멩이 줍느라구 뺑이 친 생각을 하면, 캬악……"

그러면서 허연 침을 길게 내뱉었다. 마치 내 얼굴을 보면 활주로에 대한 스트레스가 떠올라서 견딜 수 없다는 투였다. 놈은 그 짓을 이년 가까이하더니 제대를 했다. 그리고 내가 날개 없는 천사로 살면서 그 시절의 치욕을 거의 잊어가고 있을 때, 삼백 시간의 사회봉사 명령을 받고 복지관 마당에 나타났다.

나는 첫눈에 녀석을 알아보았다. 살집이 올라 덩치가 훨씬 커지긴 했지만, 침을 뱉던 녀석의 입과 유난히 처진 눈꺼풀은 쉬이 잊을 수 없는 것이었다. 아래로 내려간 눈초리 때문에 녀석의 얼굴은 전체적으로 편안한 인상이었지만, 작은 눈동자는 여전히 빛나고 있었다. 그러나 녀석은 나를 알아보지 못했다. 이마가 벗어져서 오히려 훤칠하다는 나를, 전혀 알아보지 못했다. 하긴 내무반에서가 아니면 언제나 커다란 헌병모자 안에 들어있던 그 오종종한 얼굴을 누가 기억이나 하겠는가. 녀석은 그저 나를 '형님'이라고 불렀다.

상주들을 부르는 소리가 들렸다. 염을 하기 전에 고인의 얼굴을 보여주려는 모양이었다. 정신이 들고 보니, 손에 들고 있던 향불은 이미 삼 분의 일쯤 타들어 가고 있었다. 마치 나에 대한 추모라도 하고 난 느낌이었다. 나는 재빨리 향을 꽂고 삼배를 했다. 상주들과 맞절을 한 후에 혼잣말처럼 낮게 중얼거렸다. 고인의 심성은 메두사만큼 아름다웠다고. 상주들은 맥없이 고개를 끄덕였다. 그러나 메두사는 아테네 신전을 모독했고, 그 오만함의 대가로 뱀의 머리카락을 가지는 형벌을 받았다.

상주들은 부스스 일어나더니 마치 약속이나 한 듯이 한 차례씩 영정사진을 바라보더니 방을 나섰다. 문득 녀석의 마지막 얼굴이 보고 싶었다. 나는 서둘러 그들의 뒤를 따랐다.

구두를 신기 전에 한번 더 거꾸로 들고 흔들었다. 아무것도 나오지 않았다. 그러나 계단을 내려갈 때, 돌멩이가 발바닥을 가로질러 발가락 사이로 들어갔다. 돌멩이는 구두 안에 있는 것이 아니라 양말 속에 있는 것이 분명했다.

녀석의 시체는 미농지처럼 화사했고, 얼굴은 미소라도 떠올릴 것처럼 편안해 보였다. 염을 하러 온 남자의 얼굴도 혈색이 없었다. 무수한 죽음을 만지다 보면 저렇게 투명해지는가 싶었다.

"고인의 등을 보고 싶습니다."

내 말을 들은 남자의 얼굴이 처음보다 더 하얗게 보였다. 어쩌면 산다는 것 자체에 허옇게 질려 있는지도 모른다. 남자는 내게 못마땅하다는 눈길을 주고는, 끙 소리를 내면서 녀석의 몸을 뒤집었다. 나도 모르게 뒤로 한 걸음 물러났다. 그토록 선명한 환상은 본 적이 없고 앞으로도 볼 일이 없을 것이다. 다리 감각이 뻣뻣하게 굳어와서 더는 움직일 수 없었다.

나를 마비시킨 것은 아홉 마리의 용이었다. 하얀 백지상태로 변해버린 사체의 등에서 그것들은 너무도 선명하게 살아서 꿈틀거리고 있었다. 제대하던 해에 용을 새기고는 그 용들과 함께 자라왔다고 떠들던 녀석의 음성이 여의주 사이로 흘러나오는 것 같았다. 상아색 여의주는 아래쪽으로 핑크빛이 돌았다. 그러고 보니 아홉 마리 모두 여의주를 물고서, 푸른 비늘을 번뜩이며 온몸을 틀어대고 있었다. 십년 동안 기거해온 녀석의 등에서 벗어나 이제 막 승천하려는 것일까.

녀석의 등에 갇혀 아우성치는 용들은 풀어헤친 메두사의 머리였다. 정면으로 바라보면 눈이 멀어버리기 때문에 거울이나 방패를 통해서 보아야 한다는 메두사의 머리. 곳곳에 널려 있는 아홉 개의 여의주가, 그날 황홀하게 타오르던 만성의 눈으로 보였다.

녀석에게서 술값이 든 봉투를 받던 날, 나는 만성이와 어깨동무를 하고 산에 올라갔다. 만성은 뱀을 죽였던 순간을 기억해내고 흥분하기 시작했다. 나는 용을 죽인 사람이 최고라고 말해주면서 황금 양털에 얽힌 신화 이야기를 늘어놓았다. 한참 내 말을 듣던 만성의 얼굴이 황홀하게 변했다.

만성은 은주와 결혼할 수 있느냐고 물었다. 나는 저번처럼 뱀을 죽이면 황금 양털을 얻는다고 말해주었다. 만성은 양털은 싫다면서 자꾸만 고개를 저었다. 그건 은주를 얻는다는 뜻이라고, 내가 말했다. 그리고 다시 한번 속삭였다. 뱀을 죽이면 훌륭한 사람이 되어서, 은주와 결혼할 수 있다고. 늘 웃고 있던 만성의 눈이 맹렬하게 타올랐다.

나는 증인석에 섰다. 내 속에서 분간하기 어려운 숫자들이 어지럽게 돌아가는 것을 느끼면서 위증하지 않겠다는 맹세를 했다.

검사는 똑같은 질문을 집요하게 반복했다.

"피고 이만성은, 선생님이 뱀을 죽이라고 시켰다는 말만 되풀이하고 있는데, 그게 사실입니까?"

"저는 신화 이야기를 해주었을 뿐입니다. 피고는 사람을 죽인 것이 아니라, 뱀을 죽인 것입니다."

나머지는 변호인이 알아서 할 것이다. 재판이 열리기 바로 전에, 나는 변호인에게 신화에 대해 무려 이십 분 동안이나 떠들어댔다. 이만성은 단지, 신의 도구로 사용되었을 뿐이라고. 방청석에서 기침 소리가 들려왔다. 향수를 불러일으키는 익숙한 소리였다.

만성은 석방되었다. 그에게는 복지관의 '시설 이용정지'가 선고되었을 뿐이다. 그리하여 나는 다시 한번 매스컴의 조명을 받았고, 잡초를 뜯으면서 가끔 미란다 원칙을 중얼거렸다.

당신은 묵비권을 행사할 권리가 있다.

소를 수입해서 3년간 기르면 '국내산'이라고 표기할 수 있어.
하지만, 한우는 이 땅에서 태어나고 자란 소들에게만 '한우'
라고 할 수 있는 거야.

◆◆

'여우는 팔부 능선의 전망 좋은 언덕에 굴을 판다.'

사이란은 내레이터를 따라 '여우'라고 발음하면서 티브이 앞에 섰다. 화면 안에서는 은색 빛이 흐르는 여우가 필사적으로 땅을 파헤치고 있다. 여우. 입 모양의 변화도 거의 없고 편안한 것이 그야말로 여우 같은 발음이다. 사이란은 다시 여우, 여우, 하면서 냉장고 문을 열고 양배추를 꺼냈다. 그런데 팔부 능선은 누구인가.

사이란은 냉장고에서 꺼낸 양배추 잎을 산모의 유방에 빈틈없이 붙였다. 젖몸살을 가라앉히는 민간요법이다. 산모는 브래지어 후크를 채우는 내내 모국어인 태국 말로 엄마를 부르며 몸을 비틀어댔다. 매, 매쟈. 이번 산모는 유난히 엄살이 심하다. 브래지어의 마지막 후크를 채우자 기다렸다는 듯 신생아가 깨어났다. 아이가 자지러지게 울기 시작하자 20

여 분 동안 지속하던 산모의 신음이 겨우 잦아들었다.

사이란은 미리 짜두었던 모유의 온도를 맞추고 신생아를 품에 안았다. 그리고 젖꼭지를 물리기 전에 숨을 들이마셨다. 아이의 냄새를 맡기 위해서다. 달착지근한 냄새를 풍기는 이 말캉하고 작은 동물이 본능만으로 젖꼭지를 빨아대는 모습은 언제나 사이란을 매혹했다. 그녀에게 이런 느낌을 처음 주었던 아이는 위라완의 딸이다. 이제 그 아이는 보행기를 밀고 다니지만, 아직 이름이 없다. 딸이라는 뜻에서 그냥 '룩사오'라고 부른다.

위라완은 요즘 룩사오를 데리고 입주 청소를 하러 다닌다. 일을 나갈 때면 사이란에게 룩사오를 맡기곤 했는데, 이번 주에는 산후 도우미를 하느라 봐줄 수가 없었다. 먼지와 화학약품 냄새가 진동하는 입주 청소를 생각하자, 사이란은 저도 모르게 콧등을 찡그렸다. 뒤이어 그 공간에서 보행기를 밀고 다니는 룩사오의 영상이 떠오르자 신생아를 더 바싹 끌어안았다.

지금까지 사이란이 탯줄을 떼준 아이만 해도 열 명은 더 되었다. 어느 집은 2주의 계약 후에 다시 연장 계약을 거듭하다가 두 달 가까이 산후 도우미를 한 적도 있다. 저녁에 집으로 돌아오려 하면, 품 안에 있던 아이가 사이란에게 찰싹 달라붙는 것이다. 본능이었다. 산모들도 사이란을 원했다. 외모만큼이나 후덕한 그녀의 성품 때문이기도 했지만, 무엇보다 모국어로 허심탄회하게 하소연할 수 있는 대상이기 때문이었다. 사이란 또한 탯줄을 떼어준 아이들이 하루가 다르게 커가는 모습을 볼 수 있어 좋았다. 게다가 그들의 집에서는 후덥지근하고도 들척지근한 습도가 느껴졌는데 고향의 냄새 같기도 했다. 지금 자신의 집에서는 전혀 느낄 수 없는 기운이었다. 사이란은 그들 집 안에 감도는 덥고 축축하고 아득한 기운이 분명 아이의 몸에서 나오는 거라는 생각을 하기에 이르렀다.

아이와 산모가 잠들고 나자, 집 안에 갑작스러운 고요가 찾아왔다. 사이란은 그제야 한국어 문법책을 펼쳤다. 운전면허를 취득하려면 한국어 능력 시험 3급에 합격을 해야 했다. 4년이 다 되어가도록 아이가 없는 그녀는 무엇엔가 정신을 쏟지 않으면 안 되었다. 행복한이주민센터에 나가 밥을 지으며 봉사를 하고 한글학교와 불교학당에도 드나들었다.

처음 결혼했을 때, 남편인 재석은 일주일에 한 번씩 찾아와서 부식거리와 생활비를 놓고 돌아갔다. 사이란은 그에게 생활비 영수증을 건넸다. 재석은 마치 일주일 치의 알리바이를 제공받는 것 같다고 중얼거리다가, 여기는 직장이 아니니 회계장부를 쓰지 않아도 된다고 말했다. 그러나 그다음 주에도 사이란이 영수증을 꺼내놓자, 당장 그것들을 찢으면서 필요 없다는 것을 보여주었다. 재석은 결혼해서 지금까지 사이란에게 무리한 요구를 하지 않았다. 집에 왔을 때는 자고 가도 괜찮겠냐고 물었다. 그것은 같은 침대에서 자는 일을 말하는 것이었다. 그렇게 해서 그들은 어색해하며 서로를 만졌다. 재석은 그녀 위에서 내려올 때마다 매번 '본능 때문에, 미안하다'는 말을 흘렸는데, 그 중얼거림은 습관처럼 계속되었다. 사이란은 그가 '본능'과 '미안하다'는 말을 화대처럼 지불한다는 생각을 하기에 이르렀고, 사전에서 단어를 찾아보았다. 본능. 생물이 선천적으로 가진 동작이나 운동. 동물이 후천적 경험이나 교육에 의하지 않고 외부의 변화에 따라서 나타내는 통일적인 심신의 반응 형식. 통일적인 심신의 반응이라니. 그녀는 도무지 무슨 말인지 감을 잡을 수가 없었다. 솜땀 같은 맛인가. 시고 매우면서 들척지근하고도 비린? 본능, 본능…… 한동안 본능을 발음하며 지내던 사이란은 어느 날 문득, 그 본능이 얼마나 아름다운지를 온몸으로 깨달았다. 여우라는 발음보다 한층 격이 있고, 사랑이라는 표현보다 더 궁극적이고 치명적이며, 헌신이라는 말보다도 훨씬 헌신적이라는 결론에 이른 것이다. 재석은 또 가끔 고맙다는 말을 했는데, 집에 왔을 때 한결같이 반겨주어서 가슴 한편이 늘 따뜻하다고 덧붙였다. 당시의 사이란은 재석의 말을 다 알아듣지 못했지만, 그의 음성과

억양, 눈빛과 몸짓만으로도 그가 전달하고자 하는 표현을 충분히 느낄 수 있었다. 물론 그것이 자신에 대한 애정이 아니라는 것도 알고 있었다. 사이란은 차츰 그를 기다리게 되었고, 그래서 감정을 숨기는 방법도 터득하게 되었다. 남편에게 묻고 싶은 말도 있었다. 결혼하고서 같이 살지 않아도 되는 건지, 봉사만 하고 다니는 자신에게 왜 돈을 벌어 오라는 요구를 안 하는지, 가구점 일을 돕겠다고 했을 때 거절한 것은 자신의 얼굴에 흐르는 이국적인 촌스러움 때문은 아닌지, 심지어는 그런 자신을 왜 때리지도 않는지……

주변 사람들은 남편이 그녀를 너무 존중하기 때문에 아이가 생기지 않는 것이라고 입을 모았다. 그럴 때마다 한국인 부부가 사는 앞집의 부산한 소음이 떠올랐다. 그 집에서 벌어지는 일상의 소리가 복도를 울리며 사이란의 집으로 건너오곤 했는데, 재석이 집에 오지 않는 날이면 유난히 더 크게 들려왔다. 일부러 목청을 돋우기라도 하는 것처럼 들려오는 것이었다. 앞집에는 아들이 둘이나 있었는데, 그들은 비슷한 발음으로 불리는 이름을 가지고 있었다. 현관 앞에는 언제나 함부로 뒹구는 두 대의 자전거가 있었다. 문을 열고 나서다가 자전거에 부딪혀 넘어지기도 했고, 반대로 자전거가 발랑 쓰러지기도 했다. 빌라의 복도는 두 아이의 함성으로 언제나 시끄러웠고, 그 사이로 부부의 웃음이 섞여 왁자하게 들려오는 날이 많았다.

매를 맞고 산다는 베트남 여성인 퇘트란은 어떤가. 그녀는 벌써 아이를 셋이나 낳았다…… 퇘트란은 눈만 마주쳐도 애가 들어선다고 손을 내저으며 도리질을 쳤다. 그렇게 말하며 도리질을 치는 퇘트란의 눈에 번뜩이며 지나가는 광채를 사이란은 놓치지 않았다. 어느 날 사이란은 재석에게 물었다. 자기를 때리기라도 했으면 좋겠다고. 재석은 왜 그래야 하냐며 눈을 휘둥그레 뜨고 한참을 바라보았다. 이제 그녀가 도전할 일은 운전면허를 취득하는 것이었다.

사이란은 신생아가 깨어나 울기 전에 서둘러 페이지를 찾아 책장을 넘겼다. 그러자 책갈피에 꽂혀 있던 색색의 전단들이 비어져 나왔다. 당신을 하느님의 왕국으로 모십니다, 열한 번째 성인나이트, 우리 아이는 예술가? 인터넷 설치하고 현금으로 받으세요, 석사 태권도, 박사 부대찌개…… 학위와 사업의 관련성에 대해서는 알지 못했지만, 그녀는 전단을 모아서 읽고 보고 쓰는 일을 계속하고 있었다.

한국어는 말을 배우기도 힘들지만, 문법은 더욱 어려웠다. 그녀는 한글을 볼 때마다 화폭을 꽉 채운 그림 같다는 생각이 들었다. 자음과 모음이 결합한 글자에 연필로 명암을 넣다 보면 그 자체로 완벽한 데생이 되는 것이었다. 그녀의 한국어 노트에는 그렇게 그림이 된 단어들이 여기저기 눈에 띄었다. 그녀는 '가서'라는 부사를 가지고 데생을 하기 시작했다. ㄱ에는 말갈기처럼 세로로 길게 명암을 넣고, 모음의 기둥 부분을 진하게 칠해놓고 보니 바람에 나부끼는 고향의 거리가 떠올랐다. 야자나무가 그려진 전단으로 부채질을 하던 오후가 떠오르더니, 그 나른한 오후의 미지근한 바람이 갑자기 그녀의 가슴 바닥에서 뜨겁게 일어섰다.

고향에서 회계사로 일하던 그녀는 불법에 어긋나는 교리 하나가 늘 마음에 걸렸다. 살인하지 말라, 도둑질하지 말라, 간음하지 말라, 그리고 술 마시지 말라는 교리는 철저히 지킬 수 있었다. 그러나 회계장부는 그 자체가 거짓말이었다. 그래도 그녀는 5년간이나 구체적인 거짓말을 했다. 그녀에게는 많은 가족이 있었다. 늙고 병들었거나, 일하기 싫어하는 가족들이 언제나 그녀만을 바라보고 있었다.

사이란이 한국 남자와 맞선을 보게 된 것은, 대학 때부터 사귀던 첫사랑이 세계를 반 바퀴 돌겠다면서 떠난 후였다. 결혼할 자신이 없다던 그는, 늙고 병들었거나 일하기 싫어하는 사이란의 가족을 원치 않았다. 그들이 그녀의 목에 가족이라는 이름의 빨대를 들이대고 피를 빠는 존재들이라며 치를 떨곤 했다. 그녀는 아무 말도 할 수 없었다. 무지나 가난을 희롱하며 시시덕거리는 것은 옳지 못하지만, 게으름은 비난받기에 충분했다. 공항에서 배웅하던 날도 그는 '빨대'

라는 말을 힘주어 뱉었다. 사이란은 그가 탄 비행기가 이륙하고 나서야 목덜미를 더듬고 있는 자신의 손길을 깨달았다. 방금 날아가 버린 첫사랑에 대한 그리움이 구체적으로 밀려오자 이상하게 팔다리가 저렸다. 가슴이 저린 게 아니라, 피가 모조리 빠져나간 것처럼 온몸이 저리는 것이었다.

스님이 되려 했으나 여자이기 때문에 그럴 수도 없었다. 그때 한국에서 결혼해 잘살고 있다는 후배의 소식이 들려왔다. 지방의 중소기업에 다니는 남편을 둔 후배는 세 아이와 함께 넓은 아파트에서 산다고 했다. 후배의 남편은 애초에 국제결혼을 원했고, 두 사람 다 초혼이었다. 후배는 예전과 달리 한국 다문화 가정의 70%가 도시 생활을 하고 있으며 남편들의 직업도 다양하다고 전해왔다. 그러나 사이란이 군침을 흘리는 건, 넓은 아파트나 도회적인 직업이 아니었다. 일상을 넘어서는 어떤 것. 그러니까 고향의 축축한 습도나 야자나무 잎에 베인 듯 불분명한 첫사랑의 상처를 일시에 덮어버릴 낯설고 강력한 사건을 원했다. 그때의 그녀에게 중요한 건, 어딘가에 자신의 마음을 모두 쏟아내는 일이었다. 논리는 체험 밖의 일이다. 삶은 체험이다. 그러므로 세상은 살아갈 만하다, 언제 어디에서든. 한국으로 오기 전, 왕궁에 가서 기도를 드릴 때 스님이 해준 말이었다. 스님의 오렌지색 장삼 자락이 더운 바람에 하염없이 나부끼고 있었다. 세상은 살아갈 만했다.

사이란은 대형마트 입구에서 재석을 기다렸다. 오늘은 함께 식료품을 사는 날이다. 요즈음 그는 일주일에 두 번, 혹은 지나가다 들렀다면서 불쑥불쑥 나타나 얼굴을 붉힐 때도 있었다. 재석이 다가오자 그녀는 대뜸 질문부터 했다.

팔부 능선이는 누구예요?

능선?

사이란은 티브이에서 들은 말을 재석에게 그대로 들려주었다.

여우는 팔부 능선의 전망 좋은 언덕에 굴을 판다.

재석은 얼굴이 빨개지도록 웃었다.

그건 사람이 아니라, 하늘과 산줄기가 맞닿은 것처럼 보이는 선을 말하는 건데…… 그러니까, 산을 넘거나 올라가려면 그 능선에 올라서야 해. 반쯤 오르면 오부능선이라고 말하고, 거의 다 올랐다면 팔부나 구부능선이 되는 거지.

거기까지 말하던 재석은 사이란의 표정을 살피고는 다시 말했다.

쉽게 말하면, 가구점 언덕에 있는 내 집 있지? 그곳을 팔부 능선이라고 말할 수 있어.

그러면, 거기가 여우굴이요?

재석은 소리 내어 웃으며 카트를 가지러 갔다. 그때 지나가던 중년 남자가 사이란을 힐끗거리더니 이내 확신에 찬 표정으로 말했다.

이제 30년만 있어봐라, 우리나라도 완전 잡종 세상 될 테니. 피가 다 섞여서 말이지, 거 어디야 거기 인도네시아, 베트남, 쭝국……

남자는 마트의 왁자한 소음을 다 잠재우고도 남을 만큼 우렁찬 목소리를 가지고 있었다.

우리 반에도 두 명 있어요.

남자의 가족 중 아들로 보이는 아이가 대답했다.

재석이 돌아오자 그들의 대화가 중단되었다. 사이란은 정육 판매대로 가자며 재석의 팔을 잡아끌었다. 내일은 돌아오는 길에 위라완의 집에 들를 작정이었다. 룩사오에게 이유식을 만들어 먹일 생각을 하니 기분이 좋아졌다. 사이란은 정육 판매대에 진열된 소고기를 한참이나 훑어보다가 재석에게 물었다.

국내산이라고 쓴 이것과 다른 것이에요? 이거요. 한우라고, 여기.

같은 소고기야. 국내산이 있고, 한우가 있지. 그러니까 소를 수입해서 3년간 기르면 '국내산'이라고 표기할 수 있어. 하지만, 한우는 이 땅에서 태어나고 자란 소들에게만 '한우'

라고 할 수 있는 거야.

재석을 바라보던 사이란이 불쑥 물었다.

3년이요? 그럼, 난 국내산이요?

재석이 잠시 생각하더니 조심스럽게 말했다.

그런, 셈이네? 사이룽, 그러고 보니 당신도 국내산이 다 되었구나.

감탄인지 질문인지 재석은 그렇게 말하면서 눈을 빛냈다. 그녀는 곧 재석의 말을 알아들었다. 주민등록증을 발부받고서 '사이란'이라는 국내산이 되었지만, 아무리 세월이 흘러도 결코 한우가 될 수 없다는 말이었다. 재석은 점점 어두워지고 있는 사이란의 표정을 살피며 물었다.

이번 결혼기념일에는 뭘 사줄까?

재석은 세 번의 결혼기념일에 사이란에게 가전제품을 선물했다. 첫해에는 오래되어 앓는 소리를 내던 냉장고를 갈아치웠고, 두 번째 해에는 15킬로그램짜리 드럼 세탁기를 사들였으며, 그다음 해에는 먼지 분리통이 따로 달린 청소기를 선물했다. 한국에서의 선물이라는 개념은 집 안의 필요한 물건을 사들이는 거라고 사이란은 생각했다. 더 사들일 가전제품이 없었던지 재석은 선물 목록을 물었다.

사이룽, 뭘 사줄까?

재석이 다시 묻자, 그녀는 불쑥 솜땀을 먹고 싶다고 했다.

태국인들에게 솜땀은 한국의 김치 같은 것이었다.

솜땀이가 먹어야겠어요.

조사를 헷갈리게 쓸 때는 그녀의 마음이 다른 곳에 있다는 증거였다. 채로 썬 파파야에 산 게를 으깨 넣은 솜땀은, 시고 매우면서 들척지근하고도 비린 맛이 났다. 그야말로 인생의 온갖 맛이 다 들어 있다고 생각하면서 사이란은 저도 모르게 침을 삼켰다.

재석은 미군부대 정문 앞에 있는 태국 식당으로 사이란을 데려갔다. 식당 앞으로 다양한 국적의 사람들이 잔뜩 움츠린 채 빠르게 지나다녔다. 한국의 겨울은 열대야를 한 번도 벗어난 적이 없는 그녀의 무기력을 흔들어 깨우기에 충분했다. 약간의 더위에 곧 미치기라도 할 것처럼 발광하던 사람들이, 겨울에는 몸을 움츠리면서도 입가에 웃음을 머금고 춥다는 말을 빠르게 뱉어내는 것이었다. 눈까지 빛내는 사람들의 표정은 겨우내 그 신선함을 유지하는 것처럼 보였다. 게다가 처음으로 만져본 눈의 선득한 느낌은 또 어떠한가.

사이룽.

똠얌꿍을 안주 삼아 술을 들이켜던 재석이 그녀의 이름을 다정하게 불렀다. 주민등록증에는 '사이란'으로 기재되어 있지만, 재석은 늘 사이룽이라고 불렀다. 사이룽의 발음을 잘못 들은 동사무소 직원의 실수였지만, 정작 그녀는 사이란이 한국 여자 이름 같아서 만족했다.

나 참, 꼭 미래의 그녀를 보는 것 같았다니까.

술이 들어가니 재석은 또 맞선 보던 날을 입에 올렸다. 그는 술상을 벌이면 언제나 똑같은 말을 슬며시 꺼내놓았다.

그녀가 살이 찌면, 딱 그때 당신 얼굴이었을 거야.

재석은 술잔을 내려놓고서 안주를 씹듯이 그 말을 다시 중얼거렸다. 사이란에게 이 장면은 오래된 안주처럼 밍밍하고 지루해서 때로 느꺼움마저 불러일으켰는데, 그럴 때마다 그녀는 자신의 그 느꺼움마저도 거의 한국적이라는 생각을 했다.

그날, 정말 그녀가 나타난 것 같았다니까.

재석이 말하는 그날이란, 어떤 단체에서 주선하는 맞선을 보러 사이란이 한국에 나온 날이었다. 홧김에 서방질한다는 말에 웃었던 재석은 그 맞선 자리가 민망해져서 막 돌아가려던 참이었다. 자기 행동이 딱 그 꼴이었던 것이다.

재석은 도립악단에서 첼로를 담당했다. 사내 연애는 금지였지만 단원들 대다수가 공공연한 연애에 빠져 있었다. 재석 또한 바이올린을 켜는 몸이 가느다란 여자와 연애를 하다가, 사표도 쓰지 않고 악단을 뛰쳐나왔다. 연애 중이던 여자가 악단장과 결혼식을 진행하던 정오였다. 그래서 전 재산을 들이고도 아직 할부를 붓고 있던 첼로만 달랑 남게 되었다. 가느다란 여자는 신부 대기실에서 재석에게 문자 메시지를 보내어 자신의 결혼을 알렸다. 기가 막히는 것은, 그날 아침까지도 그들의 연애가 진행 중이었다는 것이다. 최소한 그는 그렇게 알고 있었다. 물론 그에게도 유혹은 있었다. 나란히 앉아 첼로를 켜던 여섯 살 연상의 미세스 최는, 하루 종일 재석의 팔을 꼬집으며 눈을 허옇게 치뜨고는 사시를 만들어대기 일쑤였다. 틈만 나면 재석의 첼로 줄을 건드려서 낮고 음산한 소리가 울리게 했고, 그 순간을 틈타 최대한 모아 올린 젖가슴을 적나라하게 보여주었는데, 젖가슴이 거의 빗장뼈로 올라붙을 지경이었다. 더욱 아찔한 것은 바닥에 떨어진 채를 줍는다는 핑계로 그녀의 방대한 엉덩이를 재석의 코앞에 들이대면서 산짐승 같은 사향 냄새를 풍기곤 했다. 그러나 재석은 단순한 사람이었다. 통장도 하나, 카드도 하나, 애인도 물론 하나여야 했다. 그건 정숙해서라기보다는 복잡한 것을 견디지 못하는, 일종의 게으름이기도 했다.

그러고 보니 그의 곁에 머물던 여자들은 하나같이 3년을 넘긴 적이 없었다. 이색적이고 경이로운 것이 습관이 되어버릴 때, 그 습관을 서슴없이 버리는 사람들이 있다. 열정의 모든 단계를 거친 남녀에게 남는 것은 그러한 선택인지도 모른다. 습관 아니면 경이로움. 그는 늘 습관을 선택했지만, 상대는 그렇지 않았다.

시간이 흘러 서로가 편안해지기 시작할 즈음이면 기다렸다는 듯이 떠나가곤 했는데, 신부 대기실로부터 이별 통보를 받은 것은 그때가 처음이었다. 그는 굳게 다물었던 입술을 떼면서 자신의 이름표가 붙은 테이블을 힐끗 쳐다보았다. 그런데, 빌어먹을 메시지 하나로 간단하게 자신을 버린 여자의 부운 듯한 얼굴이 거기 앉아 있었다. 그 얼굴 또한 땀을 흘리며 민망해하고 있는 것이 아닌가. 저도 모르게 걸음을 멈춘 재석은 그 테이블 앞으로 자석처럼 끌려갔다. 나를 버린 그녀가 살이 찐다면 제기랄, 딱 저 얼굴이 될 거야. 재석은 그 얼굴 앞으로 가서, 다짜고짜 질문을 던졌다.

결혼이 무엇이냐고.

질문을 받은 여자는 '친구'라는 말을 얼버무리면서 땀을 닦았다. 그러자 재석이 친구처럼 같이 사는 것이냐고 물었고, 통역사의 말을 들은 여자는 세차게 고개를 끄덕였다. 재석은 그녀의 이름표를 보며 소리 내어 읽었다.

사, 이, 룽?

무지개라는 뜻이라고 통역하는 여자가 말해주었다. 무지개는 해를 등지고 서야만 볼 수 있는 것인데? 재석의 말에 여자는 다시 고개를 끄덕였다. 어쨌든 그 질문과 대답으로 결혼이 결정되었다. 사이란은 세계 반주를 떠난 애인 대신 '친구처럼 사는 결혼'을 선택했다는 말은 하지 않았다. 그녀는 태국으로 돌아가 두 달간 한국어와 한국의 문화 예절에 대해 배웠다. 그 두 달이 그녀의 인생에서는 모든 것의 보류 상태였다. 재석 또한 그녀의 얼굴에서 헤어진 애인의 미래를 보았다는 말은 하지 않았다. 그는 결혼 절차를 밟기 위해 제일 먼저 악기점으로 가서 첼로를 팔고 스물두 평짜리 빌라를 얻었다. 그의 가구점에서 멀지 않은 곳이었다. 그는 가구단지 끝 비탈진 언덕에 나무로 지은 이동식 주택에서 생활하고 있었다. 주소지가 안성으로 되어 있는 가구점은 가구 매장이 모여 있는 단지였다. 돌아가신 아버지가 남긴 가구점에는 진열된 가구값을 웃도는 채무와 배달 직원 한 명, 1.5톤짜리 트럭이 전부였다. 복잡한 것을 싫어하는 그였지만, 처분하기보다는 이끌어가는 편이 더 유리했다.

재석은 솜땀을 먹고 있는 사이란을 바라보며 주사를 부리듯이 말했다.

그래도, 그날은 대답했어야지.

여기에서의 그날이란 결혼식 날을 말하는 것이었다.

리틀엔젤스 회관에서 합동결혼식이 진행될 때, 사이란은 입술만 움찔거렸다. 선뜻 대답할 수가 없었다. '영원히'라는 말이 그녀의 입을 막아버린 것이다.

이 한 사람만을 믿고 의지하며 영원히 사랑하겠습니까?

주례를 보는 목사는 그녀를 향해 다시 물었다. 짧은 순간 그녀는 옆에 있는 재석을 돌아보며 생각했다. 몸에 꼭 끼는 턱시도를 입고 어색하게 웃으며 땀을 흘리고 있는 이 남자를 영원히 사랑할 자신은 없다고. 차라리 교리에 어긋나더라도 회계사 일을 계속하겠다고. 아니면 관광객들 앞에서 손가락을 꺾으며 민속춤을 추는 무희가 되는 것이 더 낫겠다는 대답을 하고 싶었다. 그때 재석이 장갑 낀 손으로 이마의 땀을 찍어냈다. 그 모습을 보던 사이란은 저도 모르게 고개를 끄덕였고, 그것으로 맹세를 대신했다. 훗날 재석은 그때의 사이란에게서 오히려 신뢰를 얻었다는 말을 하곤 했다. 함부로 맹세하지 않으려는 맹세로 보였다는 것이다.

그래도, 대답은 했어야지.

사이란은 먹고 있던 솜땀을 서둘러 삼키고는 미처 하지 못했던 그 맹세에 대해 신중하게 대답했다.

네, 그렇게 하겠습니다.

사이란이 산후 도우미가 된 것은 6개월 전이었다. 정부에서는 나날이 확산하는 다문화 가정의 산모들을 위해 모국어 산후 도우미를 양성했다. 한국에 온 지 3년이 넘고 한국어를 잘할 줄 아는 사람에게만 주어지는 자격이었다.

사이란의 첫 번째 산모가 위라완이었다. 자그마한 체구를 가진 그녀는 이름보다 훨씬 아름답고 사랑스러웠다. 그러나 그 아름다움이 함부로 쓰이면 크고 작은 비극이 태어난다. 가난과 무지, 특히 자의식이 없는 아름다움은 때로 독이 되는 것이다.

위라완은 근로자로 한국에 들어와 박스 공장에서 일하다가 공장의 간부였던 이혼남과 사랑에 빠졌다. 남자와 살림을 차리고 몇 달 후에 그녀는 자기 얼굴을 복사해놓은 듯 꼭 닮은 딸아이를 낳았다. 그때까지도 그녀는 한국말을 거의 하지 못했다. 임신하고 출산하는 시간 동안 두 남녀 사이에는 말이 필요 없었을까. 갓난아이처럼 서로의 옹알이만으로도 소통하고 심지어 감탄했는지도 모른다. 그러나 옹알이가 주는 감탄의 시간은 그리 길지 않았다. 위라완은 엄청난 양의 미역국을 다 먹고도 일주일이 더 지나서야, 모녀가 그 단칸방에 버려졌다는 사실을 알게 되었다. 그녀는 아이를 낳고 결혼하자던 남자의 말을 오전 내내 곱씹다가 두 번이나 기절했다. 정신이 돌아오면 이마가 볼록한 신생아를 손가락으로 가리키면서 다시 무너졌다.

달콤했어, 너무…… 그땐 세상이 전부 내 편이었어.

마치 그 세상을 사이란이 빼앗기라도 한 것처럼 그녀를 노려보며 울부짖었다.

사이란은 선금으로 받은 도우미 급여를 위라완의 손에 쥐여주고 신생아의 아버지를 찾아 나섰다. 혼인신고까지는 못해도 아이는 호적에 올려야 했다. 한국에서 태어난 한국 사람의 아이였으므로 한국 이름을 가져야 한다는 생각이었다. 수소문 끝에 도망간 남자의 아버지가 성직자로 일하고 있는 곳을 알아내어 전화를 걸었다. 칠순이 가까워져 온다는 남자의 아버지는 '매우 미안한 일'이라고 말했다. 아이를 호적에 올려서 이름만이라도 갖게 해달라고 사정하자, 그는 다시 매우 미안한 일이지만 자신의 힘으로는 어쩔 수 없다고 말했다. 사이란은 다급해졌다. 아이가 병원에도 가야 하니 이름이 필요하다고 호소했다. 그리고 더 간곡한 말을 찾아 더듬거리고 있을 때 전화가 끊어졌다. 다시 전화할 필요도 없다는 걸 사이란은 이미 알고 있었다. 한 번, 아니 두 번씩이나 굳게 닫힌 문은 좀처럼 열리지 않는다. 세계를 반 바퀴나 돌겠다는 첫사랑을 붙잡지 않은 것도 그런 이유에서였다. 결국 룩사오는 한국에서 태어났지만, 한국식으로 표기되지 못하고 그저 '딸'이 되었다. 인간적이라거나 도리라는 것은 논리 속에서 훨씬 빛을 발하는 행위들이었다. 논리는 체험 밖의 일이므로.

사이란은 오전 일찍 집을 나섰다. 오늘부터 배란기를 조정해보기로 했다. 이제는 산부인과 진료대 위에 눕는 일이 수줍거나 떨리지 않았다. 입맛이 조금만 없어도 임신을 떠올리며 병원과 약국을 들락거리게 된 것이다.

현관문을 나서자 바닥에 쓰러져 있던 두 대의 자전거가 그녀를 빤히 올려다보았다. 그녀는 가방과 룩사오의 이유식을 내려놓고 쪼그려 앉았다. 그리고 아직 흙이 묻어 있는 자전거 바퀴를 빙그르르 돌려보았다. 기름칠이 제대로 안 되었는지 바퀴는 겨우 두 번을 돌다가 멈추었다. 그녀는 자전거 두 대를 일으켜서 앞집 벽에 나란히 붙여놓고 가방과 이유식을 챙기려다가, 문득 주위를 둘러보았다. 그녀는 자전거 한 대를 자신의 집 현관문에 비스듬히 기대놓고는 흡족한 표정으로 계단을 내려갔다.

산부인과 대기실은 불편한 구경거리가 많았다. 만삭의 임산부 곁에는 언제나 남편들이 앉아 있고, 그들은 산모 수첩을 들치면서 낮게 키득거리는 것이다. 간호사가 그녀의 이름을 길게 불렀다. 사이란니임. 그녀는 얼굴을 붉히면서 진료실 안으로 들어섰다.

의사는 초음파기로 그녀의 난포를 찾았다. 그리고 이마에 주름을 만들면서 난포의 크기를 재보더니 말했다.

저것이 10원짜리 동전만 해지면 때가 되는 겁니다. 아직 조금 남은 것 같군요.

사이란은 흑백 모니터를 통해 콩알보다 큰 까만 점을 바라보았다. 의사는 까만 점의 지름을 다시 흰 점선으로 그으면서 말했다.

이삼일 후에 다시 오셔야 합니다. 그날 보고서 결정을 하지요. 결정, 무슨 뜻인지 아시겠지요?

이삼일 후라면, 재석에게 말을 해야 하나. 진료대 커튼이 치워지고 사이란은 심란해진 몸과 마음을 동시에 일으켰다. 진료 커튼을 잡고 있던 간호사가 막대사탕을 빨고 있다가 그녀와 눈이 마주치자 사탕을 꺼냈다. 아쉽다는 듯 최대한 천천히. 그리고 사이란이 옷을 입고 나오자 막대사탕은 다시 간호사의 입 안에 들어가 있었다. 저토록 달콤한가. 그녀는 문득 사탕을 빼앗아 자신의 입에 넣어보고 싶은 충동에 사로잡혔다. 그 어이없는 충동의 목을 조르듯 가방을 쥔 손에 더욱 힘이 들어갔다.

산모의 집에 도착하자 신생아는 잠들어 있었다. 사이란을 보는 산모의 얼굴에 화색이 돌았다. 유륜 마사지를 할 시간이 훨씬 지나 있었기 때문이다. 사이란은 룩사오의 이유식을 냉장고에 넣고 서둘러 마사지 기구를 챙겼다. 그때 위라완에게서 전화가 걸려 왔다. 전화를 받자마자 위라완의 거친 목소리가 한 번 튀어나왔다. 그다음에는 우느라고 말을 잇지 못하더니 자지러지는 소리를 냈다.

목이 부러졌대, 룩사오가.

그리고 다시 울음소리가 들렸다. 사이란은 아이가 살아 있느냐고 낮은 소리로 보채듯이 물었다.

새파랗게 질렸어. 그런데 이상하지? 애 얼굴엔 눈물 한 방울도 없어.

입주 청소 중에 일어난 사고였다. 룩사오가 타고 있던 보행기를 밀면서 현관을 벗어났고, 두 개의 계단을 굴러떨어진 후 7층 집 문에 부딪혔다는 것이다. 7층 사람이 늘어진 아이를 안고 올라온 후에야 강력한 진공청소기의 전원이 꺼지고, 욕실에서 세면도구에 광을 내던 위라완이 불려 나온 것이다.

위라완의 울음소리가 점점 높아졌다. 우는 일은 지금 필요한 게 아니라고 말하려던 사이란은 숨을 크게 내쉬었다. 그리고 조금 일찍 병원으로 가겠다는 말을 하고는 전화를 끊었다.

사이란은 우선 산모에게 유륜 마시지를 해주고서 자신의 손이 꼭 필요한 일부터 순서를 잡았다. 룩사오의 톡 튀어나온 이마와 빨간 볼이 일하는 사이란의 손길 어디에나 따라붙었다. 룩사오가 청소 현장에 있었던 게 자신의 불찰로 여겨졌다. 그녀의 움직임이 빨라졌다.

위라완은 한 시간이 채 안 되어서 다시 전화를 걸어 왔다. 그녀의 목소리는 아까와는 다르게 더 굵고 거칠었으며 완전히 가라앉아 있었다. 룩사오는 이미 이 세상 사람이 아니라고 말하면서도 울지 않았다. 어차피 이렇게 가려고, 그렇게 왔는지도 모른다고 담담하게 말했다.

어차피 이름도 없었잖아?

사이란은 기다리라는 말만 겨우 하고는 급히 현관 쪽으로 걸어갔다. 산모는 몸을 반쯤 일으켜서 그녀와 눈인사를 나누었다. 문을 열고 나갔던 사이란이 다시 돌아와 냉장고에서 이유식을 꺼냈다. 그 아이가 남긴 것은 이런 것들이었다. 이유식이나 부서진 보행기, 빨간 볼과 눈웃음, 애증으로부터 시작된 모성애, 부질없는 몇 가닥의 희망 같은 것들…… 사는 일은 체험이었다. 그래서 어쨌든 살아가야 했다.

사이란은 자신이 규칙적인 간격을 두고 눈물을 흘린다는 것을 깨달았다. 생각들이 지나가면 잠시 뒤에 눈물이 뒤따라 나오는 식이었다. 아파트를 빠져나와 택시를 탄 그녀는 목적지를 묻는 기사에게 불쑥 가구단지라고 말했다. 택시를 타기 전까지는 전혀 생각해보지 않은 일이었다. 눈물이 다시 또르르 흘렀다.

가구단지 입구에서 내린 사이란은 내키지 않는 걸음으로 비칠비칠 걸었다. 재석의 가구매장 앞에 도착하자, 배달 직원이 밖에 내놓은 가구 옆에 비켜서서 오줌을 누고 있었다. 그는 돌아서려는 사이란에게 들어가 보라는 손짓을 재빨리

해 보였을 뿐 전혀 당황한 기색을 보이지 않았다. 사이란은 최대한 빨리 매장 안으로 들어섰다. 재석의 모습은 보이지 않았다.

매장의 중간에 서 있는 사각기둥에 공책 크기만 한 거울이 걸려 있었다. 그녀는 수은이 벗겨진 거울 앞에 서서 눈물 자국을 지웠다. 살은 많이 내렸지만, 여전히 세련된 구석이라곤 찾아볼 수 없었다. 가구점 뒤로 나가는 문 쪽에서 재석의 목소리가 들려왔다. 페인트칠이 벗겨진 철문 앞으로 다가서자 이번에는 여자의 말소리가 새어 나왔다.

따로 살고 있다면서? 악단에 소문 다 돌았어.

거기 원래 소문이 많은 곳이잖아. 그중에 쓸 만한 소문은 딱 한 가지였는데, 나만 믿지 않았지. 네 결혼.

그건 미안해. 그래도 이 결혼은 좀 그렇다.

나한테, 이 결혼만큼 안정적인 건 이제까지 없었어. 잘 지키려고 나름대로 애쓰는 중이다.

말도 안 돼…… 재석 씨, 솔직한 사람이잖아?

넌 듣고 싶은 말이 있는 모양이구나, 여기까지 찾아온 걸 보면 …… 그래, 아직 힘들게 살고 있어. 처음엔 너 때문이라고 생각했는데, 내 기질 때문이더라. 그런데 말이야, 그럼에도불구하고, 사이룽을 사랑해.

그럼에도불구하고?

여자의 목소리가 바이올린의 현처럼 가늘고 팽팽하게 올라갔다. 사이란은 문 손잡이를 움켜쥔 채 재석의 다음 말을 기다렸다.

내게 잘 보이려고 기를 쓰며 진땀을 흘리는데, 그렇게 나를 바라보는데, 그걸 보면서 어떻게 사랑하지 않을 수 있니……? 짐승이라도 그런 눈으로 바라본다면 마음이 움직이지 않겠어? 물론 넌 아니겠지. 상대가 어떤 눈으로 바라보든 상관하지 않는 사람이지 너는.

재석의 목소리도 한 음이 더 올라가 있었다. 잠시 침묵이 흘렀다. 그리고 다시 그의 목소리가 들려왔다.

네가 날 그런 식으로 버려준 게 고맙더라. 그렇게라도 널 등질 수 있어서, 정말 다행이었다. 정말……

사이란은 문가를 떠나면서 웃고 있었다. 눈물은 여전히 간격을 두고 새어 나왔지만, 출처를 분간하기 어려웠다. 룩사오 때문인지 재석의 마음을 얻었기 때문인지 종잡을 수가 없었다. 그런데 재석이 아직 모르는 것이 있다. 사이란 또한 재석의 깊은 눈에서 갈증에 시달리는 짐승의 애처로운 호소를 보았다는걸.

사이란이 문에서 멀어질수록 방금 들었던 재석의 목소리

가 더 가까이 따라붙는 것 같았다. 그럼에도불구하고 사랑한다? 사이란은 이제 자신이 알고 있는 한국어 중에서 그 단어를 가장 좋아하게 되었다. 복잡하고 까다로워서 발음하기도 어렵지만, 그럼에도불구하고 신비롭기까지 한 그 긴 접속사를.

사이란이 가구단지를 완전히 빠져나왔을 때 휴대전화 벨이 울렸다. 재석이었다.

나 오늘 보험 들었어. 뭔지 알아? 내가……

재석은 확인하듯이 그녀의 이름을 불렀다.

사이룽, 듣고 있어? 우리 여우굴에서 같이 살까?

……

사이룽은 숨소리만 보내면서 침묵했다. 재석이 여전히 들뜬 목소리로 다시 물었다.

이번 결혼기념일에는 무슨 선물을 할까?

사이란은 침을 한번 삼키고 나서, 또렷한 발음으로 커다랗게 말했다.

한우를 낳고 싶어요.

며칠째 물어오던 재석의 질문에, 그녀는 그렇게 대답했다. 그러고는 자신의 유일한 능력이 그것뿐이라는 듯 눈도 깜박이지 않고 재석의 다음 말을 기다렸다.

샷 건의 위협을 받고 나니 왠지 더 불안해졌다. 나는 브랜트를 시켜 사제 총을 하나 구매하라고 시켰다. 여기는 트라이시클 운전하는 기사들이 사제 총을 만들고 있다. 그들은 심부름센터 같은 역할을 하면서 청부 살인도 서슴지 않는다. 아내가 이 땅을 싫어하는 것에는 그런 이유도 있을 것이다.

천사들의 ——— 도시

♦♦♦

앙겔레스 시티.

이름대로 천사들의 도시다. 필리핀의 이 도시에서는 나를 제임스라고 부른다. 영어 이름을 지으려고 며칠을 고심한 끝에 닮고 싶은 배우의 이름으로 지은 것이다.

내가 지사장으로 있는 이 중고차 판매장은 한국에 있는 후배 녀석의 것이다. 후배에게 이 매장을 소개해서 인수하게 해주었다. 원래 주인도 한국인인데, 카지노에서 전 재산을 다 말아먹었다. 그는 마지막 남은 이 매장을 우리에게 헐값으로 넘기고 며칠 후에 권총으로 자살했다. 그런데 자살이 아니라는 소문이 돈다. 총구 위치로 보아서는 분명히 타살이라는 것이다. 이 천사들의 도시에는, 카지노 꽁짓돈 쓴 사람과 그 돈 쓰고 권총 자살한 망령들의 이름이 전설처럼 떠돌고 있다.

내가 미치겠는 건, 꽁짓돈 쓴 고객 명단에 내 이름도 올라 있다는 것이다. 골프 예약을 받는 부업을 하고 있을 때 손님이 한국에 들어가면 부쳐준다고 사정하는 바람에 어쩔 수 없이 내 이름으로 꽁짓돈을 빌려주었다. 그리고 그 손님은 마닐라 공항에서부터 소식이 끊겼다. 할 수 없이 매장에 있는 봉고차 4대를 카지노 측에 내주고, 차가 팔리면 돈으로 주겠다는 각서를 썼다.

쇼룸 맨 앞에 서 있는 그 봉고차 4대를 보면 끓어오르는 화로 머릿속이 뜨거워지면서 수증기가 꽉 차오른다. 그리고 서서히 그 수증기가 지워질 때쯤이면, 어김없이 권총의 총구가 보이면서 가슴이 서늘해지는 것이다. 하루에도 몇 번씩 이런 극심한 온도 변화를 겪다 보니 몸이 부실해진 것 같다.

이 중고차 판매장에는 직원이 꽤 많다. 나와 임 부장이 한국인이고 나머지 열한 명은 여기 현지인이다. 임 부장은 자동차 기술자도 아니고, 영어나 타갈로그어도 전혀 못 한다. 그러므로 매장에서 임 부장의 위치는 있으나 마나 한 것이다. 그런 그를 월급을 주면서 굳이 이곳으로 들여보낸 후배 녀석의 의도는 무엇일까. 혹시 나를 견제하기 위해서? 그런 생각으로 임 부장을 바라보면, 그는 늘 입을 쭉 찢으며 백치처럼 웃는다.

어쨌든, 우리는 그 후배 녀석을 '장군'이라고 부른다. 정면에서 보면 큰 얼굴이 아닌데 옆에서 보면 앞 얼굴의 두 배가 뒤로 길다. 옆으로 길다고 해서 처음엔 '빼스대가리'라고 불렀다가 너무 심하다 해서 '대갈장군'으로 불렀다. 그러다 그것도 좀 길다 싶어서 그냥 '장군'이 되었다. 자리가 사람을 만든다고 하더니, 덩치며 얼굴이며 경영 방식마저도 볼수록 정말 장군 같은 놈이다.

장군보다 두 살이나 위인 임 부장은 늘 장군 앞에서 충직하게 머리를 조아리는데, 그 장면이 어찌나 엄숙하고 경건하다 못해 거룩해 보이던지 나도 모르게 주눅이 들 때도 있다. 하긴 어린 나이에 이 정도로 사업을 밀어붙이는 걸 보면, 대단한 놈인 건 분명하다. 우리가 장군이라고 부르니까, 여기서 차 장사하는 어떤 놈은 장군의 성이 '장'씨인 줄 알고 있다. 사실은 '최'씨인데.

나도 회사의 대표였던 적이 있다. 한국에 있을 때 완구를 수입하다 부도가 나서 형사 입건이 되었다. 그로 인해 아내와 결혼을 하게 된 것이나 다름없다. 그때 아내는 내 사무실에서 경리 일을 보며 대학에 다니고 있었다. 그녀는 매번 자신의 업무를 끝내고는 책을 읽거나 노트에 뭔가를 끼적거렸다. 그녀는 표정이 매우 다양했는데, 외까풀의 눈 때문이 아닌가 싶다. 언뜻 보면 '나는 아무것도 몰라요'라고 말하는 듯이 보이다가, 다시 돌아보면 '알 건 다 알아요'라는 표정이 되어 있곤 했다. 그럴 때마다 '알다가도 모를 게 여자'라는 말을 누가 했는지 슬쩍 궁금해지는 것이었다.

그때는 주로 중국에서 완구를 수입했다. 그곳으로 출장을 가서 작은 호텔에 묵었을 때의 일이다. 막 씻으려는데 누군가 문을 세차게 두드렸다. 도어 렌즈로 밖을 보니 프런트 데스크에 있던 할멈이었다. 문을 열자마자, 할멈이 실실 웃으며 중국말로 떠들기 시작했다. 한마디도 알아들을 수 없었다. 웅얼웅얼. 왕왕왕. 히히히. 웃음소리밖에 알아들을 수 없었다. 나중에는 두 손으로 무슨 콜라병 같은 곡선을 마구 그리기까지 했다.

할멈은 제 가슴을 두드리며 답답해하더니 탁자에 있던 메모지에다 무언가를 그려서 내게 주었다. 女. 계집 녀. 여자를 불러주겠다는 뜻이었다. 할멈과 나는 서로에게 손가락질하면서 웃어댔다. '이왕이면'이라고 말하면서 나는 그 메모지에다 한 자를 더 추가했다. 女 자 앞에 '적을 소'자를 써서 할멈에게 주었다. 할멈은 '少女'가 적인 쪽지를 보더니 풍선에서 바람 빠지는 소리를 내며 웃었다. 그러고는 눈을 허옇게 흘기면서 내 팔을 한번 콱 꼬집더니 바람을 일으키며 사라졌다.

한참 후에, 할멈이 웬 여자아이를 데려왔다. 정말로 소녀를 데려온 것이다. 그 어린 소녀는 노곤한 얼굴로 방에 들어서더니 침대 끝에 앉아서 끄덕끄덕 졸기 시작했다. 어쩌면 '작을 소 小' 자를 써야 했는지도 모른다. 그랬더라면 키가 작은 여자를 데려왔을 텐데…… 소녀는 황사처럼 노란 얼굴을 침대 발치에 두고서 곤하게 잠이 들었다. 즐거운 꿈을 꾸는지 입가에 웃음을 머금다가도, 흑 하면서 얼굴을 무섭게 찌푸리기도 했다. 욕심에 획수 하나 더 그렸다가, 나는 꿈꾸는 소녀를 바라보며 밤을 꼴딱 새워야 했다.

이상한 건 출장에서 돌아온 이후였다. 매일 보던 경리가 그 소녀와 너무도 닮아 있었다. 참 이상한 일이었다. 그래서 책을 읽는 그녀에게 목덜미가 길어서 예쁘다고 말했다. 그랬더니 그 이후로 하루도 빼지 않고 머리를 틀어 올리고 다니는 것이었다. 그러나 그건 그냥 한번 해본 소리였다. 어쩌면 그녀는 자신의 목덜미를 봐줄 사람이 절실히 필요했거나 결혼이라는 것이 무작정 하고 싶었는지도 모르겠다. 내가 '행복한 가정'이라는 것에 늘 궁금증을 갖듯이.

그녀는 부도가 나서 형사 입건이 된 나에게 하루도 빠짐없이 면회를 왔다. 우아하게 머리를 틀어 올리고는 교도소를 마치 제집처럼 드나들더니 급기야는 살던 전셋집을 내놓고, 나를 감옥에서 꺼내주었다. 그냥 한번 해본 소리로, 나는 천 냥 빚을 갚았다.

그 후로 나는 어린 나이에 은퇴한 복서처럼 화려한 재기를 꿈꾸면서 빈둥거렸다. 그 꼴을 보다 못한 고모가 나를 이곳으로 불러들였다. 근대의 재앙이라고까지 불리는 '피나투보 화산'이 폭발했을 때 가장 큰 피해를 본 곳이다. 그러니까 여기에 발을 디딘 것이, 벌써 십 년 저쪽의 일이다.

처음 도착하던 날, 나는 이곳을 쉬이 떠날 수 없으리라는 막연한 예감으로 손등의 푸른 정맥을 하염없이 문질렀다. 눈처럼 하얀 화산재가 날리고, 그것들이 바닥에 쌓여 재색으로 변해가고 있었다. 그 거리에서 콧등에 땀방울을 달고 무언가를 열심히 먹고 있던 사람과, 커다란 눈동자를 반짝이며 낯선 이방인을 오래도록 바라보던 끈끈한 시선들. 그 끈적한 시선의 거미줄 앞에서 나는 꼼짝없이 서 있었다. 오래된 그림 같은 흑백의 풍경 앞에서 나는 잠시 당황했다. 왠지 그 모습이 전혀 낯설지가 않았다.

이곳에서 내가 유일하게 사귄 필리피노는 우리 빌라의 건물주이다. 그는 몇 년 동안 내게 빠레(친구)로서의 돈독한 우정을 유감없이 보여주었고, 어젯밤에는 나의 골칫거리를 해결해주고 싶다고도 했다. 내 골칫거리란, 바로 워킹비자 문제이다. 비자 신청을 한 지가 일 년이 넘었는데도, 이민국에서는 이렇다 할 연락도 없이 연신 떡값만 받으러 나오는 것이다. 그런데 여기 떡값은 명절에만 받으러 오는 게 아니라, 이민국 직원들이 번갈아 가면서 수시로 걷으러 다닌다.

게다가 그 떡값이 천정부지로 오른다는 데에 문제가 있다. 자고 나면 올라가는 여기 떡값이 한국의 부동산 시세와 똑같다며, 한인회장은 틈만 나면 게거품을 잔뜩 물고 떠든다. 게가 거품 무는 것을 본 사람은 알 것이다. 너무도 조용히, 그저 보글거리기만 한다는 걸. 내가 알기로는 사람이 그렇게 조용히 거품을 무는 경우는 쓰러질 때뿐이다. 그런데 이민국에서 떡값 받으러 나오면 제일 먼저 봉투를 들이미는 인간이, 바로 그 인간이다.

사실 이곳에서의 생활 자체는 비자 없이 가능하다. 그러나 이민국에서는 워킹비자 없이 '매장에 드나드는 것 자체를 불법'으로 규정해놓고, 호시탐탐 그 틈새를 노리고 있다. '불법'이란 말이 내 인생에 끼어든 것은 처음이 아니다. 태어나면서부터 불법체류가 시작되었으니까.

언젠가 아내의 사전에서 불법의 뜻을 찾아보았다. '법에 어긋남'이라고 씌어 있었다. 내친김에 범법을 찾아보니, '법을 어김'이라고 씌어 있었다. 그러니까 범법은 고의적이고 불법은 어쩔 수 없이 그렇게 된 것인데, 그 '어쩔 수 없는 상황'이란 게 모두 자기들이 정한 바에 의해 결정되는 것이다. 따라서 이곳에서 사업을 하는 외국인들은 '어쩔 수 없이' 그들의 무궁무진한 돈줄인 셈이다.

한인협회 회의에서 거론된 것이, 바로 이런 문제였다. 도대체 이곳에 있는 대사관에서는 무얼 하느냐, 자국민의 불편을 발 벗고 나서서 해결해주기는커녕 외면하고 있다, 나라에서 굴러다니는 폐차 직전의 고물차들을 수출해서 돈을 버는 우리야말로 애국자가 아니냐, 세금 환급도 좋지만 일을 할 수 있게 해주는 것이 더 시급하다, 등등.

그러나 그들은 옛날 우리 며느리들이 하던 시집살이의 전통을 아직도 고수하고 있다. 자신들의 임기 4년 동안에 서류상으로 아무 일도 일어나지 않기를 바라면서, 그저 눈 감고, 귀 막고, 입마저 닫고 있다. 귀머거리 4년, 벙어리 4년이라는 현대판 시집살이를 자처하고 있다.

아내는 저녁을 먹자마자 또 '이 땅은'으로 입을 연다. 언제부턴가 저 말은 곧 밤을 알리는 신호음이 되었다.

"이 땅은, 정말 저주받은 곳이에요."

이(도), 땅(레), 은(파). 아내가 '이 땅은'을 시작하면 나는 입속으로 도, 레, 파, 라고 음을 붙였는데, 놀랍게도 늘 정확하게 일치한다.

"이 땅은, 들어오는 사람마다 어쩜 그렇게 한결같아요? 성직자 아니면 모두가 사기꾼이니……"

이제는 아예 자장가의 첫머리처럼 여겨져서, 저 '이 땅은'을 들어야만 비로소 내 몸의 세포들이 잠자리에 들 시간임을 자각하는 것이다. 아내는 나를 비롯한 이 땅에 사는 모든 외국인의 행태에 대해 일일이 열거를 하다가 이 땅이 저주를 받았다는 결론을 내린 후 '송충이는 솔잎을 먹어야 한다'는 말로 마무리를 한다. 그러나 나는 여기가 좋다. 이 땅의 풍토, 그러니까 '나' 같은 인간도 뿌리내릴 수 있는 이곳의 토질이 편한 것이다. 게다가, 한국에는 내가 먹을 솔잎이 없다.

이곳에서는 내 얼굴이 곧 ID카드이다. 이 도시에서의 내 위치가 그렇다는 얘기다. 상류층이나 외국인만 드나드는 쇼핑센터에도 여권 없이 내 얼굴만 한번 들이밀면 통과. 싸우다가 상대방의 코를 살짝 주저앉혀도, 경찰서장 앞에서 내 얼굴을 그냥 신용카드처럼 한번 주욱 긁으면 사건 종결이다. 때가 되면 경찰서장이 월말 결산하듯이 우리 매장으로 슬쩍 들른다. 그때 저번에 긁은 카드 대금을 내면 되는 것이다. 그리고 그의 등을 두드리며 '빠레(친구)'를 세 번 외쳐준다. 그러면 그는 내게서 받은 카드 대금으로 술을 사고, 다음 날 미모사 콘도에서의 골프 비용을 해결해주기도 한다.

여기 미모사 콘도는 한국에서 들어오는 골프객들로 늘 북적거린다. 방학에는 중고등학생까지 몰려와서 아예 한국 골프장처럼 되어버린다. 부업으로 그들에게 골프 예약을 받아주다가 골프를 배웠다. 사실, 배웠다기보다는 그냥 치게 되었다. 고객들이 요구할 때에 언제든 필드에 나가 상대해줄 수 있어야 하기 때문이다. 골프를 하고 싶어서가 아니라, 생존의 수단으로써 습득한 것이다. 그러니 폼이라는 건 없고, 그저 홀에 공을 집어넣느라고 최선을 다할 뿐이다.

골프를 하기 전에는 고객들을 기다리느라 오전 시간이 무척 지루했다. 그러다 보니 콘도에 널려 있는 미모사 앞에서 시간을 보내게 되었다. 건드리면 오므라드는 이상한 식물을 알고는 있었지만, 그것의 이름이 미모사라는 것은 이곳에 와서야 알았다. 어릴 때 보았던 미모사를 이곳에서 처음 만났을 때, 나는 하마터면 눈물을 쏟을 뻔했다. 나 같은 놈이 눈물을 쏟는다면 지나가던 이 동네 원숭이가 손가락질할 일이다. 그러나 사실이다. 아득한 고향의 여름이 다정하게 내 어깨를 두드리는 듯해서 왈칵 목이 메었다.

이곳에 있는 미모사는 키가 큰 나무뿐만이 아니라, 잔디처럼 풀의 형태로 자라면서 골프장 전체를 뒤덮고 있는 종류도 있다. 바닥에 깔린 그 작은 미모사는 잎의 뒷면이 잎맥까지 모두 보라색이다. 그것들을 한번 밟으면 잎이 일제히 오므라들면서 뒷면의 보라색이 선명히 드러나는데, 정확히 발자국 모양이 된다. 그 위에서 걷고 뛰다가 낮잠도 잤다. 그렇게 미모사들을 보라색 만신창이로 만들면서 한나절의 무료함을 달래곤 했다.

키가 큰 나무 형태의 미모사도 마찬가지다. 슬쩍 건드리거나 입김만 불어도 금방 잎을 접는 것이 신기해서, 그 근방의 미모사들을 갖은 방법으로 건드리며 시간을 죽였다. 처음에는 그저 바라보다가 입김을 불어보았다. 천천히 얼굴을 들이밀고, 손으로 만져보다가, 옷깃으로 스쳐보고, 나뭇가지로 찌르다가, 발길질에 이단옆차기, 그다음에는 침도 뱉으면서 수단과 방법을 가리지 않았다. 가해에도 가속도가 붙는다는 걸 그때 알았다. 그 꼴을 본 캐디들이 깔깔대며 지나갔다. 외압이 가해지면 수분이 재빨리 밑동으로 내려가서 자신을 보호하는 식물이라며, 캐디 하나가 아는 체를 했다.

하긴 미모사가 바싹 오므라든 모양을 보면 더는 건드릴 수도 없고, 건드려도 재미가 없다. 26개 정도가 되는 작고 길쭉한 잎들이 서로 몸을 포개고 바싹 오므라든 모습은 사람이 두 손바닥을 그러모으고 싹싹 빌고 있는 모습을 연상시킨다. 필사적으로 빌고 있는 사람을 계속 때릴 수 있는 경우는 그리 흔치 않은 것이다.

그런데 한인협회 이사라는 작자가 나를 '미모사보다도 못한 놈'이라며 마닐라까지 떠들고 다닌다는 것이다. '밥 빌어먹다가 형편 좀 피니까, 간이 배 밖으로 튀어나오더라'라는 부연 설명까지 곁들여서 말이다. 그런 놈은 그냥, 말 한마디로 천 냥 빚을 지는 놈이다. 찾아가서 냅다 돌려 차기 하려다가 참았다. 밥 빌어먹던 내가, 이 동네 유지 행세하는 것이 배가 아픈 모양이지!

지금이 5월 중순이니, 이제 곧 우기가 올 것이다. 1년 중 제일 뜨겁다. 지금은 물론 긴 소매 옷을 입고 버틸 수 있는 체질로 진화했지만, 처음 이곳에 왔을 때는 위에서 쏟아붓는 햇볕과 아래서 올라오는 지열에 그야말로 온몸이 오그라들고 머리가 벗어지는 것 같았다. 길을 걷거나 얘기를 하다가 자주 정수리를 쓰다듬는 습관은 그때 시작된 것이다. 습관처럼 왼손은 머리에, 오른손은 바지 주머니에 찔러 넣고 사무실 문을 나선다.

매장 쇼룸에 50여 대 정도의 봉고차가 촘촘히 주차돼 있다. 임 부장은 청색의 봉고차에 달라붙어서 광을 내고 있다. 입을 벌린 채 땀을 질질 흘리면서 무아지경에 빠져 있다. 설령 여자 엉덩이라도 저렇듯 심혈을 기울이지는 못할 것이다. 가뜩이나 뜨거운 공기에 임 부장의 입김이 더해지는 꼴을 보니, 또 머릿속에 김이 서린다. 멍청하게 저걸 손수 하고 있네. 저런 건 여기 현지 애들 시키면 되는 일이다.

한국에서 보낸 폐차 직전의 차가 들어오면, 의자와 모든 내장 용품을 모조리 뜯어낸다. 차체 내부를 완전히 들어낸 후에 보면 별의별 물건이 다 나온다. 동전은 물론이고 숟가락, 젓가락, 스노체인, 녹은 사탕, 오줌 지린 자국처럼 니코틴이 번진 짜부라진 담배와 한 짝뿐인 귀걸이, 가끔 운이 좋으면 소화기와 낚싯대가 나오고, 더러 아가리에 실이 감긴 말린 북어나 필름과 가족사진까지……

나는 그것들을 모두 한곳에 모아둔다. 심심할 때 뒤적거려보면 그런대로 재미가 있다. 어느 때는 차의 흠집 상태와 거기서 나온 물건들을 가지고 그 차의 사연을 죽 꿰어보기도 하는데, 그럴듯한 얘기가 나올 때도 있다. 카센터에서 일할 때 나름대로 터득한 것이다. 차 상태를 보면 저절로 차 주인의 표면적인 성격이 떠오른다.

폐차장에 가서 부품을 떼어 올 때도 그랬다. 사고 차량의 상태를 보며 운전자의 신체 손상 부위에 대한 견적서를 작성해보는 것이다. 저 차 주인은 지금쯤 다리를 절겠군. 혹은 뇌 뚜껑을 열었겠는걸. 저런, 적어도 사망 아니면 식물인간이군. 한참을 그러다 보면 마지막에는 꼭 나에 대한 견적서가 떠올랐다. 그러면 나는 부품을 다 떼어낸 폐차로 달려들어서 있는 대로 부수고 던지고 짓밟았다.

"보스, 얘기해줘요. 이 차에 대해서."

옆에서 브랜트가 졸라댄다. 내가 차의 스토리를 좍 꿰고 나면, 브랜트는 언제나 한국에 나가고 싶다면서 입맛을 다신다. 그러나 오늘은 얘기할 기분이 나지 않는다.

나는 남의 가족사진 한 장을 집어 든다. 부부가 어깨동무하고 있고, 남자아이 둘은 그 아래서 눈이 찌그러지도록 웃고 있다. 그런대로 행복해 보이는 그림이다. 나는 사진을 한참 들여다보다가 팽개친다. 그리고 30센티가 넘는 북어를 매장의 천장에 매단다. 누군가 차를 사서 액땜을 하느라 고사를 지냈을 것이다. 차 부적인 셈이다. 이미 기한이 지났겠지만, 유통기한 표시가 안 되어 있으니 상관없다. 브랜트가 신기한 듯이 나와 북어를 번갈아 보며 묻는다.

"보스, 왜 그래요? 말린 생선?"

나는 손바닥을 비비면서 감회 어린 눈으로 말한다.

"너희들이 좋아하는 신神이다."

브랜트가 못 알아들었다는 듯 눈을 껌벅거린다. 나는 녀석의 뒤통수를 딱 소리가 나도록 치면서 다시 말한다.

"몰라? 오, 마이 갓!"

브랜트는 슬슬 물러나더니 봉고차로 가버린다.

이제 곧 본격적으로 중고차 수리가 이루어질 것이다. 한 놈은 천장만 죽어라 닦아대고, 한 놈은 차 바닥만, 또 한 놈은 차체를 갈아내고, 색칠하고, 열처리를 마치고 광을 낸다. 그렇게 일주일 후면 완전히 새 차로 거듭나는데, 절대 중고차라고 볼 수 없을 지경이다. 옆에서 지켜본 나도 입이 딱 벌어질 정도로 완벽하다.

점심을 먹기 위해 집으로 갈 시간이다. 매장을 나서다가 임 부장 옆을 지나며 넌지시 한마디 던진다. 이런 건, 애들 시켜. 임 부장이 학학거리며 고개를 들자, 열기가 확 날아온다. 나는 뛰듯이 걸음을 옮긴다. 그 바람에 달려오던 트라이시클이 나를 칠 뻔하다가 아슬아슬하게 비켜 간다.

저 트라이시클이 여기서는 택시나 마찬가지다. 오토바이 몸체 옆에 함석으로 만든 의자를 달고 거기에 사람을 태우고 다닌다. 두 사람 정도가 탈 수 있도록 그네처럼 만든 것이다. 내가 처음 여기 왔을 때는 그네를 끌던 것이 자전거였다. 운전자가 페달을 밟으면서 어찌나 땀을 흘리던지 옆에 타고 있던 내 몸에 자꾸 힘이 들어가곤 했다. 자전거가 점차 오토바이로 바뀌어서 이제 자전거는 찾아볼 수도 없다.

마을버스 역할을 하는 지프니도 미군들이 떠나면서 버리고 간 지프를 개조한 것이다. 지프 앞 대가리에 뒤 칸을 만들어 이어 붙였다. 뒤 칸에 기다란 벤치 두 개를 양쪽으로 달아서 손님을 태우고 다닌다. 함석으로 지붕을 얹고 알록달록한 색을 칠해서 유치원 차량처럼 보인다. 창문 같은 건 없다.

우리 매장 앞의 도로가 이 나라에서는 한국의 1번 국도에 해당한다. 따라서 차량 이동이 엄청 많다. 지프니와 트라이시클이 질러대는 경적과 매연, 뜨거운 엔진이 토해내는 열기, 게다가 아래에서 올라오는 지열까지 더해져서 체감온도는 늘 40도를 웃돈다.

저 지프니 뒤 칸에 시든 배추처럼 앉아 있는 사내들을 볼 때면 예전의 내 모습이 떠오른다. 그 한인협회 이사 놈의 말마따나 '내가 밥 빌어먹을 때'는 저런 지프니나 트라이시클을 타고 다녔다. 가뜩이나 더운데 옆 사람의 체온까지 더해져 허벅지 아래로 스멀스멀 땀이 고일 때면, 엉덩이를 앞으로 당겨서 땀이 밴 허벅지에 바람을 쐬어야 했다. 그때의 축축함이 떠오르자 진저리가 쳐진다. 저절로 이루어지는 체온조절법이다. 모든 생물은 다 환경에 맞게 진화하는 모양이다. 진저리를 치면서 말이다. 나는 자동차 문을 열었다가 다시 닫는다. 아무리 더워도 운동 삼아서 걸어야겠다.

아내는 진화의 방법으로 웃음을 택한 것 같다. 참 잘 웃는다. 사람들이 웃지 않는 사소한 것에도, 참을 수 없다는 듯이 허리를 접고 오래도록 웃는다. 그런 만큼 남들보다 길게 우울해하고, 깊은 생각에 빠져서 나를 오래도록 기다리게 했다. 심지어 침대에서도 생각에 빠진 아내를 건져내기 위해 내가 기울인 노력에 관한 얘기는 차마 눈물 없이 들을 수 없을 것이다. 어쩌다 내 손이 닿을라치면 그야말로 온몸이 오그라들면서 빳빳하게 굳어지고 체온까지 싸늘하게 내려간다. 그리고 생각 좀 하고 싶다면서 돌아눕는다. 물에 빠진 사람을 건져내는 건 용기와 시간 문제가 되겠지만, 침대에서 생각에 빠진 아내를 건져 올리는 건 용기와 시간을 넘어서 필살의 인내가 요구되는 것이다.

잠시 후 집에 도착하면 아내의 웃는 얼굴을 볼 수 있다. 내 식성 때문이기도 하지만 음식 준비는 필리핀 가정부를 시키지 않는다. 찌개가 끓는 순간에 정확히 도착하는 나를 볼 때면, 아내는 두 눈을 동그랗게 치뜨고 입술을 가늘게 만들면서 눈부시게 웃는다. 아내가 내게 웃음을 보내는 유일한 순간이다. 그건 마치 내게 베푸는 깜짝 세일 같아서 나는 될 수 있으면 그 시간을 지키기 위해 기를 쓴다. 그런데 아내의 그런 웃음이 강아지에게 던지는 입에 발린 칭찬 정도로 여겨질 때가 있다. 밥 시간에 맞춰 쪼르르 달려오게 만드는, 일종의 종소리 같은 것은 아닐까 하는 생각이 드는 것이다.

이런저런 생각을 하다 보니 벌써 집 앞이다. 채 십 분도 걸리지 않았다. 현관을 들어서며 주머니에서 급히 손을 빼낼 때 증명사진만 한 스티커 한 장이 손목에 달랑달랑 붙어 나온다. 아직도 뒷면이 끈끈한 것으로 보아 주머니 근처에 달라붙은 지는 오래되지 않은 것 같다. '사용 시 주의사항'이라는 스티커다. '부드러운 스펀지를 사용하시면 긁힘이 없이 원상태로 오래 사용하실 수 있습니다'라고만 씌어 있다. 몇 번을 소리 내어 읽어보아도, 어디에 붙어 있던 것인지 도무지 알 수가 없다. 게다가 무엇을 주의해서 사용하라는 것인지.

아내는 스티커와 나를 번갈아 쳐다보면서 고개를 갸우뚱거린다. 내게서 스티커를 떼어다가 자신의 손등에 붙이더니 또 한 번 내 얼굴을 물끄러미 바라본다. 그러고는 무슨 보석이나 병아리 감별사처럼 온갖 가재도구에 손을 갖다 대면서 꼼꼼히 살피기 시작한다. 그러거나 말거나 나는 밥을 먹는다.

밥을 먹자마자 서둘러 집을 나선다. 나는 일부러 체크포인트 쪽으로 방향을 튼다. 이쪽으로 돌아서 매장에 가려면 이십 분 정도를 더 걸어야 하지만, 나는 가끔 이곳을 지나가면서 실패한 내 과거를 떠올려본다. 나를 밥 빌어먹게 만든 놈을 볼 수 있을까 하는 기대로 골목골목을 누비기도 한다. 어떤 날은 지나가는 현지인 남자가 다 그 사기꾼 놈으로 보여서 등이 후끈거릴 때도 있다. 그놈의 얼굴도 이제는 가물가물하다.

이곳은 밤이 되면 붉은 네온과 여자들이 뿜어내는 열기로 불야성을 이룬다. 골프객들을 데리고 자주 찾는 곳이다. 18홀을 거의 다 돌 즈음이면, 고객들이 '19홀 돌러 가자'라면서 일제히 나를 바라본다. 물론 그 19홀은 이곳의 여자들을 의미한다. 그래서 여기도 거의 정해진 관광코스나 다름 없다.

화산 쇄설물 때문에 이곳에 있던 공군기지의 기능이 완전히 마비되자, 미군기지도 철수했다. 고모는 그때 같이 살던 미군을 따라 미국으로 건너가면서 '양색시'라는 그녀의 지리멸렬한 과거도 함께 철수시켰다. 미군기지가 이주하면서 유흥단지만 남게 되었는데, 바로 이 체크포인트다. 유흥단지 안에는 술집이 칠십여 곳이나 되고, 술집마다 사오십 명의 여자들이 늘 대기 중이다. 그 앳된 얼굴의 여자들이 한 가정의 가장인 경우가 허다하다. 더운 나라일수록 음기가 승해서 그렇다는 객쩍은 소리를 들은 것도 같다.

이 안에서 시작한 술집이 망해서 열쇠를 넘겨주기까지는, 딱 칠십오 일이 걸렸다. 재기를 향한 몸부림치고는 좀 짧다는 생각이지만, 나는 지금도 그 시기를 말할 때 꼭 '몸부림'이라고 표현한다. 그 칠십오 일 중에서 이십오 일은 영업정지로 문이 닫혀 있었고, 열흘은 사기 친 놈을 찾으러 다녔으며, 일주일은 갈 곳이 없어서 열쇠를 가지고 있었다.

내가 몇 년간 온몸으로 깨달은 두 가지는, 여기 필리피노들을 믿지 말 것과 이곳에 있는 코리아노는 새로 들어온 코리아노를 상대로 사기를 친다는 것이다. 중국놈 팬티를 입지 않아도 의심이 내 심중의 반을 차지하게 된 건, 순전히 조건반사에 의한 것이지 내 심성이 원래 그런 게 아니다. 어릴 때 젖 대신에 의심을 먹고 자랐다고 해도 어쩔 수 없다. 하긴 엄마가 나를 낳고 삼칠일도 안 돼서 집을 나갔다고 했으니, 젖 대신에 각종 눈총을 먹고 자란 것은 틀림이 없다.

화려한 재기에 대한 꿈은 지독한 배고픔을 남기는 것으로 끝이 났다. 나는 한국으로 돌아가는 유학생들에게 UP대학의 졸업장을 위조해주었다. 그건 누구에게 피해를 주는 일이 아니라 누이 좋고 매부 좋은 일이었다. 성적증명서를 위조할 때는 잠시 그 대학의 총장이 된 듯한 기분이었다. 그래도 한국 음식으로 세 끼니를 다 먹는 날은 드물었다.

일요일에는 주린 배를 안고 한인교회로 갔다. 오로지 배가 고파서 교회로 갔다. 혈색이 좋은 목사님의 우렁찬 설교에 느닷없이 '할렐루야'를 외치는 사람들 옆에서 깜짝깜짝 놀라다가, 기어이 점심을 얻어먹고 돌아왔다. 지금도 교회 종소리를 들으면 조건반사처럼 배가 고프다.

가끔 한국에 전화도 했다. 사업은 잘 진행되고 있다, 너무 잘 먹어서 얼굴이 허옇게 피는 바람에 사람들이 자꾸 연예인이냐고 물어서 짜증이 날 지경이다, 배 속의 아이는 어느 쪽으로 발길질을 하느냐, 당신 목덜미가 보고 싶어서 죽을 지경이다. 물론 한국에서 내 전화를 받을 사람은 목덜미를 보여주고 싶어 안달이 난 척했던 경리, 아내뿐이었다. 아내는 나에게 위장 취업 아니, 위장 결혼을 한 것이 틀림없다. 재야인사였던 장인의 피를 이어받아서인지도 모른다. 교도소를 제집처럼 드나든 것도 우연이 아니다. 장인이 거의 평생을 감옥에 있었으니 말이다. 아내가 나를 선택한 건 내가 장인처럼 '큰일'을 할 사람이 아니기 때문이었다. 물론 아내는 변명을 해주었다. 위장 결혼은, 아니에요…… 아내가 내게 한, 최초의 정치적인 발언이었다.

그러는 동안에 딸아이가 태어나서 기어 다닌다고 했다. 아버지도 없이, 기어 다닌다고…… 어느 날 아이가 벌떡 일어나서 걷다가 온 동네를 미친 듯이 뛰어다닐 때쯤, 나는 겨우 자리를 잡았다. 그리고 아내는 이곳으로 왔다. A4용지만 한 가족사진을 들고서. 장인의 출판기념회 때 찍은 것이었다. 장인이 한 말이 떠오른다. 날 애비로 생각해주게, 나도 막내아들을 얻었다고 여길 테니. 장인의 하얀 눈썹을 생각하면서, 한 번도 본 적 없는 아버지를 떠올리려 애를 쓸 때도 있다.

한참을 걸었더니 온몸이 후줄근하게 젖어 있다. 이놈의 날씨. 아내는 우기의 이곳 날씨가 발효하기에 최적 온도라고 했다. 곰팡이 슬기에 딱 좋은 온도와 습도라는 것이다. 나는 옷과 등 사이에 손을 넣고 들썩거리면서 통풍을 시킨다. 장군은 이런 내 모습이 꼭 원숭이가 폴짝거리며 까부는 모습

같다고 놀렸다. 얼굴도 새카맣게 그을려서 꼭 현지인처럼 보인다는 것이다.

매장에 들어서자마자 화장실로 향한다. 화장실을 들어서면서 잠시 주춤한다. 분명 남자 화장실인데 또 여자가 있다. 며칠 전에 보았던 까만 단발머리 여자가, 이번에는 변기 위에 앉아 있다. 남자 화장실에 들어온 여자가 수줍어하기는 커녕 배시시 웃기까지 한다. 내가 돌아서서 볼일을 보는데도 나가지 않는다. 나는 손도 씻지 않고 화장실을 나온다.

매장에 들어서기가 무섭게 타갈로그어로 소리친다. 남자 화장실에 여자 못 들어오게 하라니까, 왜 말 안 듣냐? 그 말이 끝나자마자, 여기저기 봉고차에 매달려 수리를 하던 직원들이 키득거리면서 몰려든다.

"보스, 정말 몰랐어요?"

이놈들은 장군이 보스라는 걸 알고 있다. 그러나 평소에는 나를 보스라 부르고, 월말에 장군이 들어오면 장군에게만 보스라고 부른다. 내가 눈을 치뜨며 바라보자, 한 놈이 내 앞으로 뭉그적거리며 다가오더니 속삭이듯이 말한다.

"그 여자 귀신이에요. 이 동네, 귀신 많아요. 화산 폭발할 때 죽은 사람들하고……"

녀석이 말을 다 마치기 전에 내가 뒤통수를 올려붙이자, 다른 녀석들은 쏜살같이 봉고차로 달라붙는다.

언젠가 아내와 함께 4인용 경비행기를 타고서 피나투보 화산과 그 일대를 돌아본 적이 있다. 조종사는 장장 6백 년이나 잠을 자던 화산이 폭발했다면서 이를 드러내고 웃었다. 바닷가에서 캠프파이어를 하며 폭죽을 터트렸다고 말하는 것처럼 아주 환하게 웃는 것이었다. 갑자기 아내가 항변하듯이 말마디에 힘을 주었다.

"잠을 잔 것이 아니라, 끊임없이 으르렁거렸을 거예요. 다만, 사람들이 귀 기울이지 않았을 뿐이죠."

그렇지 않고서야 산꼭대기 부분을 다 날려버리고 이렇게 지름이 4㎞나 되는 분화구만 남겼겠느냐, 갑자기 화를 내는 사람은 드물다, 속에 든 것들이 발효되면서 구체적인 행동으로 드러나는 것이라며 혼잣말하듯이 중얼거렸다.

그때 나는 아내가 화산을 닮았다는 생각이 들었다. 자세히 귀를 기울이면 아내에게서도 어떤 소리가 끊임없이 들려오는 것 같았다. 그런 생각을 하면서 아래를 내려다보았다. 분화구 안에 시퍼런 물이 잔잔히 흔들리고 있었는데 손을 담그면 순식간에 얼어서 쩍쩍 갈라질 것 같았다. 아내의 말대로 그 폭발이 화를 낸 것이라면, 언제 그랬냐는 듯 시치미를 뚝 떼고 있는 셈이었다.

그 아래로 화산재가 쌓였던 하천이 범람한 흔적이 보였다. 하천이 범람할 때 흘러나온 화산재가 한 마을 전체를 지붕만 남기고 덮어버린 광경이었다. 비행기에서 내려다보면 언뜻 판화 같기도 했으나, 가까이에서 보니 아주 섬세한 부조 같았다. 자연에 의한 재앙이 아니라면 기가 막히는 작품이었다.

조종사에게 아래로 내려가 보자고 했더니, '예, 써'라며 흔쾌하게 대답했다. 그러더니 엔진 소리를 내면서 공중을 선회할 뿐 내려갈 생각을 하지 않는 것이다. 그가 세 번째로 공중을 선회할 때, 나는 5달러로 그의 옆구리를 찔렀다. 그건 내가 골프객들에게서 받은 팁 일부였다. 그는 비행기를 수많은 지붕 사이로 착륙시켰다. 그래서 우리는 그 재앙의 현장에 불시착할 수 있었다.

막상 그 위에 발을 디디자 아래에서 어떤 기운이 솟구치는지 숨이 턱턱 막혀왔다. 색색의 지붕들이 나란히 이어져 있었고, 간혹 십자가를 이고 있는 지붕도 있었다. 시멘트로 마을 전체를 지붕 아래까지 빈틈없이 채운 것 같았다. 아내는 차마 발을 내려놓지 못했다. 물론 나도 그 위를 걸으면서 아무렇지 않을 수는 없었다. 자꾸만 다리가 허청거렸다.

"사람들이 이 아래 돌이 되어 죽어 있는 거예요?"

내가 고개를 끄덕였다.

"밥을 먹다가? 웃고 싸우고 사랑하고 더러는 도망치다가? 그 상태로 굳은 채 정말, 이 아래 있는 거예요?"

마치 그때 죽은 사람들의 넋이라도 옮겨 온 듯 아내는 몸을 떨면서 진저리를 쳤다. 아래에서 올라오는 귀기 때문에 자꾸만 땀이 말라붙는다면서 아내는 계속 진저리를 쳤다. 아내도 체온조절을 하는 것 같았다. 나도 마찬가지였다. 끔찍한 고온이 굳어버린 화산재와 만들어낸 열기 때문에 땀이 자꾸만 눈으로 흘러내렸다.

그때 조종사가 다가오더니, 마치 한국말을 알아듣기라도 한 것처럼 이를 드러내고 웃으면서 말했다.

"그래서 귀신들 많아요, 여기."

마치 '우리 고장의 특산물은, 귀신이에요'라고 자랑하는 것 같았다. 나는 귀신을 본 적이 없다. 따라서 그런 존재를 믿지도 않는다. 아내는 보이는 것이 다는 아니라고 말했지만, 나는 보이지 않는 하느님은 물론이고 눈에 보이는 사실조차 믿을 수 없는 때가 많다.

오늘은 장군이 월말 결산 때문에 들어오는 날이다. 한국에서 선적한 봉고차 12대는 이미 마닐라 항으로 들어와 있다. 그 12대의 봉고차를 매장으로 가져와야 한다. 새벽 일찍 매장으로 나가 봉고차를 운전할 기사 12명을 태우고 마닐라로 향한다.

기사들을 싣고 마닐라로 가는 도중에 건물주로부터 전화

가 걸려 온다. 무척 밝은 목소리다. 이민국에 있는 친척 이름이 디존인데, 그가 여행비 조로 10만 페소를 달라고 했다는 것이다. 그러면 비자를 깨끗하게 해결해준다고 했다면서 쾌활하게 웃는다. 알았다며 전화를 끊는 순간, 일상 어딘가에 엎어져 있던 의심이란 놈이 고개를 반짝 든다.

완벽하게 준비된 서류에 4만 페소면 되는 것을, 10만 페소나 달라고 하니 좀 이상한 생각이 드는 것이다. 이민국에 친척이 있다면 정당한 절차를 밟으면 되는 일이 아닌가. 게다가 나는 서류상으로 아무런 하자도 없는데…… 혹시, 건물주가 나머지를 삼키려는 것은 아닐까.

의심은 전염될 수 있지만, 유전은 아니다. 아닐 것이다. 사실, 장담할 수 없다. 내가 아직 엄마 자궁 안에 있을 때, 아버지는 이미 이 세상 사람이 아니었다. 할머니는 늘 나를 보며 고개를 갸우뚱거렸다. 아버지를 닮은 구석이 하나도 없다면서 집요하게 바라보았다. 가끔 나를 요리조리 돌려보다가 뼈마디를 눌러보기도 했는데, 어디 제품인지 라벨을 찾는 것도 같았다. 그러나 내게는 원산지나 제조일 표시조차 없었다. 느닷없이 찾아와서 나만 낳고 가버린 엄마를, 할머니는 죽는 날 아침까지 의심했다. 나는 태어난 지 1년이 지나서야 처녀인 고모의 호적에 올려지면서 겨우 불법체류를 면할 수 있었다.

나는 매니저인 래미를 시켜서 이민국에 전화를 걸게 했다. 그렇게 함으로써, 건물주와 몇 년간 쌓아온 신뢰의 기둥에서 벽돌 한 장을 뽑아냈다. 그것도 맨 아래 칸에서. 우선 디죤이라는 사람이 있는지 알아보게 했고, 있다면 여행은 언제쯤 가느냐고 물어보게 했다.

"실제로 디죤은 존재한다. 오히려, 그쪽에서 꼬치꼬치 물어왔다."

래미는 그 말을 하면서 비명을 꽥 지른다. 여자들이 내는 소리는 가끔 교성으로 들려서 큰일이다. 아무래도 내 고막에 무슨 문제가 있지 싶다. 나는 5만 페소를 준비하라고 시키고서 전화를 끊는다. 나머지는 비자를 받은 다음에 주는 것이 좋을 것 같다.

여기 사는 사람들 대부분이 인정하는 말이지만, 이 땅은 안 되는 게 없고 또 되는 것도 없다. 자체적인 행정은 물론이고, 외교적인 문제들도 자주 바뀌는 바람에 무슨 일을 지속해서 꾸려나가기가 힘들다. 중고차 수입에 관한 조항도 식탁의 메뉴 바뀌듯 아침저녁으로 바뀐다. 그래서 항구에 도착해 있는 차를 찾는 데에 무려 두 달 반이나 걸린 적도 있다. 그동안에는 판매할 차가 없어 휴업 상태가 되는 것이다.

이제 워킹비자를 받으면 마닐라 공항까지도 내 삶의 터전이 된다고 생각하니, 상상만으로도 어깨가 들썩이고 마닐라와 앙겔레스의 통합된 지도가 둥실 떠오른다. 워킹비자가 없다는 사실은 나를 똥 마려운 강아지로 만들었다. 공항 근처에 가면 나도 모르게 지레 눈을 깜빡거리고, 이리저리 힐끔거리며 종종걸음을 치다가, 짭새 냄새라도 확인하려는 듯 코를 킁킁거리게 된 것이다.

가끔 이민국 직원들이 총출동해서 공항 전체를 포위했다. 그러고는 인간 그물이 되어서 물고기를 몰듯이 포위망을 좁혀나가면서 불법체류자를 포획하곤 했다. 잔챙이마저도 빠져나갈 틈을 주지 않는다. 그중에 한국산은 물론이고, 일본산, 중국산, 각종 동남아산을 비롯해 유럽산도 종종 잡힌다. 이때 아무리 잔챙이라고 해도 결코 방생하는 미덕은 발휘하지 않으며, 산지가 어디냐에 따라서 차별을 두지 않는 것이 그들의 철칙이다.

대개 가이드나 차 장사들이 굵은 놈으로 분류되어서 한 번 그물에 걸리면 무조건 4만 페소를 내야 한다. 그렇지 않으면 수용소로 직행이다. 따라서 비자 없는 가이드들은 늘 4만 페소를 상비약처럼 지녀야 한다. 그것만이 상처 없이 그물을 뚫고 나갈 수 있는, 이를테면 가장 날카로운 이빨인 것이다.

마닐라항에서 차를 찾아 기사들을 12대에 나누어 태운 다음, 나는 경찰들을 찾아 나선다. 제복을 단정하게 차려입고 경찰차 앞에서 하릴없이 서성이는 경찰을 일단 주시한다. 범법자를 체포할 생각이라면 숨어 있다가 덮치는 게 세계적인 추세인데, 저렇게 나 좀 보아달라는 자세를 오래도록 취할 때는 거래를 하고 싶다는 모종의 제스처로 보아도 무방하다. 나는 저런 경찰을 가장 선호한다. 복잡한 마닐라 시내를 봉고차 13대가 나란히 빠져나가려면, 저들의 도움 없이는 불가능하기 때문이다.

차창을 내리고 '헤이 빠레' 하면 천사 같은 얼굴로 달려온다. 단거리 선수도 저렇게 빠를 수는 없을 것이다. 일찍이 천사를 본 적은 없지만, 저 얼굴일 거라고 나는 굳게 믿고 있다. 내가 저 천사들을 찬양할 때마다 아내는 배꼽 달린 천사가 어디 있느냐며 비웃는다. 천사에게는 배꼽이 없다는 것이다. 인간에게서 탯줄로 연결되어 태어난 것이 아니라나 어쨌다나. 내가 저 천사들과 내통하기까지 걸린 격동의 세월을 짐작이라도 한다면 그런 말은 하지 못할 것이다.

배꼽 달린 천사와 악수를 하며 슬쩍 2천 페소를 건네면, 그 즉시 사이렌을 울리면서 민중의 지팡이로 변신한다. 그러고는 경찰차 두 대가 앞뒤로 호위하며 고속도로까지 시원하게 길을 열어주는 것이다. 이 꽉 막히고 복잡한 이국의 도로에서, 천사가 아니면 어디 이런 일이 가능이나 하겠는가! 배꼽이 백 갠들 무슨 상관인가. 아니지, 배꼽이 탯줄 자국이니 더 많을수록 훨씬 인간적으로 되는 게 아닐까.

매장에 도착하자 건물주가 기다리고 있다.

"빠레, 고위층을 화나게 하면 그땐 돈도 안 돼."

왜 이민국에 전화했느냐며 어두운 얼굴을 한다. 디죤이 자기가 그래도 윗사람인데 자존심이 상한다며 난리를 쳤다는 것이다. 구린 돈은, 몰래 받으면 괜찮고 알게 받으면 자존심이 상하나 보았다. 옆에 서 있던 장군이 또 나를 보며 인상을 구긴다.

직원들은 장군을 보자 환호성을 지르며 달려든다. 저놈들은 장군이 들어오기만을 학수고대하고 있다. 장군은 들어올 때마다 직원들의 선물을 꼬박꼬박 챙기고, 노래방에서 회식도 시켜주면서 그들과 어깨동무를 하고 노래도 부른다. 장군은 직원들에게 빙 둘러싸여서 일일이 그들의 기름때 묻은 손을 잡고 흔들어댄다.

나는 직원들에게서 배어 나오는 저 큼큼한 냄새가 고통스럽다. 일단 그 냄새를 인지하는 순간, 내 기억은 폐차장에서 부품을 분리하던 시절로 정확히 돌아가 있는 것이다. 자동차 기름 냄새와 끈적한 땀 냄새, 그리고 내 몸에서 발산되는 발정 난 수컷 특유의 향이 뒤섞여서 풍기는 질척한 냄새를 다시 맡는다는 건 정말 고역이다. 냄새는 무엇보다 빠르고 정확하게 기억을 복원시키는 능력이 있다.

집에 가서 좀 씻고 나와야겠다. 매장 밖으로 나와서 담배를 피우다가 망고를 쌓아둔 자전거로 다가간다. 망고 장수는 자전거 짐칸에 망고를 잔뜩 올려놓고는, 그늘에 누워서 짝눈을 뜨고 있다. 사려면 사고 말려면 말아라, 뭐 그런 눈빛이다. 더운 지역 남자들에게서 볼 수 있는 전형적인 모습이다. 나는 담배를 비벼 끄고서 망고 한 봉지를 산다. 내게 망고를 건네준 남자는 다시 그늘에 벌렁 드러눕는다. 망고 한 봉지 때문에 몸을 일으킨 것이 불쾌하다는 듯 눈을 꽉 감는다.

나는 갑자기 요의를 느끼고 다시 매장의 화장실로 들어간다. 저번에 본 그 여자가 세면대 앞에서 웃고 있다. 갑자기 정수리 뒤쪽으로 차가운 물줄기가 찌르륵 흘러내린다. 한 손에는 망고를 들고, 한 손은 막 바지 앞섶으로 가려는 엉거주춤한 자세에서 숨을 멈춘다. 세면대 앞의 거울을 본다. 거울은 텅 비어 있다. 여자는 거울 앞에서 웃고 있는데, 나는 울고 싶다. 앞으로는 여기 오지 마라. 나는 떨리는 목젖을 누르며 한국어로 그 말을 내뱉는다. 그리고 최대한 느린 걸음으로, 천천히 화장실을 나선다. 아주 천천히.

자칫 서툴게 움직이면 칼 같은 아내의 시선보다 더 날카로운 것이 날아올지도 모른다. 나는 이제 한국에서의 박경재가 아니라 이곳의 제임스이니, 귀신 앞에서도 품위를 지켜야지. 그런데 저 귀신은 대낮에도 나타나는 걸 보면 미친 게 틀림없어. 이걸 아내한테 말하면 이곳을 더 저주하겠지.

여기까지 생각이 끝났을 때, 나는 벌써 시끄러운 길거리 한복판에 서 있다. 망고 봉지를 쥔 손이 축축하다. 최대한 느리게 움직인다는 건 머릿속 생각뿐이고, 다리는 자전거 바큇살처럼 정신없이 구른 것이 틀림없다. 내 체면에 뛸 수는 없고, 경보 선수보다 조금 더 빠르게 걸어서 집으로 향한다. 이 모습을 아내가 보았다면 뛰는 게 훨씬 우아하다고 했을 것이다.

아내는 요즘 의녀가 주인공으로 나오는 사극에 푹 빠져 있다. 내가 막 도착했을 때, 마침 주인공이 고참 의녀의 음모에 의해 궁지에 몰리고 있었다. 아이는 아직 학교에서 돌아오지 않았다. 주인공 앞에서는 본색을 드러내며 위협하던 고참 의녀가, 다른 사람이 나타나자 갑자기 순진무구한 얼굴로 바꾸고 있다. 나는 거실에 선 채 호들갑을 떤다.

"나 오늘 귀신 봤어."

아내는 계속 화면에 눈길을 주면서 태연히 대답한다.

"저런 여자가 귀신보다 더 무서워요. 귀신이 따로 있어요? 봐요, 주인공 눈에만 저 여자의 본모습이 보이듯이……"

나는 점층법을 써가며 다시 소리친다.

"여자 귀신을, 이 대낮에, 그것도 남자 화장실에서……"

"그러니까, 저 여자가 귀신이죠…… 귀신도 보이는 사람한테만 보이잖아요. 왁, 하고 소리쳐봐야 소용없어요. 소리친 사람만 시름시름 앓아누울 테니."

내 말을 잘못 알아들었나 싶어서 최대한의 간절함을 담아 호소해도 아내는 요지부동이다. 귀신이 무슨 다면체라서 보는 사람마다 다르게 보인다며 내 등 뒤에 대고 말한다. 그래서 '악'은 가스처럼 냄새로 구별한다는 것이다. 소리도 없고, 보이지 않으며, 만질 수도 없지만 엄연히 존재한다는 둥. 그런데 대개의 사람은 꽝 소리를 내고 터지면 그제야 '가스였구나!' 한다는 둥. 드라마를 보면서 귀신 같은 소리를 해대고 있다.

나는 망고 봉지를 식탁 위에 풀썩 팽개친다. 그러고는 왁 소리도 지르지 못하고 시름시름 앓을 각오를 하면서 화장실로 들어간다. 아까 못 본 볼일을 오래도록 보다가, 나도 모르게 오줌 줄기에 코를 대고 킁킁거린다. 가스 냄새는 아닌 것 같다.

샤워하려고 물을 틀었다가 다시 잠근다. 어차피 샤워한다 해도 쾌적해질 것 같지가 않다. 거실로 나오다가 아내가 들고 온 가족사진과 정면으로 마주친다. 사진을 꼼꼼히 들여다보면서 내가 서 있을 만한 자리를 한참이나 찾다가 그만둔다. 삼 열 횡대로 늘어선 그 가족이라는 사람들이 왠지 문지기처럼 보이고, 아내는 그들 뒤에 숨어서 나를 빼꼼히 바라보는 것 같다. 같이 사는 지금도 아내의 시선은 변함이 없다. 마치 멀리 있는 사람을 보는 것처럼 눈을 가늘게 뜨고서 나를 바라볼 때가 많다. 그런 순간에 나와 눈이 마주치기라도 하면, 하품하다가 들킨 사람처럼 갑자기 정색하곤 했다.

그런 아내가 백설 공주라는 사실을 알게 된 것은 최근의 일이다. 아내는 자신의 왼쪽 목구멍에 엄지손톱만 한 사과 조각이 걸려 있다고 박박 우긴다. 그것이 기도를 조여와 숨을 헐떡거리다가 병원에 간 적도 있다는 것이다. 욕실 거울 앞에서 입을 벌리고 손가락을 넣는 아내를 본 적도 있다. 그러니 믿을 수도 안 믿을 수도 없는 상황이다. 처음에는 먼지 같은 것이었는데, 그것이 점차 자라나서 이제는 사과 조각만 하게 되었다는 것이다. 그렇게 자라난 게 벌써 십여 년이 됐다는 것이다.

그렇다면 이곳에 오면서부터 사과 조각이 더 크게 자라기 시작했고, 결혼하면서 무슨 먼지 같은 것이 아내의 목을 조여왔다는 말이다. 아내는 늘 그런 식이다. 나라는 인간이 자기 인생의 숨통을 조이고 있다는 말을 그렇게 하는 것이겠지. 미모사처럼 오므라드는 척하다가도 어느 순간 그렇게 이를 드러낸다. 자기 말처럼 속으로는 늘 용암이 으르렁거리고 있는지도 모른다. 그것도 아주 조용하게.

하긴 미모사일 때도 있기는 하다. 밤이 되면 오므라드니까. 내가 샤워를 오래 하는 날이면 아내는 여지없이 생리하는 것이다. 세상의 아내들은 다 생리를 자주 하는지 궁금하다. 이번 달에는 벌써 세 번이나 했으니, 네 번 못하라는 법도 없다. 한 달 내내 생리를 하는 셈이다. 언젠가 참다못한 내가 물컵을 소리 나게 내려놓으며 화를 냈더니, 아내는 그 컵에 다시 물을 따라주면서 조용히 말했다. 정신적인 출혈도 있는 법이에요…… 그러나 아내는 내 머리에서 일어나는 뇌출혈은 전혀 모른다. 게다가 아랫도리에서 일어나는 혈액순환장애는 더 심각하다는 걸.

주인공 의녀의 하소연하는 소리가 크게 들려온다. 나는 드라마에 심취한 아내를 바라보며 운동화 뒤축을 확 구겨 신는다.

매장에 돌아오면서 보니, 망고 장수는 아직도 눈을 꼭 감고 있다. 남자에게 망고를 우르르 쏟아버리면 눈을 뜨려나? 그때도 한쪽씩 천천히 뜨게 될까. 그 생각을 하면서 막 사무실로 들어서자, 남자 둘이 이민국 직원이라며 뒤따라 들어온다. 봉고차에 기대서서 담배를 피우던 작자들이다. 일부러 내가 사무실로 들어서기를 기다리고 있었던 것이다. 언제까지 이 밑 빠진 항아리에 물을 부어야 하나. 세월이 흐르면 이끼도 끼게 마련인데, 도대체 여기 항아리들은 밑도 끝도 보이지 않는다.

이런 이중과세를 계속 납부할 수는 없지. 시간을 벌기 위해 담배를 피우다가, 디죤이라는 이름을 떠올린다. 밑져야 본전이라는 생각으로 건물주에게 전화를 건다. 잠시 후에, 그들은 디죤의 전화를 받더니 조용히 물러간다. 디죤의 힘은 생각보다 크다. 그러나 일단 급한 불을 끄고 나니, 생각이 좀 달라진다. 급하게 들어간 화장실에서 나올 때는 확연히 달라지는 게 인간의 생리라지 않는가. 어차피 서류는 진행 중인데 괜히 돈 쓸 필요가 없다는 생각이 집요하게 밀려드는 것이다.

저녁을 먹고 나서, 아내가 '이 땅은'을 시작하기 전에 내가 먼저 디죤의 이야기를 꺼낸다. 그리고 선불을 주지 않겠다는 내 계획을 들려준다. 조용히 내 얘기를 듣고 있던 아내가 불쑥 미모사 얘기를 꺼낸다.

"비너스에게는 미모사라는 공주가 있었어요. 미모사는 자신이 세상에서 가장 아름답고 빼어난 줄 알았대요. 그런데 어느 날 목동이 던진 말이 미모사의 가슴에 비수로 꽂혀요. '저 얼굴로 세상에서 가장 아름답다고 뽐내다니.' 그 말에 부끄러움을 견디다 못한 미모사는 그 자리에서 한 포기

풀로 변하고 말아요. 손을 대면 움츠러드는 건, 부끄러움이 큰 탓이라고 해서 꽃말도 부끄러움이래요."

"그런 말을 들었다고 다 풀로 변해버리면, 이 세상은 벌써 숲으로 변했겠네. 집마다 거리마다 풀이 무성해지면 환경에는 좋겠구먼."

아내는 나를 물끄러미 바라보다가 또 눈을 가늘게 뜬다. 저런 시선에도 면역이 생겼는지 이제는 아무렇지도 않다. 나와 눈이 마주치자, 아내는 미간을 약간 모은다. 그렇게 상을 찡그리니 양쪽 눈썹 위에 작은 보조개 같은 것이 생긴다.

"미모사는 신경초예요. 그래서 밤에도 잎을 접고 오므라들어요."

"당신처럼?"

아내가 눈을 하얗게 뜨더니 망고를 잡은 손을 잠시 내려놓는다. 아내의 손가락이 잘 익은 망고의 껍질을 아슬아슬하게 누르고 있다. 으르렁거리는 소리가 들리는 것도 같다. 잠시 후, 아내는 과도로 망고를 삼등분하면서 조용히 말한다. 아직 폭발할 시기는 아닌가 보다.

"그래도 모르시겠어요? ……밤길도 조심해야죠. 식물도 밤이 되면 오므라드는데, 하물며 인간들 세상에서의 처신이야 오죽하겠냐고요?"

나는 벌어지는 망고의 속살을 바라보며 침을 삼킨다. 아내는 잘라낸 망고 한쪽에 다이아몬드 형태로 먹기 좋게 칼집을 내고는 내게 건넨다. 그때 기다렸다는 듯이 도마뱀이 울기 시작한다. 쭈쭈쮸쮸쮸쯔쯔쯔.

처음에는 저 소리 때문에 잠을 잘 수가 없었다. 마치 안됐다고 혀를 차는 듯이 들려서 기분이 상하기도 했다. 까무룩 잠이 들려고 하면 느닷없이 귀청이 찢어지게 울어대는데, 정말이지 환장하는 줄 알았다. 그런데 어느 날부터는 새소리로 들리더니, 이젠 시계의 초침 소리로밖에 여겨지지 않는다. 귀 기울이면 들리고, 그렇지 않으면 전혀 들리지 않을 때가 많다. 아내는 다시 망고에 칼집을 내면서 무심하게 말한다.

“당신은 이민국 블랙리스트에 올라가서 비자 나오기는 어렵대요. 이번 기회에 그냥 들어가는 게 어때요?”

“들어가서? 바닥에서 빌빌 기다가 다시 나오라구? 여기가 안 되면 호주라도 가야겠어.”

아내는 다시 ‘이 땅은’으로 시작해서 ‘이런 삶은 불안하다’로 끝을 맺는다.

“아니, 가정부가 와서 모든 일을 도맡아 해주고, 빨래도 손빨래로 다 해주잖아. 아이도 다 키워주고, 손에 물 한 방울 안 묻히고 살잖아. 그런데, 이런 삶이 싫다구? 한국에선 이 정도 수준의 삶 절대 보장 못 하지.”

그리고 나는 그 삶이라는 단어가 별로다. '살'과 '삼' 사이를 교묘히 발음해야 하는 것도 그렇고, 무슨 모호한 부호같이 여겨져서 유쾌하지가 않다는 말이다. '나'라는 놈은 왠지 묵직한 느낌이 드는 건 질색이다. 그건 그렇고, 이런 삶의 엄호를 받는 게 어디 그리 쉬운 일인가!

"당신은, 이 작고 초라한 도시의 기둥서방에 불과해요."

아내는 내 대답을 듣지도 않고 바람을 일으키며 일어선다. 아내의 치마 끝자락이 TV 모서리를 스칠 때, 무언가 팔랑거리며 방바닥으로 내려앉는다. '사용 시 주의사항' 스티커다. 분명히 버렸다고 했는데, 여기에 들러붙어 있었던 모양이다. 떼어 버려도 여기저기에 가서 잘도 들러붙는다. 코딱지 같은 이민국 놈들을 닮았나?

콧물이 박테리아를 걸러주는 필터 역할을 하듯이, 처음에는 그 이민국 놈들이 내게 필요했다. 그러나 코가 제 임무를 다하고는 덩어리로 변해서 점점 제 몸을 부풀려가면 떼어내야만 한다. 코딱지가 커지면 부대껴서 견딜 수가 없는 것이다. 그런데 그게 여간해서 떨어져 주지를 않는다. 인간 코딱지의 결함은 바로 그런 것이다.

장군은 돌아가기 전에 골프나 실컷 하고 싶다며 새벽마다 나를 깨운다. 장군의 파트너가 없는 날은 내가 필드에 나가 주어야 한다. 자비라고는 털끝만큼도 없는 땡볕 아래서 어쩔 수 없이 골프를 하는 일도 이젠 지겹다. 취미가 아니라 먹고살기 위해 하는 짓은 다 눈물겹다.

골프장 입구에서 김 사장이라는 작자를 만난다. 그는 데려온 가디언의 갤러리 요금을 끊어주고는 필드로 함께 나간다. 귀신 때문에 혼자서는 어디에도 못 간다며 계속 하소연을 해댄다. 귀신 때문에 잠도 차 안에서 자거나 호텔에서 잔다는 것이다. 늘 실탄을 장착한 총을 든 가디언을 대동하는 건 물론이고, 씻을 때조차 욕실 문을 열어놓고 가디언이 총을 겨눈 채 씻는다는 것이다. 그렇게 귀신 때문에 집에도 못 들어간다며 쉴 새 없이 떠들다가, 자기 차례가 돌아오면 갑자기 입을 딱 다문다. 그런데 귀신이 총에 맞아 죽었다는 소리는 아직 들어본 적이 없다.

나는 볼이 날아간 방향으로 걷다가 미모사 잎을 한 장 뜯는다. 잎을 자세히 살펴보기도 전에 잔뜩 오므라들었다. 내 손길을 거부하는 아내 같다. 그런데 이렇게 자기방어에 능한 것을 보면, 수줍어서가 아니라 영악한 게 아닐까. 나는 바싹 오므라든 미모사 잎을 억지로 펼친다. 더욱 오므라들어서 마치 이파리끼리 붙어버린 것 같다. 약이 바짝 오른다. 나는 그것들을 하나하나 뜯어내다가 나중에는 아예 줄기까지 찢어버린다.

김 사장은 여전히 귀신 얘기를 하면서 내 옆을 지나간다.

그런데 이 인간은 사시斜視임이 분명하다. 볼을 칠 때는 분명히 왼쪽을 겨냥하는데, 볼은 여지없이 오른쪽으로 날아가 버리는 것이다. 그게 불법은 아니니 뭐라고 따질 수는 없지만, 이상하게 거슬린다. 저런 인간은 화투를 칠 때도 그럴 것이다. 양쪽의 패를 비슷하게 키워놓고, 자기는 교묘하게 빠져나갈 생각으로 남의 패만 힐끔거릴 게 분명하다. 사람이 왜 그러냐고 내가 빈정거리자, 장군이 시선을 멀리 둔 채로 말한다.

"짝눈을 뜨고라도 전후좌우를 살펴야 하는 거 아냐? 난 형이 좀 그랬으면 좋겠어. 자기 패만 보지 말고."

그랬더니 이 작자가 넙죽 받아서는 목소리에 기름칠해가면서 일장 연설을 시작한다.

"아유, 저같이 어리석은 사람도 없습니다. 이 인생이라는 게, 이 골프장 같아서 말이죠. 그냥, 곳곳에 벙커가 널려 있잖습니까?"

그러더니 나를 한번 쓱 돌아보고는 만면에 웃음을 띠고서 다시 목청을 돋운다.

"아, 그러니 거기에 빠지지 않으려고 기를 쓰는 수밖에요."

내가 헛스윙을 해 보이면서 슬쩍 한마디 던진다.

"귀신한테 총 쏘는 사람이……"

장군이 볼을 치려다 말고 허리를 펴더니 장갑을 다시 추

켜올린다. 그리고 여전히 시선을 멀리 둔 채 말한다.

"형은 18홀까지 돌면, 뭐 생각나는 거 없어?"

장군이 헤드를 볼에 갖다 대고 겨냥하면서 다시 말한다.

"볼이 제일 잘 떨어지는 곳에 정확히 벙커가 있잖아…… 잘 생각해봐, 왜 그렇게 설계했는지."

"……그럼, 세상이 골프장 설계 도면하고 똑같다는 거냐?"

장군은 말없이 샷을 날린다.

블랙리스트를 지워주겠다는 사람들은 여전히 줄을 선다. 매장으로 여러 계층의 사람들이 찾아온다. 대통령은 한 번도 오지 않았지만, 대통령의 측근이라는 측근은 모조리 다녀간 것 같다. 그러나 내가 그 '빽'을 사용하려 들면, 대통령은 갑자기 국정에 없던 순방길에 오를 것이다. 내가 별로 반응을 보이지 않자, 나중에는 이민국 직원을 대동하고 찾아온다.

"잠시 한국에 나가 있으면 블랙리스트를 지워주겠다. 여기에 있는 동안에는 지울 수가 없으니, 지워진 후에 다시 들어오면 된다."

물론 진행비는 선불이다. 선불을 요구하면 이상하게 의심스럽다. 패스트푸드점에서 선불을 내고 음식을 기다리는 것과는 아주 다른 것이다. 찜찜한 마음으로 그들을 배웅하고는 야간의 가디언이 출근하기를 기다린다.

야간 경비를 서는 가디언이 수상해서 밤에 잠복근무했더니, 역시 딴짓을 하고 있었다. 차 열쇠를 훔쳐서 여자를 태우고는 밤새 드라이브를 다니는 것이었다. 드라이브 못 해서 죽은 귀신에 씌지 않고서야 어찌 그리 밤새 돌아다닐 수 있는가 말이다. 어쩌다 한 번은 용서하려고 했다. 그런데 닷새 동안 그 짓을 날이 새도록 해대는 것이다. 그동안에 내 속은 용암처럼 끓어올랐다.

그 가디언이 어슬렁거리며 들어서더니, 내게 경례를 붙이며 씩 웃는다. 내가 유단자라는 얘긴 안 했었나? 미모사를 괴롭히던 과정을 놈에게 순서대로 진행한다. 발길질에 이단 옆차기…… 그것도 성에 안 차서 봉고차에 기대놓고 주먹을 반쯤 뻗는데, 놈이 등에서 샷 건을 뽑아 든다.

이 샷 건은 권총이나 따발총과는 달라서, 한 방에 수십 발이 동시에 발사된다. 그러니까, 잘못 쏴도 그중의 한 방이라도 맞을 확률이 99.98퍼센트. 0.02퍼센트는 내가 당장 저 놈의 등 뒤로 사라질 확률이다. 그 순간 흩어져서 지켜보던 직원들, 한국인 한 명, 현지인 열한 명이 흔적도 없이 사라진다. 한국에 나가는 것이 소원이어서 언제나 충성을 다하던 브랜트마저 보이지 않는다.

만감이 교차한다는 표현을 누가 했는지, 그 사람은 분명

만감이 교차해본 사람임이 틀림없다는 생각이 가슴을 후려치고 지나가자마자, 교감신경이 활발히 작동하기 시작하더니 심장이 그야말로 말발굽 소리처럼 덜그럭거리는 것이, 이러다가 자칫 스텝이라도 엉키게 되면 그만 숨이 딱 멈추게 되리라는 노파심까지 합세해서, 정작 총알을 맞기도 전에 죽겠구나 하는 자포자기와 함께 얼굴에 몰려 있던 핏기가 간 떨어지는 속도보다 더 빨리 아래로 내려간다. 이런 감정의 도미노를 두 번 경험하면, 생명에 지장이 있지 싶다.

온몸의 피가 빠지는 그 저릿한 느낌이라니. 굳이 표현하자면 죽음에 대한 공포조차 잊게 할 만큼 현란하고 혼미한 것이다. 그러니까 지금의 내 얼굴은 수분이 밑동으로 모조리 내려가 잔뜩 오그라든 미모사일 게 분명하다. 놈은 간이 떨어지고 핏기조차 없는 내 얼굴에서 전의를 상실했는지, 한순간 눈빛이 흔들린다.

이 제임스가 이국땅에서 경비원 총에 맞아 생을 마친다는 데에 생각이 미치자, 디죤처럼 자존심이 상한다. 다음 순간, 나도 모르게 봉고차에 기대서 뒷걸음을 친다. 그러다가 차의 각진 부분을 잽싸게 돌아서 일단 놈의 시선에서 벗어난다. 다시 차체에 바싹 붙어서 숨을 죽이고 놈의 등 뒤로 다가간다. 그런데 놈은 달려드는 나를 보고도 총구를 하늘로 겨냥한 채 얼이 빠진 모습이다. 나는 놈의 팔을 비틀어 총을 빼앗고는, 상한 자존심을 만회할 때까지 패기 시작한다.

어디선가 보고 들은 가해의 방법은 다 동원한다. 그렇게 한참을 때리다 보니, 나도 언젠가 이런 식으로 맞은 것 같은 느낌이 들면서 내 주먹에 더 힘이 실린다. 그런데 이 자식은 미모사처럼 고개를 숙이기는커녕, 눈을 동그랗게 뜨고는 나를 노려보는 것이 아닌가. 할 수 없이 몇 차례는 더 반복해서 때린다. 할리우드 영화의 한 장면이었다고, 숨어서 지켜본 직원들이 입을 모은다. 나는 가디언 용역회사에 전화한다.

"당신들이 양성한 살인자, 빨리 데려가라."

그들은 데려다가 죽여버리겠다며 씩씩거린다. 나는 다시 전화를 걸어서, 내가 반쯤 죽였으니 제발 죽이지는 말라고 부탁한다.

샷 건의 위협을 받고 나니 왠지 더 불안해졌다. 나는 브랜트를 시켜 사제 총을 하나 구매하라고 시켰다. 여기는 트라이시클 운전하는 기사들이 사제 총을 만들고 있다. 그들은 심부름센터 같은 역할을 하면서 청부 살인도 서슴지 않는다. 아내가 이 땅을 싫어하는 것에는 그런 이유도 있을 것이다.

나는 브랜트가 있는 쪽을 바라보며 '스으' 하고 부른다. 브랜트 주위에 있던 직원들이 서로 달려올 태세를 갖춘다. 이

'스' 소리는 이상하게 멀리 퍼져나가고, 부르면 즉시 달려와서 편리하다. 다시 한번 입천장에 혀끝을 갖다 대는데, 언제 왔는지 아내가 브랜트의 어깨 옆으로 비죽이 얼굴을 내민다. 그런데 아주 곤란하다는 표정을 짓고 있다. 내가 제일 섬뜩해 하는 바로 그 표정이다. 아내는 정체 모를 수상한 물건이라도 보듯이 나를 보며 눈을 가늘게 뜬다.

"당신이 저 사람들을 '스' 하고 부르는 걸 봤어요. 그건 스페인 식민지였을 때, 그들이 노예 부르듯 이곳 사람들 부르는 신호였다는 거 알아요?"

아내는 불쾌한 표정으로 빠르게 그 말을 뱉는다. 그리고 이내 무표정한 얼굴로 되돌아가더니 얼굴에 남은 복잡한 표정을 싹 지우고는 사무실 문을 연다. 스페인 놈들은 힘 안 들이고 사람 부르는 방법을 알았던 것 같다. 열린 문틈으로 에어컨 바람이 훅 하고 불어온다. 나는 재빨리 따라 들어가면서 사제 총 얘기를 꺼낸다. 그러자 아내는 갑자기 나른한 목소리를 낸다.

"그래요, 난 어차피 정신적 불법체류자라서 뭐 어디에 살아도 마찬가지예요. 그런데 당신은……"

아내는 어디서 주워들었는지 갑자기 풍수지리설을 들먹인다.

"풍수지리학상, 이곳이 여자의 젖가슴 골짜기에 해당한대요. 그래서 남자들이 한번 엎어지면 못 일어나는 거래요. 자기 나라로 못 돌아간다고요, 당신처럼."

아니, 여자한테 빠질 때는 다 앞으로 엎어지지 뒤로 넘어지는 놈도 있나? 하긴 권투를 할 때도, 뒤로 넘어지면 대개 카운트가 끝나기 전에 일어나게 마련이다. 그러나 앞으로 넘어지면 그 게임은 끝난 것이나 다름없다. 절대 못 일어난다는 얘기다. 아내는 한 번 더 한숨을 폭 내쉬고는 아까보다 더 나른한 목소리로 말한다.

"나는 아이와 함께 한국으로 들어가겠어요."

그리고 자리에서 발딱 일어나더니, 콧등에 맺힌 땀방울을 손가락으로 콕콕 찍어낸다. 냉방이 잘되는 사무실에서도 땀을 흘리는 걸 보면, 속이 보글보글 끓고 있다는 증거다. 아내는 닦아낸 땀을 바라보면서 한숨을 오래 내쉰다.

아내의 한숨이 채 끝나기도 전에, 느닷없이 이민국 직원들이 들이닥친다. 예고도 없이 이런 적은 처음이다. 이 일대의 차 장사들을 모조리 한곳으로 모으고 야단법석을 떤다. 그들은 외모가 필리피노 같은 임 부장에게 타갈로그어로 직원이냐고 묻는다. 임 부장은 대답하지 않는다. 저 곰 새끼. 평소 하던 대로 입이라도 확 찢지 않고서. 그냥 헷갈리게 고개를 약간만 흔들어도 필리피노로 알 텐데. 마음 같으면 멱살이라도 움켜쥐고 고개를 앞뒤로 흔들어놓고 싶다. 황소처럼 눈만 껌벅거리던 임 부장은 순식간에 코리아노임이 탄로 나버린다.

다른 사람들은 서둘러 합의를 보고 빠져나가고 임 부장과 나만 남는다. 나는 그냥 버티기로 한다. 내가 누군데 하는 오기도 생긴다. 직원 중 한 놈이 합의 안 보냐고 묻는다. 나는 느긋하게 대답한다.

"이게 합의냐? 난 워킹비자를 신청해놓은 상태고, 다른 놈들처럼 사기 치고 도망 오지도 않았다."

그는 임 부장에게 합의 안 보냐고 묻는다. 나는 그가 영어도 타갈로그어도 못 한다고 말해준다. 그들은 이민국에 들어가면 서로 골치 아프니, 세 시까지 결정해달라며 사뭇 진지한 말투로 부탁한다. 설마, 저들이 나를 어쩌겠나 싶다. 그런데 세 시가 되자 상황이 이상하게 돌아간다. 우리를 이민국 호송차에 태우는 것이다.

처음에는 그냥 제스처이겠거니 했다. 설마 무궁무진한 돈줄을 다른 곳으로 넘기는 멍청한 짓은 하지 않겠지? 그런데 무작정 고속도로로 진입하는 것이 아닌가. 혹시, 내 존재가 다 짜버린 치약 같은 처지가 된 것은 아닌가. 더 비틀어 짜내봐야 부실한 찌꺼기만 나올 게 뻔하니, 버리더라도 생색내는 쪽을 택할 수도 있다.

나는 재빨리 장군에게 전화를 건다. 어쩌다 보니 나와 임 부장이 동시에 매장을 비우게 되었다고. 그런데 이 자식은 얼굴만 큰 게 아니라 목소리는 그야말로 우라지게 크다.

"왜 돈을 안 줬어? 형은 그 동네 골목대장이라고 한 말, 아직 이해 못 해? 걔네들 우습게 보지 말라고 수십 번은 말해……"

수화기를 통해서 장군의 침이 파편처럼 튀어온다. 장군은 계속해서 침을 튀긴다.

"형은, 사업이 뭐라고 생각해? 진작 비자 받기 쉬울 때 안 받고 현지인들 무시할 때부터, 나 이런 날 올 줄 알았어……"

그러고는 계속 무더기로 침을 뱉는다.

운전할 때도 요철 위를 지나갈 때는 최대한 속력을 줄여야 한다, 될 수 있으면 숨도 같이 죽이는 게 좋다, 가던 속력대로 가거나 더 속력을 내면 가장 많은 데미지를 입는 건 차체와 타고 있던 사람이다, 요철은 얼마 상하지 않는다, 상했다 하더라도 그 자리에 다시 생기는 요철은 더 높고 견고해질 것이다…… 이 자식은 걸핏하면 나를 가르치려 든다. 나는 그 듣기 싫은 고문에 주리를 틀리다가 기어코 한마디 한다.

"장군아, 나 장군 되는 거 골치 아파서 계속 골목대장 할란다."

장군은 한동안 말이 없다. 그러더니 잘 구슬려서 차를 돌리게 하라며 한껏 낮은 소리로 말하고는 전화를 끊는다. 나는 전화를 끊자마자 10만 페소를 주겠다고 제안한다. 너무 저자세로 나가면 우습게 볼까 봐 시트에 좀 기댄 채로 여유를 부린다. 그런데 이민국에 가서 보자며 잠이나 자라는 것이 아닌가.

이민국에 도착하니 저녁 5시가 다 되어간다. 단지 이런 곳에서 밤을 보내는 게 싫고, 디존처럼 자존심이 상하기 시작한다. 나는 갑자기 벌떡 일어나서 직원에게 디존의 이름을 댄다.

"누구?"

"디존, 디존에게 전화해봐. 앙겔레스에서 왔다고."

그의 눈썹이 곧바로 S자 형태로 변하더니 미세하게 꿈틀거린다. 나는 철창에서 걸어 나와 웃으면서 그의 책상 앞에 앉는다. 그가 전화를 걸면서 경직된 자세로 허리를 약간씩 굽힌다. 나는 그 모습을 흐뭇하게 바라보며 책상 위에 있던 담배를 꺼내 문다. 그리고 오늘 상한 자존심의 견적을 내기 시작한다.

담배를 반쯤 피울 무렵에도 그는 자세를 약간 풀면서 타갈로그어로 계속 떠들어대고 있다. 그가 한쪽 다리에서 힘을 빼더니 엉덩이를 책상에 댄다. 그리고 나를 힐끔 보고는 의자에 앉는다. 의자에 더 깊숙이 몸을 묻으며 고개를 까닥

거리기 시작한다. 그가 점점 의자 등받이에 체중을 싣는다. 이제 담배는 필터 앞까지 타들어 가고, 책상 위에 놓여 있는 디지털 시계가 5:18을 그리며 껌뻑인다. 갑자기 그자가 큰 소리로 웃더니 두 다리를 책상 위로 올려놓는다. 바로 그 순간, 나는 그자가 고양이로 변신 중이라는 것을 깨닫는다. 미처 상한 자존심의 견적을 내기도 전이다. 책상 위에 올려진 그자의 웨스턴 부츠가 커다란 장화처럼 보인다. 장화 신은 고양이가 책상 위에 다리를 올려놓고 껄껄거리며 웃고 있다.

고양이로 급부상한 그들 앞에서, 나는 졸지에 쥐가 되어 다시 철창 안으로 쫓겨 들어온다. 이런 걸 반전이라고 하나? 그런데 이곳의 고양이들은 좀 다르다. 쥐새끼들을 막다른 골목으로 몰아넣지 않더라는 말이다. 마음껏 전화를 쓰게 하고, 휴대전화기를 충전해주면서 최대한으로 면회를 허용한다. 심지어 철창을 사이에 두고 하는 면회를, 철창 안에서도 하게 해준다. 돈만 쥐여주면 가능하다. 그러니까 그렇게 바깥세상과 소통해서 빨리빨리 돈을 가져오라는 '외교적인' 배려인 것이다.

앙겔레스에서 여러 사람이 면회를 왔다. 목사를 비롯한 우리 매장의 고문 변호사까지 서둘러 다녀간다. 사람들은 처음에 돈을 주었어야 했다는 당연한 얘기로 한결같이 입을 모은다. 그리고 해결책도 똑같은 것을 내놓는다. 자기에게 돈을 주면 해결해준다는 것이다. 디죤은 연락이 되지 않는다.

내가 여기 갇히기 전에는 필리핀에 온갖 빽을 다 가진 사람들이었다. 8자 쓰여 있는 국회의원 차는 어디든 무사통과인데, 나는 이곳에 오고 나서야 사람들이 남의 팔자를 부러워하고 팔자타령을 하는 것이 이해가 되었다. 아무튼, 그 무적 차량의 소유주인 국회의원은 물론이고 대통령 아들과 친구인 사람도 있었다. 그런데 내가 그 '빽'을 좀 사용하자니까, 그 '빽'들이 서둘러 여행을 가버린 것이다. 그것도 머나먼 오지로.

처음에 10만 페소를 요구했던 고양이들은 20만 페소를 요구했고, 다시 40만 페소, 60만 페소까지 올라갔다. 하루에 10만 페소씩 올라가는 셈이다. 급기야 한국에서 직원을 시켜 돈을 보내던 장군이 면회를 왔다. 장군을 보자 눈물이 핑 돈다.

"장군아, 네 돈으로 매번 떡값 뜯기는 거 미안해서, 10만 페소 아끼려다가……"

여기까지 말했을 때, 장군이 아주 낮은 소리로 '형' 하고 부른다. 그러더니 나를 뚫어지게 바라보는데, 살면서 그렇게 깊은 눈은 처음 본다는 생각이 든다.

"형, 아직 자기 검열 안 돼? 10만 페소 아낄라고 여기까지 왔어? 나 이렇게 엿 먹이려고?"

장군은 한 번 더 짧게 으르렁거린다.

"형, 제일 나쁜 죄질이 뭔지 알아?"

장군은 '나쁜'이라는 발음에 더욱 힘을 주고, 아까보다 더 깊은 눈을 만든다. 다시 내 눈에 초점을 맞추더니 빠르게 중얼거린다.

"세상에서 제일 나쁜 죄질은."

그러고는 입안에 침을 한참 모았다가 뱉는 것처럼 나머지 말을 내뱉는다.

"……괘씸죄야."

순간, 나도 모르게 명치 부근으로 손이 올라간다. 지금 내뱉은 장군의 목소리는 절대로 크지 않았다. 컴퓨터 활자로 치자면 8포인트 수준에, 50데시벨 정도의 소음에 불과하다. 그런데 그 말이 그냥 명치끝에 와서 콱 박히는 것이었다. 나는 장군 몰래 명치 위를 조용히 쓸어내린다. 그리고 괜히 너스레를 떤다. 수염이 덥수룩해지니 더욱 장군 같다고 말하자, 장군은 표정 없이 입술로만 웃는다. 그러더니 갑자기 눈썹에 힘을 준다.

"형이 저번에 해고한 그 가디언이 우리를 노동청에 고발했어. 해고할 때는 한 달 치 월급을 줘서 보냈어야지. 이유야 어찌 됐든 남의 나라에 와서 사업하려면 법은 지켜줘야 뒤탈이 없지, 안 그래?"

'안 그래?' 하면서 가르치려 들지만 않으면 존경할 만한 놈이라는 생각이 든다. 장군은 꺼칠한 수염을 손바닥으로 싹싹 비비더니, 기적을 행한다는 필리핀 목사 얘기를 꺼낸다. 부흥회를 통해서 엄청난 교인을 거느리고 있으며, 힘든 문제들 특히 정치적인 문제도 척척 해결한다는 것이다.

"매장 고문 변호사가 지금 그 목사를 섭외 중이야."

장군은 맥도날드와 스타벅스가 지겨워 죽겠다며 입이 찢어지게 하품을 한다. 스타벅스에 죽치고 앉아서, 나와 임 부장을 꺼내주겠다고 덤비는 각종 사기꾼을 상대하는 것이 장군의 일과다.

"형, 내가 하도 답답해서 어젯밤에 한인협회 사람들을 불러서 회의를 열었거든. 참석한 놈들 다 정계에 각별한 줄이 있다고 떠들더라구. 그래서 내가 화끈한 제의를 했지. 지금 당장 두 사람을 빼내 오면 원하는 금액을 주겠다구. 첨엔 왁자지껄 난리가 나더라. 차츰 조용해지더니 한 놈 두 놈 빠져나가더니만, 나중에 보니까 나하구 형수님만 남았더라니까."

밤새 고양이 목에 달지도 못하는 방울 소리만 요란했다는 것이다. 여기 고양이들은 알다가도 모르겠다. 장군이 70만 페소(2천만 원)에 두 명을 내보내 달라고 했는데, 이젠 돈도

받지 않겠다는 것이다. 합의를 보자는 말에도 못 알아듣는 척하고 뭉그적거리면서 좀체 대답하지 않는다. 무슨 눈치를 보는 것처럼 눈동자만 이리저리 굴려대는데, 눈알 구르는 소리가 데룩데룩 들릴 지경이다. 디존은 도대체 어디로 간 거지? 그때 10만 페소를 선불로 주었다면 여기에 오지 않았을까. 정말 미치고 환장한다는 생각 외에는 아무 생각도 나지 않는다.

이민국에서 이 주일이 지나자, 임 부장과 나는 '비구탄'이라는 수용소로 넘겨졌다. 이곳으로 오면서, 나는 자존심 따윈 엿 바꿔 먹기로 했다. 그토록 우습게 여겼던 저들이 고양이가 되어 내 길목을 지키고 있다는 사실이, 처음으로 섬뜩하게 다가온 것이다. 이제 내 인생에서 시간을 헤아리는 기준을 바꾸기로 한다. 언제, 몇 살 때, 혹은 어디에 살 때, 누구를 사랑할 때가 아니라 오로지 수감 전과 수감 후. 그러니까 '수감 전의 제임스'와 '수감 후의 제임스'로 구분하는 것이다.

우리가 이송된 곳은 교도소 옆으로 붙어 있는 150평 정도의 수용소이다. 이층 침대가 둘이 있는 4인 1실에서, 나와 임 부장, 이 수용소 생활이 1년째인 한국인, 그리고 중국인 가이드가 한 방을 쓴다. 중국인 가이드는 6개월 전 공항에서 그물 몰이를 할 때 잡혀 왔다. 그는 이미 비늘이 다 벗겨지고 거의 자포자기 상태로 보인다. 그런데도 회사에서 힘을 써주지 않는다는 것이다.

"아마, 다른 가이드를 채용했을 것이다, 나를 빼낼 돈으로."

그렇게 말하는 그의 표정은 담담하지만, 목소리는 심하게 떨리고 있다. 그런데 1년이나 된 이 한국인이 문제다. 한국에 돌아가 봐야 별 볼일이 없거나, 사고를 치고 도망 왔을 것이 틀림없는 작자다. 본국으로 송환 조치를 하려 해도 본인이 사인을 안 하고 버티는 중이다. 이 수용소 생활을 즐기고 있는 게 분명하다.

그는 이곳에서 나갈 수 있는 유일한 방법을 알고 있다며 떠들어댄다. 자기에게 돈만 주면 나갈 수 있는 루트를 알려 주겠다며 은근히 속삭이기도 하는데, 목소리가 하도 커서 배우들이 하는 방백에 가깝다. 관객들에게 다 들리도록 속삭이려니, 배에서부터 소리를 끌어 올리느라 애를 먹는다. 그런데 그 말을 꼭 끼니때마다 반복하는 것이다.

"나갈 수 있다니까, 아, 왜 아까운 청춘들을 썩히나? 근데, 이…… 돈이 문제거든, 이게. 이게 문제면서 또 모든 문제를 해결해, 이게."

그러면서 엄지와 검지 끝을 연결해서 동그라미를 만들고

는, 우리 눈앞에 대고 어지럽게 흔들어대는 것이다. 지긋지긋하다. 그러고는 영화의 예고편처럼 이런저런 가능성을 죄다 끌어다 붙이다가 어느 순간 갑자기 입을 다물어버린다. 거기서부터는 '유료'라는 것이다. 그러나 그다음을 궁금해하는 사람은 아무도 없다. 오히려 거기까지 들어준 비용을 시간 수당으로 계산해서 받아내고 싶은 심정이다. 그는 이런 식으로 아예 이곳에 눌러앉아서 수감자들을 대상으로 사기를 치는 것이다.

이곳에서는 할리우드 영화처럼 불가능이란 없다. 수감자가 장사할 수도 있는 것이다. 물론 수용소 직원들에게 돈만 주면 가능한 일이다. 한국인은 한국 식당을, 일본인은 일본 식당을 운영하고 있다. 수용소에 갇힌 자가, 거기 수감자들을 상대로 장사를 하고 있다. 이국의 수용소에서 뜨거운 한국 음식을 먹으며 그 눈부신 자본의 극치를 경험하느라 자주 입천장을 덴다.

아내는 한국행 비행기를 예약했다가 취소하고 어쩔 수 없이 이곳까지 면회를 오게 되었다. 면회실에 들어선 나는 아내를 알아보지 못한다. 한참을 휘둘러보다가 아내가 내 옆으로 다가와서야 겨우 알아본다. 우리는 칠이 벗겨진 갈색 탁자를 사이에 두고 마주 앉는다. 오늘은 아내가 더 낯설다.

나는 말없이 밖을 내다본다. 한동안 말이 없던 아내가 내 손등에 손을 얹더니, 마치 안수 기도를 하는 것처럼 말한다.

"예수는 광야에 나가 40일을 견디고, 이스라엘 백성은 40년 동안 광야를 헤맸대요. 당신이 40살에 여기 있는 것도 다 이유가 있다고 생각하세요."

교회에도 나가지 않는 아내가 예수와 이스라엘 백성을 들먹이는 게 좀 우습지만, 어쨌든 아내의 입을 통해서 내가 마흔이라는 것을 깨닫는다. 언제 어떻게 서른을 통과했는지 기억조차 없다. 돌이켜보면 이곳에서의 생활은 효과 좋은 무통 주사 같았다. 유년의 무지근한 통증은 물론이고 나 자신까지도 잊게 해줄 정도였으니까. 아내는 다시 푸념하듯 말한다.

"억울해하지 말아요, 당신이 갇힌 곳은 오만한 자들의 교도소니까요. 때가 되면 다 나오게 되어 있어요. 물론 나도 거기 갇혀 있기는 마찬가지고요."

점쟁이처럼 섬뜩한 말투로 예언까지 한다. 예언인지 저주인지 모르겠고, 위로인지 협박인지도 알 수 없다.

"당신이 이곳에서 나오면, 나와 아이는 한국으로 돌아가요."

아내는 면회를 왔다기보다 그런 사실을 통보하러 온 것 같다. 지극히 사무적인 얼굴로 말을 마치면서 콧등의 땀을 훔친다. 그리고 주섬주섬 가방을 챙기더니 내 눈치를 본다.

아니, 눈치를 본다기보다 돌아가겠다는 말을 눈으로 하는 것이다. 내가 먼저 일어선다. 아내는 다시 콧등의 땀을 손가락 끝으로 찍어내고는 수용소 운동장을 가로질러 총총히 사라진다.

밤마다 도마뱀이 죽어라 울어댄다. 쭈쭈쮸쮸쮸쯔쯔쯔. 내가 어쩌다 이곳까지 오게 되었을까. 도마뱀이 자꾸만 그렇게 지껄이는 것 같다. 정말 어쩌다 여기까지 온 거지. 아내의 예언에 의하면 내가 오만해서라는 말인데, 그러면 교과서처럼 살아야 했나? 아니면, 권선징악으로 가득 찬 동화책의 주인공처럼 살았다면 이곳에 오지 않았을까. 교과서 밖에 세상이 있다는 말을 믿지 말았어야 했다.

그날 이민국 직원들이 쳐들어와서 합의를 보자고 했을 때, 아내가 그 자리에 없었더라면 어땠을까. 어쩌면 나는 쉽게 협의인지 합의인지를 보았을지도 모른다. 매장 구석에서 나를 쳐다보던 아내의 눈길. 마치 그 시선의 사주를 받기라도 한 것처럼 나는 이상한 기운에 휩싸여 있었다. 그러나 이제 그런 건 아무래도 상관없다.

나는 숨을 들이마신 다음, 혀끝을 입천장에 대고 '스' 하고 소리를 내본다. 숨을 쉬지 않고 한 번 더 길게 해본다. 스으. 도마뱀이 다시 찢어지게 울기 시작한다. 이제 저 소리가 들리지 않는 날은 괜히 신경이 곤두선다.

벽에서 시선을 돌려 반대쪽으로 돌아눕는데 그림자 하나가 휙 지나간 것 같다. 다시 벽 쪽을 바라본다. 귀신 아니면 도마뱀일 것으로 생각해버린다. 어쩌면 귀신이 도마뱀으로 둔갑하는 것은 아닐까. 도마뱀일 때는 짝짓기를 위해서 죽을 듯이 울어대다가, 나머지 시간에는 다른 모습으로 여기저기에 출몰하는지도 모른다.

오싹 한기가 느껴진다. 한기를 느끼자 셔츠 위로 젖꼭지가 볼록 솟아오른다. 나도 모르게 젖꼭지로 손이 올라가서는 젖꼭지를 톡톡 건드린다. 더 단단하고 볼록하게 솟아오른다. 예전에도 이런 식으로 젖꼭지를 가지고 놀았다. 초등학교 때의 교실이 떠오른다. 여름이었고 4학년쯤인 것으로 기억된다. 확실하다. 왜냐하면 그날 본 짝의 얼굴이 지금도 아주 선명하니까. 기절초풍해서 눈알이 튀어나올 것 같은 표정은 살면서 그리 자주 볼 수 있는 것은 아니다.

그때는 종종 러닝셔츠 바람으로 수업을 했다. 나는 젖꼭지가 유난히 커서 놀림을 받을 정도였는데, 어딘가에 항의라도 하는 것처럼 발딱발딱 고개를 들었다. 그러다 보니 걸핏하면 젖꼭지를 더듬는 버릇이 생겼다. 그것이 외로워서인지, 무료해서인지, 아니면 쾌감 때문인지는 잘 모르겠다. 고모는 젖꼭지에 손이 가 있는 나를 보면, 엄마 젖을 못 봐서 그렇다며 혀를 찼다.

그날도 수업시간 내내 젖꼭지를 만지고 비틀어댔다. 하루 이틀 한 짓도 아니니, 거의 무의식 상태에서 진행됐을 것이다. 선생님의 목소리를 자장가로 들으면서 손은 젖꼭지에 가 있었다. 그러다가 좀 다른 곳에 정신을 팔았는지 졸았는지는 정확히 기억이 안 난다. 계속 젖꼭지에 힘을 가한 것을 보면 다른 곳에 정신을 팔았을 확률이 더 높다. 갑자기 정신이 번쩍 들었다. 무언가 내게서 완전히 분리되어 떨어져 나간 듯한, 이루 말할 수 없는 허전함이 꾸역꾸역 밀려왔다. 다음 순간, 나도 모르게 오른쪽 손바닥을 펼쳐보았다. 어지럽게 펼쳐진 손금 사이에서 빛을 잃은 가무스름한 젖꼭지가 나를 빤히 올려다보고 있었다. 손금이라는 무수하게 뻗은 길 위에서 망설이는 것도 같았고, 그 복잡한 지도 위에서 이제 막 지워질 작은 섬처럼 보이기도 했다.

문득, 한 번도 본 적 없는 엄마의 젖꼭지가 견딜 수 없이 궁금해졌다. 도대체 그건 무슨 성분으로 이루어졌으며, 어떤 감촉을 느끼게 하는지…… 느닷없이 뜨거운 덩어리가 명치에서부터 목구멍까지 치고 올라왔다. 갑자기 짝이 내 팔을 툭툭 치면서 눈으로 뭐냐고 물었다. 나는 흩날리는 벚꽃을 구경하는 사람처럼 몽롱하게 대답했다.

"젖꼭지가 떨어졌어, 드디어."

내 말이 끝나자마자 녀석이 얼굴을 확 구겼는데, 호러 영화에서도 보기 드문 표정이었다고만 말해두자. 나도 이해할 수 없는 건, 얼마 뒤에 오른쪽 젖꼭지마저 떨어뜨렸다는 것이다. 그리고 몇 년 후에 젖꼭지는 다시 원래의 크기로 자라 있었다. 도마뱀 꼬리처럼 정확히 재생되었다.

곤두선 젖꼭지를 더듬고 있자니 오줌이 마렵다. 삐거덕거리는 이층 침대에서 균형을 잡으며 내려선다. 임 부장은 입을 활짝 벌리고 코를 골고 있다. 나는 살금살금 걸어서 문밖으로 나온다. 한밤중이어선지 복도가 어두침침하다. 겨우 벽을 알아볼 수 있을 정도다. 화장실 입구에서 전등 스위치를 찾느라고 더듬거리다가 으흡, 하는 비명을 삼킨다.

화장실 안쪽에서 무언가 빛이 난다. 잠시 후, 그 빛이 빤짝거리면서 내 쪽으로 서서히 다가온다. 심장이 요동을 치는데, 오줌을 지리지 않는 게 신기하다. 천천히 내 앞으로 다가온 귀신은 의외로 몸집이 작다. 온몸이 까맣고 눈이 번뜩인다. 새카만 머리카락에서 이상한 빛이 흐른다. 여자 귀신처럼 웃지도 않는다. 나를 올려다보고는 몇 번 더 눈을 번득이더니, 다시 천천히 움직여서 내가 왔던 복도의 반대쪽으로 사라진다. 나는 변기를 붙잡고 나오지 않는 오줌을 억지로 쥐어짠다. 그러고는 사지를 완전히 늘어뜨린 채 덜렁거리며 방으로 돌아온다.

아침을 먹고 나서 닳고 닳은 예고편을 다시 듣는다. 저것도 매일 듣다보니 이제는 졸음이 쏟아진다. 나는 하품을 하면서 운동장으로 나간다. 이 수용소의 담장 안에서는 150평의 자유를 마음껏 누릴 수 있다. 그러나 이 안에 갇힌 하늘은 더 이상 하늘이 아니다. 잘 찍은 사진일 뿐이다. 고개를 뒤로 젖히고 한동안 하늘을 바라보는데, 꾸야(아저씨) 하는 소리가 들린다. 이곳에서 어린아이 목소리는 처음 듣는다. 아래를 보니 까무잡잡한 남자아이가 내 앞에 서 있는데, 그야말로 눈이 얼굴의 반을 차지하고 있다.

아이가 씩 웃는다. 수용소 면회실에 근무하는 직원의 아이인데, 집이 따로 없고 이곳에서 생활을 한다는 것이다. 이 비좁은 하늘 아래에 자발적으로 들어오는 사람들도 있다니! 여기야말로 교과서의 밖이고, 세상의 밖일 터인데…… 나는 아이의 눈을 들여다본다. 아내의 말대로 새카만 눈동자가 반짝이면서 흔들리는 듯하다. 그 눈동자에 150평 하늘이 고스란히 떠 있고, 그 하늘 속에 내가 보인다. 초조와 체념을 칠 대 삼으로 섞어 버무린 얼굴이 불안하게 흔들리고 있다. 아이는 눈을 깜빡이지도 않고, 나를 오랫동안 볼 수 있게 해준다. 아이가 눈을 깜박이더니, 내게 괜찮냐고 묻는다.

"힘들지요? 많이 아프고."

무당의 입에서 저런 말을 들었다면 목 놓아 울었을 것이다. 자기 속내를 알아주는 말을 들으면 갑자기 모든 게 서러워 흐느끼게 되듯이. 나는 그렁그렁해진 눈으로 아이를 바라본다. 아이의 눈 속에 비친 내가 정말로 힘들고 아파 보인다. 천사가 따로 없다. 나는 애써 목소리를 가다듬고는 태연하게 묻는다.

"그걸 어떻게 알았니, 네가?"

"어젯밤에, 화장실에서 만났잖아요."

아이는 다시 눈을 반짝이며 씩 웃는다. 나는 윤기 흐르는 아이의 머리를 빤히 바라보다가, 몇 번이고 쓰다듬는다. 도토리 같은 뒤통수가 뜨거워질 때까지 계속 쓰다듬는다.

나는 아이에게 매일 한국 음식을 사준다. 그러면 아이는 만화에 나오는 온갖 멍청한 남자의 캐릭터를 흉내 내곤 한다. 이를테면 수용소에서의 위문 공연인 셈이다. 아이의 아버지가 무언가를 받으면 꼭 돌려주어야 한다고 했다는 것이다. 천사들의 규칙 중에는, 받은 만큼 돌려준다는 조항도 있는 모양이다.

수용소 생활에 익숙해질 무렵, 장군이 필리핀 목사 한 명을 데려왔다. 언젠가 말했던 부흥회로 유명하다는 그 목사였다. 그는 다짜고짜 내 손을 잡더니 오, 하느님이라고 외친다. 방금 부흥회를 마치고 왔다더니 목소리가 바람 먹은 무우 속처럼 퍽퍽하게 들린다. 그러나 상대방의 감정을 건드려서 마음을 움직이기에는 더없이 훌륭한 목소리다. 그의 성공 비결은 바로 저 안쓰러운 목소리 덕이라는 생각을 하고 있는데, 그가 임 부장 손을 움켜쥐고 아까보다 더 간절하게 하느님을 부른다.

"오호, 하느니임, 하느니임. 오호."

그의 말인즉, 길 잃은 어린양을 기필코 집으로 인도하겠다는 것이다. 우리 둘을 이곳에서 빼내 주고 워킹비자를 받아주겠다고 한다. 그것이 하느님의 뜻이라며 눈물까지 글썽인다. 나는 뜬금없이 떠오른 생각을 장군에게 속삭인다.

"저 자는, 하느님과 사적인 관계를 맺고 있는 거야?"

장군이 눈썹을 한번 꿈틀거리더니 고개를 돌려버린다. 이 자식은 화가 나면 눈썹이 빨개져서 속일 수가 없다. 아니면 아니지, 뭘 그리 눈썹에 힘을 주는지 모르겠다. 아니, 하느님과 사적인 관계가 아니고서야 어찌 이 요지부동의 수용소에서 꺼내주고, 블랙리스트에 올라간 사람의 비자를 받아줄 수 있단 말인가.

장군이 그에게 70만 페소를 건넨다. 물론 목사의 요구대로, 70만 페소를 카지노 칩으로 바꾼 것이다. 칩을 받은 목사는 눈물을 글썽이면서 꼼꼼하게 세기 시작한다. 그리고 칩을 다 세더니 엄숙한 얼굴로 말한다.

"이 돈은 당신들을 위해 수고할 사람들에게 모두 돌아간다. 나는 그저 하느님의 심부름을 하는 사람이다."

목사는 자신의 결연한 의지인 양, 두 손을 모아 몇 번 더 흔들어 보이고는 돌아선다. 장군은 눈썹에 힘을 잔뜩 주고 목사의 뒷모습을 바라보며 말한다.

"도박하는 수밖에 없었어. 소개해준 변호사 말을 전적으로 믿은 것두 아니구."

장군의 눈썹 앞부분이 눈에 띄게 꿈틀거린다. 패가 어떻게 떨어지든 간에, 자기가 할 수 있는 만큼은 다했다고 중얼거린다. 그러고는 오랫동안 내 눈을 지그시 바라보더니 한숨을 섞어서 말한다.

"여기까지야. 이게 내가 형한테 해줄 수 있는 마지막 예의야."

그리고 이제부터 던져지는 패는 저들의 양심에 걸려 있다고 중얼거리고는 술 취한 놈처럼 신발을 질질 끌면서 돌아간다.

이처럼 완벽한 철옹성에 갇히다니. 사색이 되어 돌아온 우리를 반갑게 맞은 건, 예고편만 틀어주는 그 한국인이다. 진작 자기 말을 들었어야 했다고 위로를 하면서, 이제라도 늦지 않았다며 다시 그 예고편을 시작하는 것이다. 처음에는 저 인간 때문에라도 탈출하리라 마음먹었지만, 지금은 예고편이라도 틀어주는 게 고마울 지경이다. 얼마 전부터는 내가 그 예고편에 살을 입혀서 더 많은 가능성을 추가하기도 했다.

시간은 흐르고, 장군은 그날 이후로 면회를 오지 않는다. 그리고 그 목사를 본 사람은 아무도 없다. 간간히 다른 지방에서 부흥회를 연다는 소문만 들려온다. 옷이라도 바꿔 입고 이곳을 나가야 할 것 같다. 나가면 할 일이 많다. 문득, 뒈지도록 패서 쫓아낸 그 가디언을 찾아봐야겠다는 생각도 든다.

카지노에서 한 번 그를 본 적이 있었는데, 다시 일하게 해 달라고 통사정을 했다. 그때 나는 바카라를 하면서 적지 않은 돈을 잃었고, 그나마 얼마 안 되는 이성까지 잃어가고 있었다. 나는 그에게 천 페소짜리 칩을 던져주면서 '내게서 꺼지라'고 했다. 나중에 자리를 털고 일어나면서 보니, 내가 앉았던 의자 뒤쪽에 아까의 그 칩이 있었다. 그는 보이지 않았다. 분노의 결정체 같은 동그란 갈색 칩과 원인 모를 불쾌함을 남겨둔 채 그는 사라지고 없었다. 왠지 그를 꼭 만나야 할 것 같다.

아침을 먹자마자, 또 영화의 예고편이 시작된다. 나는 다시 그의 얘기에 살을 붙인다. 내가 새로운 가능성을 제시하면, 옆에 있던 임 부장이 '맞습니다'를 꼭 두 번씩 외친다. 누군가의 기도문 끝에 '아멘' 혹은 '관세음보살'이라고 읊조리는 것 같다. 그때, 수용소 직원이 오더니 나와 임 부장의 이름을 부른다.

면회실 앞에 저번의 그 목사와 우리의 어린 천사가 서 있다. 목사는 '가장 충직한 어린양'이라며 천사의 머리를 쓰다듬는다. 그리고 내 손을 잡아끌고는 면회실로 들어선다. 목사는 감격에 겨운지 목소리를 부들부들 떨면서 거의 절규하듯이 말한다.

"약속을 지키러 왔다. 당신은 오늘 이곳을 나가게 되었다."

뒤를 돌아보니, 수용소 직원이 임 부장과 나의 소지품을 들고 서 있다. 이렇게 갑자기 나가게 되는 건가? 나는 옷을 받아 들고 복도로 나오면서 직원에게 중얼거린다. 저 목사가 하느님의 심부름 중에서 하나를 해냈다고. 나는 그 말을 반복해서 중얼거린다. 갑자기 직원이 걸음을 멈추더니, 내 팔을 건드리며 씨익 웃는다.

"그동안에 인사 이동이 있었다. 위에서 지시가 내려왔다, 불법체류자의 30퍼센트를 석방하라는."

나는 뒤돌아서 면회실로 뛰어 들어간다. 사기꾼 목사가 마치 저주를 내리듯이 어린 천사의 머리에 손을 얹고 있다. 나는 미친 듯이 소리친다.

"그 손 치워. 이 코딱지 같은 놈."

그는 두 손을 들어 내게 손바닥을 보이며 여유롭게 웃더니, 재빨리 면회실을 나가버린다. 그토록 육중했던 철문이 이리도 허망하게 열리다니…… 그런데 이해할 수 없는 건, 그 철문이 아니라 내 감정이다. 기쁘기는커녕, 화가 치밀고 가슴이 둥당거리기까지 하는 것이다.

마중 나온 아내는 표정이 없고, 웬일인지 장군은 보이지 않는다. 운동장을 가로질러 수용소 철문 앞까지 오면서 몇 번이나 뒤를 돌아본다. 무언가 뒤통수에 달라붙는 끈적한 느낌에 자꾸만 걸음을 멈춘다. 운동장을 한 바퀴 휘 둘러본다. 축구 골대에 붙어 있는 검은 물체가 카메라의 줌인처럼 확 달려든다. 어린 천사다. 햇빛이 눈부셔 죽겠다는 듯, 미간을 잔뜩 찡그린 채 이쪽을 빤히 바라보고 있다. 내가 보고 있다는 걸 알았는지 손을 뒤집어서 손바닥이 위를 향하게 하더니, 손가락을 꼼지락거리면서 천천히 흔든다.

"여기에 그냥 계속 있고 싶어요?"

아내가 재촉한다. 나는 아이를 향해 팔을 한번 번쩍 들어 주고는, 재빨리 돌아선다. 아이의 손가락이 뒤통수에 끈끈하게 달라붙는다.

"이 땅은, 알다가도 모르겠어요."

아내의 '이 땅은'은 한 음이 더 올라가서 레, 미, 솔이 되어 있다. 그리고 아내는 내내 말이 없다. 마닐라에서 앙겔레스로 가는 도로의 거리 풍경이 사뭇 달라진 것 같다. 여전히 도로는 공사 중이고 차들은 자주 정체되었지만, 가로수의 크기나 색깔, 바람에 흔들리는 모습은 예전 같지가 않다.

"대디, 안 아프지, 디바(그치)?"

집에 들어서자, 딸아이가 쪼르르 달려 나와서 눈을 깜빡거린다. 아내는 내가 집에 오지 못하는 이유를 아파서라고 둘러댄 것 같다. 딸아이는 이상하게 타갈로그어와 영어와 한국어를, 한 문장 안에서 동시에 섞어 사용하고 있다. 학교에 다니면 고칠 수 있을 거라던 사람들의 위로를 조롱이나 하듯이 점점 더 정확한 비율로 세 가지 말을 섞어 쓰고 있다.

밥을 먹는 동안에도 아내는 통 말이 없다. 분위기가 이상했던지 가정부가 딸아이를 데리고 밖으로 나간다. 삼킨 밥알이 식도에 걸쳐서 내려가지를 않는다. 물을 벌컥벌컥 들이켜도 계속 목이 멘다. 나는 숟가락을 놓고 일어선다. 현관에서 신발을 신는데 아내의 목소리가 칼처럼 날아온다.

"설마, 매장에 나가는 건 아니겠죠?"

등짝이 빼근하다. 내가 획 돌아서자, 아내는 내게서 눈길을 거두고 속사포처럼 말한다.

"골목대장하고 사업하고 싶은 사람이 어디 있겠어요."

나는 눈에 힘을 주다가 다시 돌아선다. 출소 후 제임스는 참을 줄도 안다. 구두칼을 뒤축에 넣고 힘주어 발을 쑥 밀어 넣는다. 오랫동안 신지 않아서인지 얼핏 흙냄새가 나는 것 같다. 우기에 내내 신발장 안에서만 있었으니 곰팡이가 슬 만도 하지. 나는 감정을 최대한 누르고는 곰팡내가 난다고 중얼거린다.

"그 냄새는 당신한테서 나는 거 아니에요? 적당한 조건만 갖추면 어디서나 곰팡이가 슬잖아요."

이제까지 나를 바라보던 시선에는 저보다 더 지독한 경멸을 담고 있었지. 나는 대답 대신 구두칼을 팽개치고 집을 나선다.

오랜만에 앙겔레스 거리를 걷는다. 지프니와 트라이시클이 뒤범벅으로 엉켜 있는 자동차의 물결을 오래 바라본다. 이상하게 마음이 편안하다. 바라보는 것만으로도 뜨거운 것에 덴 듯이 불편한 풍경이었다. 바글거리는 사람들 속에서 다갈다갈 들려오는 타갈로그어도 오늘은 거슬리지 않는다.

매장에 들어서자, 직원들이 무슨 귀신이나 본 듯이 나를 바라본다. 하긴, 우기를 수용소에서 보냈으니 그럴 만도 하다. 나는 큰 소리로 인사말을 남기고 사무실 문을 연다. 덩치 큰 남자가 내 자리에 앉아서 여직원들과 얘기하다가 나를 쳐다본다. 갑자기 래미가 벌떡 일어나더니 나를 밖으로 끌고 나온다.

"저 사람이 여기 사장이다. 보스가 이 매장 팔았다. 여기 직원들을 계속 일하게 해주는 조건으로."

사무실 유리창을 통해 남자를 바라본다. 느닷없이 딸꾹질이 나온다. 나는 래미에게 타갈로그어로 다시 상황을 묻는다. 래미는 타갈로그어로 아까처럼 똑같이 말한다. 여기 사장 저 사람. 이 매장 팔렸음. 괜찮아, 제임스? 나는 오른손을 들어 괜찮다는 표시를 해준다. 유리창 너머에서 남자가 수화기를 들고 입을 오물거린다. 저건 내 전용 전화였는데.

장군이 내게 이럴 수가 있나. 마지막 예의라며 술 취한 놈처럼 신발을 질질 끌고 돌아가던 장군의 뒷모습이 떠오른다. 다시 예전으로 돌아가야 한다니. 그나저나 카지노 꽁짓돈은 어떻게 되었지? 지금쯤 살생부 명단에 올라 있는 내 이름에 형광펜으로 줄이 그어져 있을지도 모른다.

휘청거리며 매장을 나서는데, 브랜트가 다가와 '사제 총' 하고 속삭인다. 그리고 내 팔을 잡아끌고 봉고차로 들어가더니, 누런 종이에 둘둘 말린 것을 내게 건넨다. 나는 필사적으로 종이를 벗겨낸다. 한참을 벗겨내도 알맹이가 나올 생각을 않는다. 브랜트가 침을 한번 삼키고 달려들더니 누런 종이를 찢는다. 한참 만에 겨우 총구가 드러나면서 비릿한 쇠 냄새가 진동한다. 총에 손을 댄다. 차갑고 선득하다.

주문할 때는 38구경과 똑같다고 했는데, 그보다는 훨씬 크고 조잡스러워서 덩치 큰 바보를 연상시킨다. 총알이 튀어나가기나 할는지 의심스럽다. 내가 의심스러운 눈으로 바라보자, 브랜트는 엄지손가락을 치켜들고 '최고'라고 외친다. 어쩌다가 총알이 튀어 나간다 해도 그렇다. 이런 총에 맞으면, 죽기는커녕 아프기만 할 텐데…… 그다음에 돌아오는 보복을 감당해야 할 일이 더 큰 골칫거리로 남게 되었다. 이래서 선금을 내는 일은 부담이 큰 법이다. 나는 사제 총구에 이마를 대고 한참을 앉아 있다가, 장군처럼 신발을 질질 끌면서 집으로 돌아온다.

집에 돌아오니, 배가 볼록한 가방들이 거실 여기저기에 개구리처럼 널브러져 있다. 그것들이 동시에 와글와글 울어대는 것처럼 귓속에 위윙 하는 이명이 들어찬다. 가슴이 울렁거리고 마른침이 넘어간다. 아이까지 국적 불명으로 살게 하고 싶지는 않다면서, 아내는 계속 짐을 꾸린다. 이곳에서의 생활이 아이에게 어떤 영향을 줄지 알 수 없다는 것이다. 그러더니 마지막이라면서 내게 묻는다. '마지막'이라는 말이 주위의 모든 소음을 흡수한 듯 지나친 고요가 찾아온다. 아내의 목소리가 축축하고 우렁우렁하게 들려온다.

"이제 무슨 일을 하면서 살 거예요. 정말 안 들어갈 거예요?"

형광펜으로 그어진 내 이름이 야광등처럼 둥실 떠오른다. 어쩌면 카지노 측에서 보낸 자들이 공항까지도 점령했을 것이다. 그들과 합의를 보지 않고는 어디에도 갈 수 없다. ID

카드였던 내 얼굴이 수배 전단지로 변해버린 것이다. 나는 아내를 보며 힘차게 고개를 끄덕인다.

아내는 정말이냐고, 다시 한번 다짐하듯이 묻는다. 나는 고개를 끄덕이면서 앞니로 손톱을 물어뜯는다. 그리고 막 고개를 돌리는 아내의 얼굴을 다시 바라본다. 그런데 내가 잘못 보았을까? 아내는 이제까지 한 번도 본 적 없는 안도의 낯빛을 하고는, 마치 기분 좋게 배가 부를 때의 포만감을 얕은 한숨으로 내쉬듯이 '흐음'이라는 신음을 뱉으면서 일어서는 것이다. 아내가 흘린 신음이 습기 찬 바람과 함께 거실 바닥 이리저리 몰려다닌다.

아내는 그렇게 이 땅을 떠났다. 나는 공항에도 나가지 못하고 집 앞에서 배웅을 했다. 아내는 내게 갓길에서 잠시 쉬었다고 생각하라는 말을 남겼다. 갓길을 적절히 이용할 줄 알아야 한다면서 뾰족한 샌들 코를 바닥에 콕콕 찍더니 서둘러 차에 올랐다. 아이는 말없이 손을 흔들었는데, 오히려 그게 나았다. 그건 한 가지 언어였으니까.

빈집에 혼자 앉아 있자니 갖은 소리가 다 들려온다. 얼마 전부터 수도꼭지에서 물이 떨어지기 시작했는데, 내가 수용소에 있는 동안 더 헐거워졌나 보다. 텅 빈 집에서 울리는 물소리가 괴괴하다. 처음에는 '똑' 떨어지고서 한참이 지나야 '똑' 하고 떨어졌다. 그러던 것이 어느 날은 똑, 똑, 똑, 하고 문 두드리는 소리를 내기 시작하더니, 지금은 아예 뚝뚝 떨어지면서 그 간격도 무척 빨라졌다.

나는 벌떡 일어나 방문을 모조리 열어젖히고는, 아내의 방문 앞에서 한참을 서성인다. 등나무로 만든 침대와 옷장, 아내가 오래 앉아 있던 흔들의자를 눈으로 더듬는다. 다시 벽에 걸린 그림으로 시선을 옮기다가 천장 구석에서 멈춘다. 도마뱀 한 마리가 벽과 천장의 경계에 붙어 있다. 올라가야 할지 내려갈지를 아직 정하지 못한 듯 움직이지를 않는다. 나처럼 행로가 불분명한 놈인가 보다.

물소리가 다시 내 의식을 사정없이 두드린다. 나는 밸브를 약간만 조여서 물이 떨어지는 간격을 조금 늦추어놓는다.

일거리가 들어왔다. 이제 내게는 휴대폰이 유일한 밑천이다. 예전 고객의 소개로 세 명의 골프 손님을 받았다. 그들을 데리고 총을 쏘러 경찰서로 간다. 사격장을 찾는 손님들 때문에 경찰서와 이런 거래가 이루어졌는데, 어느새 이 짓도 관광 코스처럼 돼버렸다.

내 차가 경찰서 마당에 쓰윽 들어서자, 의자에 기대서 하품을 하던 경찰이 채 입을 다물지도 못하고 뛰어나온다. 입을 벌리지 않고 코 평수만 약간 넓히는 것으로도 얼마든지 가능한 그 장면을 어찌나 정밀하게 오래 연출하던지, 그야말로 하품을 하다가 입을 찢어서라도 기필코 기네스북에 오르려는 안간힘으로 보일 지경이다. 그렇게 튀어나와서야 겨우 입을 수습한 경찰은, 우리를 뒤뜰로 안내한다. 우선 38구경과 45구경 중에서 선택을 하게 한 다음, 실탄 50발을 주고는 과녁을 갈아주느라 이리 뛰고 저리 뛰면서 난리를 떨어댄다. 과녁은 경찰서 붉은 담장 위에 붙인다.

고객들은 방아쇠를 한 번 당기고는, 빗나간 과녁을 바라보며 고개를 갸우뚱거린다. 그러고는 이내 무슨 원한이라도 맺힌 듯 쉬지 않고 방아쇠를 당긴다. 저런 살의를 어떻게 감추고 살아가는지 궁금하다. 탕탕탕. 붉은 벽돌 조각이 사방으로 튄다. 피가 튀기는 것 같다. 몸살이 오려나 보다. 살이 아프고 뼈마디가 욱신거린다. 탕탕탕. 패어나간 벽돌이 벌렁거리는 심장처럼 보인다. 갑자기 딸꾹질이 나온다. 벌렁거리는 심장으로 총탄이 빗발치듯 날아간다. 딸꾹질이 멈추지를 않는다. 하루 이틀 본 것도 아닌데, 오늘은 숨이 가쁘다. 총소리가 멈췄다. 고객들이 귀마개를 벗으면서 아쉽다는 비명을 지른다. 왠지 그 소리가, 나를 죽일 수도 있었는데 아쉽다는 소리로 들린다. 나는 그들을 하나씩 찬찬히 바라본다. 그런대로 선량한 얼굴이다.

5만 원이면 경찰이 준 실탄으로 경찰서 담벼락에 구멍을 낼 수 있다. 경찰들이 부르짖는 '빙고' 소리를 백 뮤직으로 깔고서. 하긴, 그 돈이면 이 나라 어느 법정에서도 '정의'를 살 수 있는 금액이긴 하다. 그러니까 '정의'라는 것도 가격이 있는 것이다. 어디 정의뿐이겠는가. 기십만 원 짜리 사랑도 있을 테고, 그보다 값싼 눈물도 있을 것이다. 그렇게 온갖 것에 가격표를 매기다 보니 그럴듯한 메뉴가 하나 탄생했는데, 그중에서 가장 싸구려는 디죤과 내가 손상을 입었던 자존심 종류가 아닐까 싶다.

아무래도 컨디션이 좋지 않다. 골프장 입구에서 고객들의 가방을 내려주면서, 이번 게임은 쉬고 싶다고 말한다. 그런데 내가 없으면 안 된다고 이구동성으로 외치는 게 아닌가. 빌어먹을 놈의 인기는 출소 후에도 식을 줄을 모른다. 할 수 없이 골프 가방을 둘러멘다.

나는 필드에 서서 오랫동안 벙커를 바라본다. 벙커가 한없이 깊은 수렁처럼 보였다가 출렁이는 물결처럼 보이기도 한다. 세 명의 고객 중에서, 꼭 북어 대가리같이 생긴 놈이 계속 떠들면서 설쳐댄다. 몽타주를 그리기에 아주 수월하게 생겼다. 보통 사람보다 두 배로 넓은 이마에, 깜짝 놀란 듯 톡 튀어나온 눈, 턱밑에 북어 꼬리처럼 털이 달린 돌출된 점 하나.

북어 대가리가 계속 떠들다가 나를 보며 눈을 찡긋한다. 그러고는 꼭 19홀을 돌러 가자며 능글맞게 웃는다. 배꼽 부근에서 정체를 알 수 없는 덩어리가 확 치밀어 오른다. 그 덩어리가 속을 휘젓고 다니는지 내장이 아프다. 갑자기 아까 저들처럼 미친 듯이 방아쇠를 당기고 싶다. 골프 가방 안에 든 사제 총을 떠올린다. 징그럽게 웃고 있는 북어 대가리를 향해서 총부리를 겨누면 어떻게 될까. 그래서 저 뾰족한 주둥이를 그만 닥치게 할 수 있다면. 골프채를 쥐고 있는 손바닥에 땀이 고인다.

내 차례가 왔다. 샷을 날린 자리에 한 움큼씩 잔디가 파인다. 그 위에 캐디가 재빨리 모래를 뿌린다. 그래야 그곳에서 다시 잔디가 자라난다는 것이다.

"파인 상처에 바르는 연고 같네, 모래가."

내가 힘없이 말하자, 캐디가 깔깔거리며 웃는다. 이런 내가 우스운 건지, 잔디나 연고가 우습다는 건지 모르겠다. 이상하게 모든 게 달라진 것 같다. 하늘이나 풀 냄새도 예전 같지 않고, 캐디의 웃음소리도 낯설게 들린다. 나는 일부러 기지개를 켜고 하품을 하면서 주위를 둘러본다.

노을이 질 때쯤 게임이 끝났다. 주름을 만들면서 검게 스러져가는 노을을 보니, 내 감정에도 주름이 잡힌다. 갖가지 명암을 가진 미세한 주름이 명치 아래에서 술렁거리는 느낌이다. 나는 서둘러 씻고 먼저 밖으로 나온다.

걷다 보니, 양말에 작은 미모사 잎이 하나 붙어 있다. 발을 한번 굴러본다. 잎맥을 잔뜩 오므린 채 달라붙었는지 떨어지지 않는다. 발을 들어 털어보아도 여전히 붙어 있다. 문득 예전에 달라붙었던 '사용 시 주의사항' 스티커가 생각난다. 증명사진처럼 수줍게, 그러나 증명은 해야겠다는 듯이 집요하게 달라붙던 그것은 어디로 갔을까. 어쩌면 누군가에게 들러붙어 하얗게 빛을 발하고 있겠지.

다시 한번 발을 구르는데, 어디선가 내 이름 소리가 들린다. 제임스으. 귀신이 내는 소리가 저럴까. '스으' 하고 부르는 신호처럼 이상한 울림이 느껴지다가 바람 속으로 사라져버린다. 미모사 잎을 떼어내려고 엎드리는데, 다시 내 이름이 들린다. '스으' 하는 여운이 길게 남는다. 내가 막 고개를 돌리는 순간, 팡 소리와 함께 눈앞에서 하늘거리던 미모사 잎들이 일제히 움츠러든다.

다음 순간 내 무릎이 사뿐히 접힌다. 메고 있던 골프 가방이 옆으로 쓰러지자 내 상체도 같이 기운다. 바닥에 깔린 미모사들이 서둘러 몸을 움츠리는지, 주위가 순식간에 보라색으로 변해버린다. 어떤 천사의 사주를 받은 총알일지도 모른다.

아내가 말한 갓길이 여기인가. 어깨와 다리, 그리고 가슴이 아프다. 목을 돌려보니, 내 주위가 온통 보라색으로 멍들어 보인다. 사건 현장에 뿌리는 흰 스프레이 대신에 움츠러든 미모사가 내 위치를 정확하게 그려주고 있다. 사람들이 모여들고 외마디 소리가 들리는가 싶더니, 느닷없이 도마뱀이 그악스럽게 울어댄다. 만약 내가 이대로 일어서지 못한다면 이 자리에서도 이름 모를 풀이 자라는 건 아닐까. 대답처럼 도마뱀이 자지러지게 운다.

쭈쭈쮸쮸쮸쯔쯔쯔.

천사들의 도시

네 배꼽을 가만히 들여다보면,

다시는 그런 짓을 못 할 거라고

똑같은 톤으로 숨도 쉬지 않고 으르렁거렸다.

배꼽의 ——— 기원

♦♦♦♦

> 네게 간청하노라 자궁이여. 맨발로 물 위를 걸었던 그분의 이름으로, …… 자신의 상처로 우리를 치료해주신 분의 이름으로 네게 간청하나니, 신의 시종인 여기 이 여인을 해치지 말아다오. 신께서 할당한 거기 그 자리에 조용히 남아다오 ……

당신은 지금 노란 조명 아래 누워 있다. 두 손을 배꼽 위에 얹고서, 오른발을 왼발 위로 올렸다가 다시 내려놓는다. 그런 동작을 몇 번이나 되풀이하고 있다. 당신이 여기 누워야 하는 이유로 인해, 나는 말을 할 수 있게 되었다. 그런 사실 때문에 나는 온몸이 먹먹하도록 아프다. 가장 가까운 대상에게 치명적인 상처를 주게 되는 세상의 아이러니에 저항했지만, 나는 아무것도 바꿀 수 없었다.

모든 사랑이 자기 자신을 담보로 하듯이, 내 안에 들어온 생명을 키우면서 늙어가고 싶었다. 그것이 내가 할 수 있는 사랑이었다. 그러나 이제 내게는 그 의무조차 허락되지 않는다. 당신에게 미안하다거나 고맙다는 말도 더 이상 할 수 없다. 잠시 후면 나는 당신으로부터 분리되어 비참하게 버려질 것이다. 혹시 운이 좋으면, 포르말린 속에 담겨서 햇볕이 잘 드는 어느 창가에 놓이게 될지도 모른다.

마지막 순간이 다가온다. 이제야말로 모든 기억이 파노라마처럼 떠오른다. 지나온 모든 날들, 당신이 느낀 생생한 감정들까지 파들거리며 살아나고 있다. 아프기 시작하면서 겨우 깨어났다고 생각했는데, 그런 것이 아니었다. 통증과 함께 온 감각이 활짝 열리게 된 것이다. 나는 늘 깨어 있었지만, 그것을 인식하지 못했을 뿐이다.

내 말을 들었는지 당신이 배꼽을 두어 번 두드린다. 그리고 흥얼거리는 소리를 내면서 헛기침을 하고는 옆으로 돌아눕는다. 당신은 귀에 익은 자장가를 흥얼거리다가, 갑자기 주변 사람들의 주소와 전화번호 등을 외우기 시작한다. 마취제로 인해 당신이 휩싸이게 될 무의식의 상태가 두려운가. 당신에게 내 주소를 다시 말해주어야겠다. 당신이 지금처럼 배꼽에 손목을 대고 아래를 향해 주먹을 쥐어보면, 바로 그 위치에 주먹보다 조금 작은 크기의 내가 있다. 횡격막 아래의 골반 안쪽에서 당신과 더불어 39년째 살아왔다.

나는 당신의 자궁이다.

가부장제 종교 건축의 구조가 여성의 성기로 묘사되어 있다는 것은 당신도 잘 알고 있다. 우선 대음순과 소음순이 있듯이 모든 교회에는 외부 입구와 내부 입구가 있고, 내부 입구는 내게 이르는 질처럼 중심 제단을 향한 복도로 이루어져 있다. 제단 양쪽에는 나팔관 모양의 연단이 있고, 그 가운데 신성한 중심에 내가 제단처럼 자리 잡고 있는 것이다. 그러니까 나는 출산이 이루어지고 기적을 일으키는 곳이다. 그 '나'라는 제단에서 목사나 신부들이 양수와 같은 물로 세례를 주며 영생의 부활을 약속하지 않는가. 당신이 바로 그 세상의 중심인 우주를 품고 있다.

한 가지 기능을 잃으면 신이 곧 또 다른 능력을 주시듯, 내 고유의 기능이 거의 상실 지경에 이르자 상상할 수도 없는 다른 능력이 생겨났다. 지금 한 말은 당신이 내담자를 상담할 때 신화를 인용하면서 종종 했던 말이다. 돌이켜보면, 사회복지사라는 당신의 직업 때문에 나는 비교적 많은 분야에 대해 선험적인 체험을 할 수 있었다. 그래서인지 때로 어떤 사실에 대해서는, 내가 실제로 체험한 듯한 강렬한 느낌에 빠져들기도 했다.

나는 당신에게 아주 조심스럽게 말을 시작했다. 문법의 기초를 공부하는 것처럼 '사실, 나는 자궁입니다'라고 말문을 열었다. 사람들이 이야기를 시작할 때 '사실'이라는 말로 운을 떼는 것은 아주 복잡한 뜻이 있다는 걸 그래서 알게 되었다. 아무튼, 당신은 얼마 전부터 내 목소리를 듣고 있었다. 그러나 당신은 놀라거나 당황하지 않았다. 왜냐하면, 단순한 귀울림에 의한 이명이라고 여겼다. 당신이 겪었거나 생각하는 어떤 것이 꿈속의 장면들과 뒤엉켜서 어지럼증이나 귀울림을 일으키는 것이라고 대수롭지 않게 생각했을 뿐이다.

당신은 이명을 통해서 빗소리나 여치 소리, 시계의 초침 소리, 개미가 싸우는 소리, 그리고 종종 기차 지나가는 소리를 듣기도 했다. 가끔 형광등이 우는 소리를 들을 때도 있는데, 그때는 내가 몹시도 피곤해 있을 때이다. 당신 주변의 누군가가 그런 소리를 자주 듣는다면, 그건 몸의 기관 하나가 말을 걸어오는 것으로 생각해도 좋다. 그리고 귀를 잘 기울이면 그 사람 무의식의 욕망을 달래줄 수도 있을 것이다.

잘 들리지 않는 소리가 더욱 감미로운 것처럼 당신은 내가 말하고자 하는 불편한 진실에 대해 귀를 기울이지 않았다. 그러나 진실이 늘 잔인한 것은 아니다. 내가 알고 있는 한, 적어도 그것을 받아들이는 사람에게 진실은 늘 특혜를

베풀었다. 그것이 어떤 방법이든 간에.

간호사 두 명이 들어와서 집기들을 점검하고 있다. 당신은 그들의 노련한 손놀림을 빠짐없이 지켜보다가 외과의였던 친구의 작고 단아한 손을 떠올린다. 친구는 외과를 지망하면서 스스로 시련을 선택하는 것이야말로 비범한 삶이라고 말했다. 내게 생긴 증상을 알게 된 것도 대학병원에 남아 있던 그 친구의 배려에 의해서였다. 그녀는 당신 몸의 증상에 대해 듣자마자 급히 예약하고는 당신을 병원으로 불러들였다.

검사실에서 나온 당신이 대기실에서 멍하니 앉아 있을 때, 친구는 슬리퍼 소리를 자제하면서 조용히 당신에게 다가왔다. 그리고 당신 손을 잡고서 자신의 방으로 갈 때까지 아무 말도 하지 않았다. 친구의 진료실 책상 위에는 노란 등이 켜져 있었고, 그 아래에 액자가 놓여 있었다. 갈색 가죽 테두리의 액자 안에서 친구의 남편이 그녀의 어깨에 커다란 손을 숄처럼 걸쳐놓고 있었다. 따뜻해 보인다고, 당신은 생각했다. 벽에 걸린 또 다른 액자에서는 친구의 두 남매가 서로의 얼굴을 마주 보며 웃고 있었다.

친구는 깍지 낀 팔을 풀면서 당신에게 말했다. 내가 아주 심각한 병이 들었다고. 그 말을 들었을 때 당신은 기다렸다는 듯 고개를 끄덕였지만, 나는 돌멩이처럼 바짝 오그라들었다. 친구는 당신에게 얼굴을 가까이 들이대면서 떨리느냐고 물었다. 당신은 다시 고개를 끄덕였다. 그러나 떨고 있는 건 바로 그 친구였다. 그녀의 음성에서는 매우 불안정한 파장이 전해지고 있었다. 그때 간호사가 들어와서 환자들의 진료카드를 책상 위에 올려놓았다.

친구는 아직 환자를 들이지 말라는 지시를 내리고, 당신 옆으로 의자를 바싹 당겨 앉았다. 그리고 내가 이미 병들었기 때문에 단순하게 수습할 수 없다고 말했다. 그러면 오히려 당신 몸 전체가 위협을 당하는 처지라는 것이다. 어차피 결혼하지 않았으니 임신을 포기하고 아예 깨끗하게 들어내라며, 당신에게서 나를 영원히 제거하라고 속삭였다. 나는 순식간에 온몸이 발갛게 물들면서 정신이 혼미해졌다. 그리고 내가 하는 말을 그리도 못 알아듣던 당신에게 화가 치밀었다.

나는 그때 아직 아무런 준비도 되어 있지 않았다. 한 번도 내 안에 생명을 품어보지 못했다. 물론 생명을 품는 일에 대해 경이로움만 생각한 것은 아니었다. 거기에 따르는 불편한 의무감도 있었다. 그러나 기회를 영영 잃는다는 것은, 두려움 그 자체였다. 그때 무슨 느낌이라도 있었는지, 당신이 배 위에 손을 올리고는 동그랗게 원을 그리면서 쓸어내렸다.

그동안 당신 몸에서는 단 한 번의 수정도 일어나지 않았다. 그러므로 당신은 임신에 대한 기대도 없이 당신의 몸을 완전히 내버려 둔 상태였다. 나는 하나의 생명도 품지 못하고 시들어간다는 서글픔으로 자주 앓아야 했지만, 우리는 그런대로 잘 지내왔다. 물론 당신이 나를 방치했을 때, '자궁경부'라고 불리는 내 얼굴 표면에 빛이 사라지고 발그스름한 상처가 생겨나기도 했다. 나는 견딜 수 없이 외롭고 두려웠다. 하루빨리 당신이 내 존재에 대해 알아주기를 기다렸다. 당신 몸을 지구본으로 본다면 위도와 경도 몇 도쯤에 자리하는지, 그러니까 당신 몸의 가장 중심에 놓여 있는 '나'라는 생명의 섬에 대해 관심을 두기를 얼마나 바랐는지 모른다.

친구는 당신을 다그치기 시작했다. 당신이 너무 둔했다고, 전이되기 전에 빨리 손을 쓰자고, 치료를 받는 데 몇 년이 걸릴지도 모른다고, 그래서 이제 시간이 별로 없다고 재차 당신을 설득했다. 몇 년? 당신이 꿈에서 깨어난 듯 눈을 깜박거렸다. 그 몇 년 안에 사고로 죽을 수도 있겠네. 그 말을 하면서 당신이 낮게 웃었다.

그때 갑자기 진료실 문이 활짝 열리더니 얼핏 오십 대로 보이는 여자가 뛰어 들어왔다. 하늘하늘한 시폰 원피스를 입은 여자는 풍만한 상체를 들썩거리면서 숨을 몰아쉬었다.

친구는 당황하는 기색도 없이 뒤따라 들어온 간호사를 향해 눈을 하얗게 치떴다. 여자도 그 상황이 처음은 아닌 듯했다. 여자는 손가락으로 친구를 가리키면서 남의 귀한 자식 죽여놓고 이제 양심의 가책도 못 느끼는 인간이라며 혀를 찼다. 그러고는 고소를 했으니 각오하라며 다시 언성을 높였다.

친구는 간호사를 바라보며, 하는 일이 뭐냐고 싸늘하게 꾸짖었다. 그러고는 턱짓으로 여자를 가리키며 끌고 나가라고 무섭게 부르짖었다. 순식간에 달라진 친구의 태도에 당신은 좀 멍해졌다. 그러나 나는 친구의 목소리에 묻어 있는 풀리지 않는 파장을 감지해내려고 무던히 애를 쓰고 있었다. 여자는 재판정에서 보자는 말을 되풀이했다. 그러고는 간호사의 손에 의해 마지못해 끌려나간다는 시늉을 하면서 부산스럽게 방을 나갔다.

문이 닫힌 뒤, 방 안에 지나친 고요가 찾아왔다. 당신과 나와 친구는 잠자코 서로의 숨소리를 듣고 있었다. 잠시 후, 친구가 겨우 입을 열었다. 환자가 생리 날짜를 잘못 말하는 바람에 임신 사실을 모르고 수술했다는 것이다. 친구는 '그 흔해 빠진 맹장'이라고 되뇌더니, 그 여자는 어차피 자기 어린 딸의 배아를 유산시켰을 거라며 웃기 시작했다. 당신은 그 상황에서 우리가 죽을지도 모른다는 사실이 오히려 비현실적으로 다가왔다. 그 순간 당신은 살아가는 일에 대해 지독한 환멸을 느꼈다. 당신의 그러한 느낌은 곧 내게 전달되었고, 나는 축 늘어지고 말았다.

당신은 여전히 출근해서 이런저런 상담을 했다. 당신이 어떤 여학생의 상담을 하던 기억이 난다. 집단 상담을 맡았던 곳에서 한 여학생이 당신을 찾아왔다. 여학생은 무절제하게 이어지고 있는 자신의 성적 방종에 대해서 털어놓았다. 끝없이 이어지는 여학생의 고백은 상담을 원한다기보다는 무용담을 늘어놓는 듯했다. 당신은 여학생의 말을 조용히 들으며 앞에 놓인 메모지를 움켜쥐었다가 다시 펴기를 반복했다. 그리고 당신이 자궁에 대해 말했다.

자궁의 어원이 매트릭스인데, 어머니라는 뜻이죠. 신의 작은 피조물을 키우는 그릇이고, 그래서 무엇보다 소중한 곳이에요. 여자의 본질은 바로 거기에 있다고, 그렇게 말하는 당신의 목소리에 이상한 적의가 묻어 있었다. 곧이어 당신은, 자신의 여성성을 그런 식으로 학대하는 것은 짐승에게서도 보기 드물다고, 그럴 바에는 차라리 그 자궁을 남에게 줘버리라고, 네 배꼽을 가만히 들여다보면 다시는 그런 짓을 못할 거라고 똑같은 톤으로 숨도 쉬지 않고 으르렁거렸다. 다음 순간, 여학생이 벌떡 일어나더니 당신을 바라보면서 짧게 말했다. 당신 자궁이나 제대로 지켜, 변태. 그리고 문 닫히는 소리가 들려오고, 뒤이어 당신의 울음소리가 들려왔다.

잠시 후 당신은 멀미를 느끼면서 산책로를 걸었다. 나는 당신의 배꼽을 통해서 숲의 냄새를 양껏 들이마셨다. 사람들이 무릎을 차올리며 뛰듯이 당신 곁을 지나갔다. 당신이 갑자기 달리기 시작했다. 얼마 안 가서, 당신은 비어져 나온 보도블록에 걸려 넘어지고 말았다.

당신은 그 상태에서 잠시 엎드려 있었다. 그리고 당신 안에서 죽어가는 나와, 자궁 없이 수십 년을 살아온 당신의 어머니를 동시에 떠올렸다. 내가 사라지고 난 뒤의 당신은 중심이 흔들려서 더 자주 넘어질 것이고, 너무 가벼워진 당신이 허공으로 둥실 떠오를지도 모를 일이었다. 자궁을 버리고 현실로부터 자유로워졌다며 어머니처럼 떠벌리고 다닐지도 모르고, 그런 당신의 눈동자에서 자궁이 사라진 텅 빈 자리를 모든 사람이 단박에 알아볼 것이었다. 당신은 고개를 한 번 짧게 저었다.

그때 산책 중이던 운동화의 군단들이 순식간에 달려들어 당신을 둘러쌌다. 그들은 너 나 할 것 없이 '괜찮아요?'를 외쳐댔다. 나는 당신에게 '괜찮다'고 말해주었다. 당신은 최대한 천천히 몸을 일으키면서 둘러싼 사람들에게 억지웃음을 지어 보였다. 그러고는 '괜찮아요'를 암호처럼 말하면서 그 불편한 친절의 바리케이드를 빠져나왔다.

당신은 세상이 온통 암호로 이루어져 있다는 생각을 했다. 조금 전 당신을 둘러쌌던 운동화 군단을 통과할 때에도 그들이 원하는 암호를 불러주었기 때문에, 그 바리케이드를 무사히 빠져나올 수 있었던 것이다. 당신은 골똘히 생각에 잠겼다. 살아오는 동안 당신 앞에서 순순히 열린 문이 얼마나 있었는지. 당신이 갇힌 이 상황에서 어떤 암호를 불러주어야 빠져나갈 수 있는지. 그러다가 당신이 갇힌 곳은 결국, 당신의 몸이라는 생각으로 이어졌다. 그날부터 당신은 지나가는 여자의 아랫도리를 눈여겨보기 시작했다.

나는 지금 당신 배꼽으로 들어오는 수술실의 냄새 때문에 정신이 아득해질 지경이다. 당신을 위로하고 싶지만 어떻게 해야 하는지 알 수 없다. 다만 내가 행복하고 좋은 느낌 속에 오래 잠겨 있을 때, 당신의 숨소리가 평화롭다는 것만은 알고 있다. 나는 당신이 나를 처음 보던 순간을 떠올리며 다시 행복해지려고 애를 쓴다.

당신이 친구 손에 이끌려 겨우 정기검진을 받던 날, 당신은 두렵다면서 몸을 떨었다. 나는 그 떨림을 지금도 고스란히 느낄 수 있다. 그날 14인치 모니터에서 나를 처음 본 당신은 탄성을 내질렀다. 너무 예뻐서 눈물이 난다고도 했고, 사진을 찍고 싶다고도 했다. 서른 몇 해를 당신 속에서 살아온 나 또한 얼마나 기뻤는지 모른다.

당신은 진찰대 위에서 양다리를 최대한 활짝 벌리고 누워야 했다. 당신은 그 자세를 끔찍이도 싫어했고, 나 또한 미칠 지경이었다. 너무 긴장된 나머지 내 얼굴이 더 발갛게 달아올랐다. 질 입구가 벌어지면서 빛이 들어왔다. 나는 정신을 바짝 차리려고 얼굴을 더 똑바로 치켜들었다. 내가 당신에게 하고 싶었던 말을 의사가 대신해주었다. 스트레스받지 말고 몸을 좀 돌보세요. 뒤이어 의사의 안경알이 번득이더니, 소독솜이 들어와서 내 얼굴을 싹싹 씻어냈다. 당신은 그때 아주 미미한 느낌이었겠지만 나는 내 안 내벽의 바닥까지 시원해지는 기분이었다. 스트레스에 노출되면 면역체계도 흔들리고 질염이 더 자주 발생합니다. 의사는 계속 당신의 무심함에 대해 타이르듯이 말했다.

나는 당신의 몸도 지방자치 같은 체제라고 말해주고 싶었다. 각각의 기관들이 나름대로 일사불란하게 움직이면서 당신이라는 사람을 유지하게 하지만, 그 기관들이 자신을 방치했다는 이유로 반란을 일으키기 시작하면 당신이라는 조직은 곧 무너질 것이라며 겁을 주고 싶었다. 질이 방심하면 그 여파가 내게로 오듯이 사람의 몸이나 정신도 일종의 도미노 게임 같다. 일단 한번 쓰러지기 시작하면, 차례로 다음의 감정과 기관들을 순식간에 무너뜨리고 지나가는 것이다.

당신은 내 사진을 찍는 동안 무척 괴로워했다. 내내 입술을 꼭 다물고 고개를 옆으로 돌린 채 누워 있었다. 나는 점점 더 빛에 노출되었다. 질 입구로 당겨지는가 싶더니 무언가에 의해서 들려지는 것 같았다. 나는 너무 놀라서 허둥거렸다. 팡, 하는 소리와 함께 엄청난 빛 덩어리가 쏟아졌다. 온몸이 얼얼해서 한동안 정신을 차릴 수가 없었다. 한 번 더 빛이 터지면서 모든 것이 하얗게 흘러내렸다.

그날 나는 무척 피곤했다. 단지 피곤했다는 것이지, 내 전체를 드러낸 것에 대한 부끄러움은 아니라는 말이다. 내가 당신 몸에 살고 있다고 해서 여성성만 지녔다고 생각하지 않았으면 좋겠다. 그릇에 물을 담으면 물그릇이 되고 밥을 담으면 밥그릇이 되듯이, 나는 내 안에 세상의 모든 성을 품을 수 있다. 그러니 딱히 구분하자면 중성 내지는 무성, 아니면 다양성이라고 해도 좋겠다. 아무튼, 오늘 나는 자꾸만 말이 많아진다.

그날 병원을 나온 당신은 곧장 대형할인점으로 들어섰다. 그리고 냉장 칸에서 투명 팩에 든 체리를 집어 들었다. 당신은 계산대로 향하면서 플라스틱 팩 사이에 엄지와 검지를 집어넣고는 체리 한 개를 힘겹게 끄집어냈다. 그렇게 몇 개의 체리를 허겁지겁 먹어치우던 당신은 아예 팩의 뚜껑을 열어젖히면서 계산대의 긴 줄에 합류했다. 당신은 한숨을 내쉬며 꼭지를 떼어낸 체리를 바라보다가 그 반들거리는 체리가 나를 닮았다는 생각을 했다. 당신은 대형할인점을 빠져나오면서 약간의 멀미를 느꼈다.

여학생을 그렇게 돌려보낸 날도, 당신은 체리를 먹었다. 그리고 헤어진 애인에게 전화를 걸었다.

당신이 그와 가까워진 것은 시민합창단에서였다. 당신은 알토였고, 그는 베이스였다. 당신과 그는 앞뒤에 선 채로 합창을 연습했다. 그때 나는 매우 행복했다. 지휘자의 손을 보면서 호흡을 가다듬고 배에 힘을 주던 당신. 그리고 최대한 고운 소리를 뽑아내려고 애를 쓰던 순간의 당신이 너무 사랑스러웠다. 당신의 온몸이 울림통이 되어 공명할 때의 파장이 나를 행복하게 했고, 또한 당신 자신을 달뜨게 했다. 그의 우렁우렁한 목소리에도 기분 좋은 울림이 있었다. 대개 그런 울림의 여파가 사람의 감정까지도 조율하는 힘을 가진 것 같았다.

당신은 늘 '향수'라는 노래를 연습하는 도중에 눈물을 글썽였다. 거기에 나오는 아내 때문에 코가 맵다는 것이었다. '아무렇지도 않고 예쁠 것도 없는, 사철 발 벗은 아내'가 나오는 부분에서 당신은 매번 숨을 멈추었다. 마치 악보의 그 부분에 '경건하게 눈물을 글썽이라'라는 음표가 있는 것 같았다. 그리고 어느 뒤풀이 자리에서 술에 취한 당신이 그에게 따지듯이 물었다. 어떻게 아내가 그리 아무렇지 않을 수 있느냐고. 그가 시인의 사생활에 대해 말하려 했으나, 당신은 계속 같은 말을 중얼거렸다.

그날 당신이 그의 등에 기대서 목 놓아 울었을 때, 나는 내막이 최대한 두꺼워져서 곧 월경을 방출할 참이었다. 당신은 숨쉬기가 곤란해질 때까지 울었다. 그는 당신에게 등을 내준 채, 당신이 지나온 시간을 고스란히 견뎌냈다. 당신 속에 차곡차곡 쌓였던 응어리들이 상당 부분 그 눈물 속에 흘러갔다는 것을 정확히 느낄 수 있었다. 나는 촉감을 거의 느끼지 못하기 때문에 성교에 이바지할 수는 없지만, 감정의 움직임이나 몸의 기운을 감지하는 데에는 탁월한 능력을 갖췄다.

내가 그를 신뢰하게 된 것은 그가 당신에게 준 선물 때문이었다. 출장에서 돌아온 그가 당신에게 돌을 건네주었을 때, 나는 갑자기 당신 애인이 좋아졌다. 당신은 그 돌을 받아 들고 이리저리 살피면서 감탄했다. 그러나 나는 그 돌이 나를 무척 닮았다는 사실 때문에 흥분했다. 얼핏 하트 모양처럼 생긴 그 돌은 앞뒤 어느 각도에서 보아도 내 모습과 신기하게 닮아 있었다. 당신은 그 자그마한 돌을 화장품 주머니 안에 넣어서 다녔다.

당신 몸에 더운 기운이 돌기 시작했다. 나는 자궁 특유의 속성으로 당신이 그를 사랑한다는 것을 알았다. 그와 있을 때면, 당신 몸에 생기는 변화로 내 주변은 물론이고 다른 기관들이 아주 역동적으로 움직이는 걸 느꼈다. 자주 당신의 괄약근이 수축하는 바람에 나는 얼굴을 질 벽에 묻은 채 간지러운 웃음을 참아야 했다.

당신이 누우면 배꼽도 세로로 길게 누웠는데, 그는 특히 거기에 집착했다. 대낮의 길거리에서 당신의 배꼽에 입을 맞춘 적도 있었다. 그가 배꼽 때문에 당신을 만나는 것처럼 여겨질 정도였다. 그 깊고 조용한 곳에 귀와 입을 가져다 대면서 수도 없이 입을 맞추고 속삭이고 듣기를 반복했다. 당신의 내장들이 부산하게 움직이는 소리, 심장이 팔딱이면서 피를 보내는 소리, 무엇보다 배꼽 아래의 내가 수도 없이 몸을 뒤트는 소리에 그는 귀를 기울였다. 마치 그와 내가 얘기를 주고받는 것 같았다. 그가 당신 배꼽에 입술을 대고 속삭이면 그의 음성이 규칙적인 파동을 일으키며 몸 전체로 퍼져나갔고, 그 울림이 나를 편안하게 감쌌다. 그럴 때면 당신 몸에 변화가 일어나서 내 얼굴은 어느새 질벽에 밀착해 있곤 했다.

당신은 그를 자신처럼 사랑했다. 환하게 웃을 때 슬쩍 보이는 그의 목젖과 보철로 씌워진 어금니를 사랑했고, 엄지 발가락 주변에 퍼져 있던 건성 무좀을 사랑했으며, 그 때문에 자주 당신의 다리를 할퀴곤 하던 각질까지 사랑했다. 어느 날 당신이 그의 발가락에 입을 맞추려 들었을 때 그는 황급히 당신의 얼굴을 들어 올리며 무안하게 웃었다. 사랑하는 사람 앞에서 최대한 몸을 낮추는 것. 그 순간 나는 그런 것이 사랑이라는 느낌이 들었다.

나는 당신의 배꼽을 통해서 그의 냄새를 맡을 수 있었다. 그에게서는 붉은인과 염소산 칼륨이 섞인 성냥 냄새가 났다. 나는 그 성냥 냄새나 덜 익은 과일에서 풍기는 날 것의 냄새가 좋았다. 어쩌면 나의 냄새와 닮아서인지도 모른다.

그러나 얼마 후, 나는 그가 가진 이해할 수 없는 민감함에 실망하고 말았다. 그가 당신에게 여자의 배꼽 아래에서 풍기는 냄새가 거북하다고 말했다. 나는 여자의 그곳에서 나는 듯한 그의 냄새가 좋았는데, 그는 자기 냄새의 진원지를 거부하려는 강박증을 보였다. 당신은 그의 미혼 사유를 거기에서 찾았다.

마취 전문의가 들어와 당신에게 기분이 어떠냐고 묻는다. 당신은 그냥 눈만 깜박거리다가 눈을 감아버린다. 자, 이제 편안해지실 겁니다. 긴장하지 마세요. 의사는 그 말을 하면서 링거액이 흐르고 있는 당신의 팔목을 살짝 잡아준다. '마음을 편하게 하라'는 일반적인 위로가 오히려 당신 마음을 불편하게 한다. 그러나 당신은 그 손이 무척 따듯하다고 느낀다. 당신 안에서 끝도 없이 눈물을 퍼 올리게 할 수 있는 온도를 지녔다고 생각한다. 이 수술대 위에서는 이제 울 수도 없다고, 내가 재빨리 당신에게 속삭인다. 당신이 문득 손바닥으로 귀를 세차게 눌렀다 떼기를 반복한다. 귀에 물이 들어갔을 때 당신이 무심코 하던 동작이다. 어쩌면 손바닥과 귓바퀴 사이에서 들려오던 스산한 바람 소리에 귀를 기울이는 것 같기도 하다. 당신은 한의원을 찾아가던 날도 그렇게 귓바퀴 사이에서 들려오던 바람 소리를 여러 번 재생해서 듣곤 했다.

당신은 수술하지 않는 방법이 있을 거라는 일말의 희망을 품고 한의사를 찾아갔다. 몇 년 전에 간암 환자를 살렸다는 소문을 들었고, 한의사협회 소식지에 실린 그 의사의 사진을 보기도 했다. 사진 속의 그는 겸손하게 웃는 듯했지만 자신만만한 표정까지 감출 수는 없었다. 한의원 앞에서 당신은 귓바퀴에 손을 대고 바람 소리를 들었다. 그 소리는 당신을 늘 다른 차원으로 들어가게 해주었다. 언제 어디서든 그 간단한 동작으로 잠시 현실을 떠나는 것이 당신의 오래된 놀이였다. 남의 얘기를 들어주어야 하는 당신의 역할이 그런 놀이에 빠져들게 했는지도 모른다.

한의원은 한약 냄새에 잠겨 있었다. 의사는 당신을 맞이하면서 이마에 푸른 정맥이 드러날 정도로 웃었다. 그래서인지 건강하고 생기가 넘쳐 보였다. 그 공간에서는 냄새가 무슨 역할이라도 하는 것처럼 모든 사람의 얼굴에 발그레한 윤기가 돌았다. 의사에게서도 구별하기 어려운 냄새가 풍겼다. 스킨로션과 땀 냄새가 한약 냄새와 버무려진 그리 유쾌하지 않은 냄새였다. 그의 등 뒤로는 많은 책이 사열하듯 반듯하게 꽂혀 있었다. 나는 거기에서도 오래된 종이에 밴 한약 냄새를 맡았다.

당신은 콧등을 살짝 찡그리며 진료 의자에 앉았다. 그리고 보약 얘기를 하다가 슬쩍 자궁암에 관해 물었다. 암은 자객과도 같다고, 누구도 그 원인을 모른다고, 좌절된 정열 같은 것이 하나의 기관을 선택해서 분출하는지도 모르겠다고, 그렇게 말하면서 의사는 심각한 표정을 지었다. 당신은 일부러 고개를 끄덕이면서 치료법에 대해 궁금하다고 말끝을 흐렸다.

그는 마치 대화의 상대를 기다렸다는 듯 떠들기 시작했다. 그렇지 않아도 자궁의 역사에 관한 책을 번역하려고 생각한다면서 유쾌하게 웃었다. 고대 사람들은 여성 질병의 원인을 자궁이라고 판단해서 방향 요법을 했다며 이야기를 시작했다.

구멍이 숭숭 뚫린 모조 음경을 질에 넣은 뒤 그곳에 향나무 연기를 쐬는 방법이었다. 그 이유는 자궁이 몸속에서 위로 이동했다고 보았기 때문에, 환자가 질식하기 전에 좋은 향기를 아래에서 쏘여주면 그 향기를 따라 자궁이 다시 아래로 내려온다고 믿었기 때문이다. 그 향기 요법으로 여성의 히스테리가 치료된 예도 있었다. 그러나 그건 자궁의 이동에 의해서가 아니라, 향기에 의한 그 여성 내면의 심리적인 변화였을 것이다. 그는 거기까지 말하고는 코끝으로 내려온 안경을 검지로 밀어 올렸다.

당신은 그에게 양해를 구하고 책상 위에 있던 책을 집어 들었다. 나는 그날 당신 눈을 통해서 나의 역사를 알게 되었다. 오래전부터 인간들이 나를 히스테리와 연관 짓기 좋아했다는 것도 알았다.

히포크라테스나 플라톤은 나를 '몸속을 헤집고 다니는 작은 동물'로 생각했을 정도였다. 내가 간과 복부 근처로 기어 올라가 여자의 호흡을 막으면, 흰자를 드러내고 오한에 시달리다가 얼굴이 납빛으로 변하여, 끝내 헤라클레스의 간질을 앓는 여인 같은 모습을 보이며 질식해서 죽는다는 것이다. 그런 누명을 쓰고도 우리 조상들은 묵묵히 살아왔고, 자기 임무에 충실했으며, 다투어 생명을 키워 당신들의 세상으로 끊임없이 밀어 올렸다. 당신의 몸이 전반적으로 뇌의 통제하에 있지만, 나는 거기에서 좀 벗어나 있다. 우리 자궁은, 뇌사 환자도 충실히 내벽에 영양분을 축적했다가 월경으로 방출하는 일을 멈추지 않는다. 말을 하다 보니, 또 공치사한 것 같다.

의사는 다시 빅토리아 시대 얘기를 했다. 월경이 중단된 여성의 자궁경부에 거머리를 몇 마리 놓아두는 식으로 진료를 했다는 것이었다. 그 광경을 상상하는 것만으로도 내 몸은 단단하게 오그라들었다. 그 순간 당신은 들고 있던 책을 떨어뜨렸다. 나는 그가 더는 말하지 않기를 바랐다. 그 굶주린 환형동물이 일으킨 출혈이 심리적 만족을 주었을지는 모르나, 그 뒤 그 여성들의 자궁, 그러니까 내 조상들의 내부에서 얼마나 끔찍한 일이 일어났는지 더는 듣고 싶지 않았다. 내 윗세대의 억울한 회한이 꾸역꾸역 밀려들었다. 피에 대한 인간의 갈망이 어디 하루 이틀의 일이겠는가.

자궁에 대한 누명은 거기에서 그치지 않았다. 의학이 교회에 흡수되었던 중세에는 나를 악마로 다루었다. 자궁이라는 질병에 걸린 여성은, 저주에 들린 것처럼 타락한 말들이 흘러나오고 오랫동안 갈구해오던 성욕이 활동하게 된다는 것이다. 내가 무슨 전염병이나 귀신인 것처럼, 자궁에 '걸리고' '들렸다'는 것이었다. 그리하여 내게 기도까지 올리기를 서슴지 않았다.

네게 간청하노라 자궁이여. ……그 자리에 조용히 남아 다오.

나는 절대 이동하지 않는다. 그리고 나는 성욕과 무관하다. 내가 생명에 관여하는 기관이라는 것을 알아주었으면 좋겠다. 성욕은 호르몬과 클리토리스의 문제이고 그 여성이 품고 있는 사랑의 질량과 색깔의 문제인 것이다. 그러나 다시 생각하면 좀 애매한 문제이기도 하다. 언제나 내 안에 씨앗이 들어오기를 희망하기 때문에, 수정을 바라는 내 욕망이 여성들에게 성욕을 부추긴다고 하면 할 말이 없어지는 것이다.

당신이 배꼽을 통한 향기 요법을 했던 생각이 난다. 당신은 냄새에 대한 애인의 강박증에 실망했지만, 그의 권유를 받아들였다. 사랑을 지켜나가는 일에는 반드시 의무가 따른다는 생각이었다. 그래서 당신은 약초가 들어 있는 팩을 배꼽에 대고 밴드를 착용했다.

지금 고백하지만, 나는 그 팩의 냄새가 역겨웠다. 그 안에 든 약초 성분마저 의심스러웠으나 참고 기다렸다. 그러나 여러 날을 견뎌도 내 기운의 어느 곳도 열리는 기미가 느껴지지 않았다. 착용 후 얼마간은 얼핏 청량감이 느껴지기도 했지만, 잠시 후 쏟아지는 냄새에는 숨이 턱턱 막혀왔다. 한 달쯤 되었을 때는 어디로든 도망치고 싶었다. 그러다가 정말 당신의 간으로 올라붙는 건 아닌가 싶을 정도였다. 이미 말했지만, 나의 촉각에 의한 판단은 인간의 이성적인 판단보다 훨씬 앞서 있다.

재미있는 건, 주방의 가스레인지 위에 달린 팬이었다. 자동 센서가 장착된 그것은 당신이 지나갈 때마다 격렬하게 작동을 하면서 주변의 공기를 빨아들였다. 그럴 때마다 당신은 소스라치게 놀라곤 했다. 제거해야 할 냄새의 진원지를 자신이 끌고 다닌다는 느낌은 그리 유쾌하지 않았을 것이다. 게다가 얼마 후에는 그 사람마저 당신이 풍기는 냄새의 정체에 대해 의심하기 시작했다.

그즈음 당신은 그와 심하게 다투었다. 남녀 간에 생겨난 사랑의 끈이라는 것도 알고 보면 그 성분이 모호하기 짝이 없었다. 아무리 검증된 성분도 시간 앞에서는 무력해지는 모양이었다.

향기 요법에 지친 당신이 그에게 투정을 부렸다. 냄새는 표정의 연출이나 어떠한 감언이설로도 숨길 수 없고 시간이 지나면 적나라하게 드러나기 마련이어서, 대부분 사람도 얼풋 상쾌한 향기를 내는 척하다가 본래의 성분을 감추지 못해 악취를 풍겨대기에 십상이라고. 그러자 그가 당신을 달래듯이 말했다. 그래서 인간들이 애써 뒤를 돌아보며 자기 안의 의심스러운 성분들을 제거하고자 노력하는 것이라고. 그의 말이 끝나기 전부터 당신의 맥박이 빨라지고 있었다. 그러나 그가 다시 덧붙였다. 물론 자기 냄새에 취해서 전혀 의심 없이 한평생을 살아가는 부류도 있다고.

그날 당신들은, 상대의 급소를 묘하게 건드린다는 말을 서로에게 던지고는 급속도로 관계가 식어갔다.

어떤 식물들은 이동할 수 없는 대신 페로몬 향을 풍긴다고 당신이 말했다. 아마 그와 다투면서 했던 말 같다. 그래서 벌과 나비를 불러들여 번식한다는 것이다. 때로 지나치게 암컷 냄새를 풍기는 여성들이 있다고는 하지만 그것이 번식을 위한 일인지는 알 수 없다. 그러나 넓은 의미에서 생각해보면, 생식을 위해 내가 하는 일련의 반복적 행위들이 그런 냄새를 유발한다고 하면 나는 할 말이 없어진다.

아무튼, 그날 이후 당신들은 서로에게 전화조차 하지 않았다. 당신이 그에게 전화한 것은 어쩌면 나에게 일어난 변화 때문인지도 모른다. 당신은 그와 약속한 카페로 가는 내내 노래를 흥얼거렸다. 물론 시민합창단 공연 준비를 하면서 부르던, 당신이 늘 경건하게 눈물을 글썽인 그 노래였다.

나는 당신이 그를 찾아가는 동안 당신의 마음을 읽었다. 도대체 나를 어떻게 할 것인지, 당신은 어쩔 셈인지. 당신은 누구와도 나의 문제에 관해 얘기하지 않았다. 당신은 병원의 친구에게서 걸려 오는 전화는 내내 피하고 있었고, 가족들을 찾아보려고도 하지 않았다. 그리고 상담 건수를 거의 두 배로 늘렸다. 당신의 모습이나 행동거지는 죽기 전에 신변을 정리하는 것으로는 보이지 않았다.

인간의 모든 장기는 그것을 담고 있는 사람을 닮았다고 하면 당신들은 아마 화를 낼지도 모르겠다. 그러나 내장 기관들은 그 사람의 삶에 대한 자세와 거의 맞먹는 기질을 지녔다는 걸 나는 알고 있다. 나도 당신만큼 비밀스러운 기관이다.

당신은 약속한 시각보다 훨씬 일찍 카페에 도착했다. 그러나 이미 그가 먼저 와 있었다. 그는 구석 자리의 벽에 비스듬히 기대서 책을 읽고 있었다. 당신 가슴이 낮게 뛰기 시작했을 때, 나는 이미 그의 냄새를 맡고 있었다. 당신이 윗옷의 단추를 만지작거리면서 그 앞에 서자, 그가 고개를 들었다. 당신들은 서로 눈을 마주치고는 웃기부터 했다.

그는 당신에게 미안하다고 말했고, 당신은 전화를 기다렸다고 대답했다. 당신은 다음 말을 고르느라 한동안 애를 먹었다. 나에 대해 말하라고 당신을 계속 자극했지만, 당신은 상담실의 얘기만 주워섬겼다. 그러다가 불쑥 내가 아프다고 말했다. 그리고 활짝 웃더니, 매우 심각하다고 덧붙였다. 내 증상에 대해 듣고 있던 그가 조용히 당신의 말을 막았다. 당신에 대한 그의 마음은 전혀 변하지 않았다고.

그는 수술을 받는 쪽으로 긍정적인 대답을 원한다면서 남은 커피를 단숨에 마셔버렸다. 갑자기 당신 눈에 눈물이 그렁하게 매달렸다. 내가 알고 있는 당신은 잘 울지 않는 사람이었다. 웬만한 감정 따위는 꽁꽁 묶어서 자기 안으로 거두어들이는 타입이었다. 당신은 그런 감정의 저장고가 남들보다 몇 배는 더 큰 사람이다. 그런 기질이 당신을 상담팀장의 자리로 이끌었을 것이다.

당신은 나오려는 눈물을 수습하고는 헛기침을 하면서 정색을 했다. 그리고 수술을 하면 살아갈 시간이 늘어나기는 하겠지만, 그냥 이대로 더 잘 살다 가면 안 되겠냐며 웃었다. 자궁을 들어내고 당신 몸에 방부 처리를 하면서 이십 년을 사는 것과 이대로 일이 년을 사는 것이 과연 어떤 차이가 있느냐고 묻기도 했다. 설령 이 개월을 산다고 하더라도, 그것이 이십 년보다 훨씬 빛나는 시간이 될 수도 있다는 말은 하지 않았다.

그의 차 안에서 당신은 똑바로 앞만 바라보고 있었다. 그러다가 불쑥 아내가 되고 싶었다고 혼잣말처럼 말했다. 예뽀지도 않고 사철 발 벗은…… 그 '아무렇지도 않은 아내'가 되고 싶었다고 중얼거렸다. 그가 당신 배꼽 위로 얼굴을 묻었다. 이상했다. 그토록 평안을 주던 그의 숨결이 불쾌해서 견딜 수가 없었다. 배꼽을 통해 들어오는 그의 뜨거운 입김 때문에라도 빨리 당신 몸에서 사라지고 싶었다. 그러나 그는 당신의 배꼽 위에 얼굴을 얹고서 잠이 들었다. 그때 당신은 처음으로 깨달았다. 당신에게도 사랑하는 재능이 있다는 걸.

녹색 가운을 입은 사람들이 차례로 들어와서 당신을 둘러싼다. 당신은 눈을 뜨다가 다시 감아버린다. 그래도 잔상으로 남은 그들의 모습이 당신에게 차례로 덤벼든다. 당신은 눈을 더 꽉 감는다.

그동안 당신은 눈을 감아도 훤히 보이는 온갖 것들과 사투를 벌여왔다. 선잠에서 깨어날 때마다 엄마의 텅 빈 눈과 만났고, 생기 넘치는 한의사의 목소리를 들었다. 아니, 그 눈과 목소리가 당신을 깨우는 것 같았다. 암은 자객과도 같아, 좌절된 정열, 분출, 감춰진 정념, 잉태, 오염. 그 비수를 품은 단어들이 일렬종대의 자세로 일제히 당신을 향해 날아올 때도 있었다. 당신은 눈을 질끈 감고서 잡히는 대로 침대 패드를 쥐어뜯었다. 나도 당신을 할퀴고 쥐어뜯었다. 당신은 주로 그런 새벽에 오랫동안 깨어 있었다. 화장대 위에 놓인 하트 모양의 돌멩이를 노려보면서 당신 안에서 내가 그렇게 굳어간다는 느낌으로 끝도 없이 진저리를 쳐야 했다.

당신은 상담 도중에도 자주 무너지는 모습을 보였다. 병든 조개가 진주를 품는다며 내담자를 위로했다. 당신의 그 말에 나도 위로를 받았다. 그리고 당신은 상처 난 백합의 향기가 더할 수 없이 진하다는 말을 하고는 그 내담자를 오랫동안 노려보았다. 그즈음 나는 당신 속에서 시도 때도 없이 당겨지는 화살이 어디를 향할지 알 수 없었다. 나는 그런 당신이 안쓰럽기도 했지만, 느닷없이 화가 치밀기도 했다. 그리고 무엇보다 아팠다. 내 온몸이 마치 통각으로만 이루어진 신경 덩어리처럼 느껴질 때도 있었다. 당신 또한 마찬가지였다.

어느 때라도 타오를 준비가 된 분노의 심지 하나가 당신 속에 들어 있었다. 자칫 어떤 일상 하나가 미세한 불똥이라도 튀어 올리면 그만 화르르하고 타오를 만반의 자세가 되어 있었다. 그즈음 당신 안의 심지는 누군가 그 불똥을 일으켜주기만을 기다리고 있었다. 그러나 친구의 자살은 당신의 심지를 단단히 오그라들게 했다.

병원에서 그 친구를 처음 만났을 때부터 내가 이상한 예감에 빠져들었던 것은, 그녀의 음성에서 전해지던 파동 때문이었다. 돌이켜보니 그럴 만도 했다. 생명의 원천인 나에게 죽음의 파동이 부딪혀왔기 때문에 그런 먹먹한 느낌에 시달린 것이다. 그때 당신의 친구가 딛고 서 있던 현실은 완전한 허방이었다. 유년 시절에 그 친구와 당신이 사방치기를 할 때와 아주 비슷한 상황이었다. 친구가 당신에게 죽음의 단서를 제시하던 날, 그녀는 이미 그 죽음의 선을 슬쩍 밟고 서서 시치미를 떼고 있었던 것이다.

노란 불빛이 한층 더 밝아진다. 벌려진 수술 가운 사이로 당신의 길쭉한 배꼽이 드러나고, 어느새 당신은 그곳으로 손을 가져간다. 그래, 거기가 바로 세상의 중심이다. 당신이 어머니의 자궁 내벽에 단단하게 뿌리내렸던 탯줄의 흔적이며, 내가 건강했더라면 장차 당신의 아이에게도 생겨날 수 있었던 그 신성한 곳. 결코, 신들이나 천사에게도 없는 것. 내가 그 배꼽의 기원이다.

산소마스크가 당신에게로 다가온다. 나는 이제 준비를 해야겠다. 한 번도 생명을 품을 수는 없었지만, 여전히 자궁으로서 이 세상 중심의 존엄성을 가지고 돌아갈 것이다. 정신이상자가 잃어버린 것은 그 자신에 대한 유용성일 뿐, 인간의 존엄성은 그대로 유지하고 있듯이 말이다. 마스크가 당신의 얼굴을 덮는다.

순간, 당신이 갑자기 숨을 멈춘다.

"우리 다시 시작하면 안 되는 거니? 어떤 스트레스는 죽은 사람도 일어나게 하잖아"

"우리가 다시 만난다면, 서로에게 가지고 있는 애틋함의 절반은 잃어버리게 될 거야."

이불 —— 개는 —— 남자

♦♦♦♦♦

1

506호. 이 방에는 거울이 세 개 있다. 화장대 거울과 침대 머리맡의 거울은 서로 마주 보고, 천장의 거울은 방 안의 대부분을 비춘다. 먼지 쓴 19인치 브라운관 티브이는 두 개의 베이지색 소파 사이에 있고, 그 아래 소형 냉장고가 놓여 있다. 대지 모양대로 건물을 지었는지 방은 길쭉한 직삼각형이다. 45도 정도 각을 이루는 벽의 구석에는 일부러 짜 맞추기라도 한 것처럼 정수기가 서 있다. 벽지의 꽃무늬도 먼지를 쓰고 있는 것처럼 흐릿하다. 자세히 들여다보면 목련처럼 생긴 꽃들이 잔뜩 그려 있지만, 언뜻 보면 전체적으로 하얗게 보인다.

서쪽으로 나 있는 창문은 오늘도 활짝 열려 있다. 남자는 요즘 한 번도 어기지 않고 환기를 시키고 나간다. 이렇게라도 환기를 시키지 않으면 이곳의 텁텁한 냄새를 덜어낼 방법이 없다. 나는 유리문을 닫는다. 그리고 빛을 차단하기 위해 암막 처리된 덧창마저 닫는다. 적나라하게 쏟아지는 저 햇빛을 피해 나는 이 여관방으로 숨어들었다.

이별을 준비할 때는 흔히 두 가지 갈림길에 서게 된다. 그 연애의 뜨거운 기억으로부터 미친 듯이 달아나든가, 아니면 고스란히 감싸 안고 정면충돌하든가. 나는 달아나기로 했다. 운동화 끈을 조이고 그와 함께했던 4년 동안의 기억에서 벗어나기 위해 위험한 질주를 시작하기로.

그날 나는 눈에 들어오는 첫 번째 여관 문을 밀고 들어섰다. 간판에는 '카리브 모텔'이라고 쓰여 있었다. 빛을 피해 혼자 있을 수 있는 곳이면 카리브해든 동해든 상관없었다. 소설 공모를 준비한다는 건 핑계였고, 가족들과 마주하는 시간을 최대한 줄이고 싶었다. 그들이 내게 필요한 산소를 모조리 빨아들이기라도 하는 것처럼 숨을 쉬기가 힘들었다.

여관 문을 열자마자 지나치게 커다란 거울이 나타났다. 거울 속에는 비어 있는 거리 풍경과 휑한 하늘, 그리고 머리를 질끈 묶은 채 놀란 눈으로 바라보는 내가 있었고, 맨 아래에는 '축 발전'이 있었다. 몇 발자국 앞의 프런트 데스크에서 노년의 여자가 컴퓨터 모니터 옆으로 얼굴을 내밀었다.

여자는 내 뒤를 바라보며 물었다.

"방 드리까?"

"네."

"자고 가시게?"

"그런데요, 방 하나를 정해놓고 낮에만 사용할 수 없을까요?"

"……"

"밤에는 방을 파시면 되니까, 싼 월세 정도로……"

여자가 자리에서 일어나더니 내 운동화까지 훑어본 다음에 천천히 말했다.

"실은, 고시원이 싫다고 밤에만 자는 남자가 있기는 한데……"

여자는 손익분기점에 대한 계산을 마쳤는지 빠르게 말을 이었다.

"열쇠는 정해진 시간에 반납해야 해요. 근데 아가씨두 혼잔가?"

여자는 의심과 호기심이 뒤섞인 눈빛으로 다시 내 행색을 살폈다. 나는 대답 대신 보조 침대를 부탁했고, 여자는 소파를 사용하라고 말했다.

2

프런트 데스크에서 열쇠를 받고 층계를 오르기 전에, 나는 늘 자위하는 소녀와 마주친다. 눈을 감고 있는 소녀의 가지런한 속눈썹과 풀어진 속옷의 레이스가 오늘따라 더 나를 흔들어놓는다.

이 그림을 기억하는 건 소녀의 표정 때문이다. 제목은 '눈을 감고 앉아 있는 소녀'지만 소녀는 지금 자위를 하는 중이다. 오른손의 검지와 중지를 이용해서 자신의 클리토리스를 찾는 데 열중해 있다. 그러나 소녀의 표정 어디에도 쾌락의 흔적은 보이지 않고, 잠이 든 것처럼 평온하다. 자신의 그림이 동양의 어느 여관에 선정적인 용도로 걸려 있다는 사실을 클림트는 알고 있을까.

5층 복도와 지붕의 끝이 만나는 지점을 향해 숨 가쁘게 층계를 오른다. 층계의 반대편으로 가면 복도 끝에 엘리베이터가 있지만 나는 거의 사용하지 않는다. 붉고 푸른 조명이 뜨겁게 쏟아지는 그 안에 갇히면 숨이 턱 막혀온다. 게다가 전면에 붙어 있는 오래된 성인영화 포스터를 보는 일도 지루하기 짝이 없다.

층계에 깔린 흐린 분홍빛 융단은 폭이 좁아서 왼편만 간신히 덮고 있다. 저 융단을 밟으면 알 수 없는 곳으로 가버릴지 모른다는 어이없는 환상이 생겼다. 나는 한 번도 융단을 밟은 적이 없다. 올라갈 때는 오른쪽, 내려올 때는 왼쪽으로 융단을 피해서 걷는다.

적절한 온도와 습도 안에 서식하는 이 곰팡내. 나는 2층쯤에서 숨을 크게 들이마신다. 그러고는 어둡고 닫힌 공간에서 맡아지는 특유의 냄새를 맡기 싫어서 오래도록 숨을 참는다. 복도를 지나면서 나도 모르게 열린 방문 틈을 엿본다. 시트와 수건이 바닥에 뒹구는 것을 보고는 더 빠르게 걷는다. 복도 끝에 있는 506호 방문을 열 때쯤 나는 밭은기침을 내뱉는다.

이 방에 온 지 며칠째 되던 날, 나는 밤에 오는 남자에게 메시지를 남겼다.

'아침에 나가실 때는 창문을 열어서 환기를 시켜주세요. 휴지통은 항상 구석으로 들여놓아 주시고, 세면대는 정리가 필요합니다.'

다음 날, 내가 남긴 포스트잇은 사라졌지만, 답장 같은 건 없었다. 대신에 방안은 환기가 되어 있었고, 휴지통은 구석에 얌전히 들어가 있었다. 만약 답장 같은 게 붙어 있었다면 나는 이 방을 나갔을지도 모른다. 단절되기 위해 찾아온 곳에서 얼굴도 모르는 남자와 무언가를 주고받는다는 건 상상해본 적이 없다.

한가운데 놓인 침대 옆으로 대여섯 개의 상자가 나란히 놓여 있다. 밤에만 잔다는 남자의 물건들이다. 서랍식으로 여닫을 수 있는 종이상자에는 보라색 꽃무늬가 프린팅되어 있다. 얼핏 제비꽃처럼 보인다.

나는 책상으로 쓰고 있던 화장대를 끌어내어 닫혀 있는 창 앞에 놓는다. 그 위에 노트북을 올려놓고 명상 음악을 튼다. 이제 컴퓨터 화면에 남아 있는 아이콘은 얼마 되지 않는다. 바탕화면에 늘어놓았던 소설 파일들이 사라졌기 때문이다. 이전에 썼던 습작들은 프린트해놓고서 파일을 완전히 제거해버렸다. 과거에 기대지 않고 새로운 것을 써야 한다는, 일종의 각오였다.

아직도 방 안의 분위기는 마음에 들지 않는다. 침대를 벽으로 붙여야겠다는 생각이 든다. 나는 반쯤 누워서 침대를 발로 밀어낸다. 그러다가 이상한 자세를 취하고 있는 나를 천장의 거울에서 본다. 발을 거두고 천장의 나를 다시 올려다본 순간, 원치 않는 깨달음이 찾아온다. 남균 말고는, 누구도 내게 아름답다거나 예쁘다고 말한 적이 없었음을. 내 부모까지도 내게 그런 말을 한 적이 없다는 사실까지.

균. 나는 그의 이름 끝 자로 그를 불렀다. 남균은 세균 같다고 질색을 했지만 '남'이라고 부르는 것보다는 나았다. '너라는 바이러스에 감염되는 게 행복해'라는 들척지근한 속삭임을 그의 귓바퀴에 흘려 넣곤 했는데, 그가 내 안에 바이러스로 남았다는 걸 이제야 깨닫는다. 심장이 종이에 베인 것처럼 선득하다. 누린 사랑이 클수록 혹독한 대가를 치르겠지. 그러니 사랑이 얼마나 공평하고 민주적인가.

휴대전화 벨이 울린다. 전화를 받자마자 백화점의 속옷 행사를 알리는 여자의 목소리가 다급하게 이어진다. 이런 전화를 한 달이면 몇 번씩 받는다. 남균에게서 속옷 부분 모델을 해보라는 말을 들은 뒤로 나는 속옷에 집착했다. '이번 언더웨어 행사에는 특별히……' 나는 끝도 없이 이어지는 여자의 말을 자른다.

"애인하고 헤어져서 속옷 사 입을 일이 없네요."

"어머, 너무 죄송합니다. 정말……"

미안해하는 여자의 진심이 그대로 느껴진다.

나는 휴대전화의 전원을 끄고 남자의 짐을 구석으로 옮긴다. 제법 무겁다. 유난히 무거운 상자의 뚜껑을 열자, 두툼한 책들 사이에 자명종 시계가 뒹굴고 있다. 내친김에 남자의 침대로 가서 사이드 테이블의 서랍을 열어본다. 납작한 병에 담긴 안약과 검은색 가죽 손목시계, 수첩 크기만 한

『의학 약어 해설』이 일정한 간격으로 놓여 있다. 필통 크기만 한 스테인리스 통에는 열 개씩 포장된 침이 잔뜩 들어 있다. 서랍을 닫고 나자 침대 위의 이불에 자꾸만 눈이 간다. 원색의 꽃무늬가 방 한가운데 널려 있는 모습이 거슬린다.

나는 밤에 오는 남자에게 미리 메시지를 남긴다.

'침대 위의 이불은 개어놓았으면 좋겠습니다.'

3

내선 전화벨이 울린다. 주인 여자는 평소 같지 않게 낮은 목소리로 묻는다.

"경황이 없어서 방에 못 올라가 봤는데, 거기 무슨 일 없나?"

"무슨…… 이 방에요?"

"옆방 손님들이 나가면서 그러는데, 새벽에 그 방에서 무슨 소리가 들렸다네. 벽이 쿵쿵 울리는 바람에 자기네들이 볼일을 못 봤다는 거야. 내가 지금 올라가 볼까?"

"글쎄요, 어제하고 똑같은데요."

수화기를 내려놓고 방안을 둘러보지만, 어제와 달라진 건 없다. 이불은 최대한 작게 개어져 침대 가장자리에 놓여 있다. 아마도 저렇게 접기 위해서 몇 번은 더 펼쳤다가 다시 접었을 것이다. 나는 욕실 문을 열고 세면대와 욕조를 살핀다. 욕실 창으로 들어온 빛이 옹기종기 모여 있는 남자의 용품들을 비추고 있다.

나는 침대 사이드 테이블로 가서 침을 삼키며 서랍을 연다. 손목시계가 사라진 자리에 은테 안경이 놓여 있을 뿐, 서랍 안은 이전과 달라진 것이 없다. 『의학 약어 해설』을 집어서 책갈피를 빠르게 넘겨보고는 던지듯이 내려놓는다.

밀폐된 이 방에서 나 이외에 눈길을 줄 곳은 남자의 물건들뿐이다. 잠시 망설이다가 보라색 꽃이 그려져 있는 남자의 상자를 연다. 한자가 음각으로 새겨져 있는 두꺼운 책이 보인다. 나는 두 손으로 책을 꺼내 들고서 팔랑팔랑 책장을 넘긴다. 남자의 신체 구조가 원색으로 그려져 있다. 온몸의 근육들이 불길처럼 발갛게 타오르는 사이사이로 정확한 침자리에 대한 명칭이 보인다. 그 경혈 자리는 급소가 될 수도 있다고 씌어 있다. 급소. 죽일 수도 살릴 수도 있는 극단의 자리라는 말이다. 그 경혈 자리를 보면서 내 다리와 발등을 눌러본다. 그렇게 한동안 급소를 찾다가 그만두고, 다시 노트북 앞에 앉는다.

문장을 다 쓰지도 않았는데 마침표가 찍혀 있다. 한 음절을 지워도, 조사 뒤 혹은 어미가 끝나기 전에 마침표가 찍힌다. 문장 전체를 다 지워본다. 그래도 여전히 남아 있는 마침표. 그제야 나는 이 마침표가 지난여름에 남겨진 파리의 똥이라는 걸 알아챘다. 나는 저장 버튼을 누르고 일어선다. 창가로 가서 덧창을 반쯤 열다가 도로 닫는다. 그리고 명상음악의 볼륨을 점점 올린다.

응모했던 소설이 떨어지고 내 존재가 어딘가로부터 거절당했다는 느낌에 시달리고 있을 때, 나는 햇볕마저 피해 다녔다. 그때 남균의 존재가 무슨 함정처럼 다가왔고, 수학 강사인 그의 직업마저 거슬리기 시작했다. 그가 내 일상을 너무도 익숙한 세계에 빠뜨려서 허우적거리게 하는 장본인처럼 여겨졌다.

그의 모든 것이 너무 똑같았다. 내 몸을 만지는 순서와 알코올이 휘발되면서 나는 것 같은 그의 살 냄새, 고통스럽게 내뱉는 사랑한다는 말조차 변함없었다. 수분이 모두 날아가 버리고 형체만 남은 듯한 '사랑한다'라는 말에 지독한 연민을 느끼면서도, 어쩔 수 없이 반응하는 내 몸이 혐오스러웠다. 땀에 젖은 그의 등으로 햇살이 저주처럼 쏟아져 내리던 날, 나는 말없이 일어나 옷을 입었다. 그 순간과 다가올 매 순간이 견딜 수 없었다. 붙잡는 그의 손을 벌레를 떨쳐내듯이 뿌리치고는 허둥거리며 그에게서 달아났다.

그는 다음 날 전화를 했다. 내가 심상치 않을 때면 그는 무조건 사과를 했다. 그 또한 우리 사이의 오래된 습관 같은 것이어서 별다른 의미가 없었다.

"내가 무릎 꿇고 빌면 안 되겠니?"

"……"

"우린 진작 결혼했어야 해."

나는 '잠시 이렇게 있고 싶다'는 말을 하고는 전화를 끊었다.

그는 일주일에 몇 번 전화를 해왔고, 우리는 간단한 일상의 안부를 주고받았다. 나는 더러 전화를 받지 않았지만, 그의 전화는 꾸준히 이어졌다. 그러다가 일주일에 한 번, 그리고 한 달에 한 번으로 뜸해졌다. 그즈음 이상한 일이 일어났다. 그의 집 전화로 내게 전화가 걸려 왔던 것이다. 내가 전화를 받으면 그냥 끊어지곤 했던 시간에 그는 학원에서 수업 중이었다.

나는 그에게 전화했다. 그의 컬러링은 알 수 없는 재즈로 바뀌어 있었다. 고막을 울려대는 컬러링은 짧은 시간에 내 가슴 바닥까지 흔들어놓았다. 그 낯선 재즈를 반복해서 듣던 어느 순간, 그의 방에서 내게 전화를 건 사람이 여자라는 걸 깨달았다. 목덜미가 뜨겁게 달아오르더니 심장이 와삭 소리를 내면서 가슴 바닥으로 내려앉았다. 그제야 나는 무언가 중요한 것을 잃었다는 느낌으로 허둥거리기 시작했다. 이상한 것은, 그와 거리를 두고서 관계가 식어가는 것을 자해하는 심정으로 지켜볼 때는 전혀 괴롭지 않았다는 것이다. 그때 나는 이 명상 음악을 틀어놓고 있었다.

10리터짜리 물통을 이고 있는 정수기에서 물 내려가는 소리가 연거푸 두 번 들린다. 꾸르륵 꾸리리릭. 그 소리가 끝나자마자 기다렸다는 듯 내선 전화벨이 울린다. 주인 여자는 요즘 시도 때도 없이 전화해서 이 방의 변화를 묻는다. 본인 눈으로 확인을 했을 텐데도 내게서 무언가를 더 듣고 싶어 한다. 어쩌면 주인 여자는 대실료와 숙박료의 금액을 말하는 것 외에 다른 일상을 말하고 싶은 건지도 모른다.

다시 전화벨이 끈질기게 울린다. 푸르륵 푸르르륵. 전화벨은 일반적인 음이 아니라, 곤충의 날갯짓처럼 들린다. 그 필사적인 소리를 오래 듣기에는 인내가 필요하다. 나는 거칠게 수화기 들고는 재빨리 말한다.

"아무것도 없어요, 여기."

"읎어?"

수화기를 내려놓고 덧문을 연다. 서쪽으로 빨간 해가 막 떨어지고 있다.

나는 방문을 나서면서 휴대전화의 전원을 켠다. 그리고 엘리베이터 쪽으로 빠르게 걷는다. 잠시 후 3층에 있던 엘리베이터가 올라오더니 문이 활짝 열린다. 내가 1층 버튼을 누르고 문이 닫히기를 기다리는 사이 두 남녀가 급히 안으로 들어선다. 나는 얼결에 구석으로 몰린다. 엘리베이터가 움직이자, 여자가 울부짖는다. "그러니까, 내가 미친년이야." 그 순간 나는 정수리로 쏟아져 내리는 할로겐 조명의 뜨거움을 느낀다. 갑자기 남자가 문짝에 붙어 있는 영화 포스터를 찢어발긴다. 여자는 1층에 도착할 때까지 똑같은 톤으로 흐느낀다.

여관을 나서자마자 휴대전화기의 9번 버튼을 길게 누른다. 남균의 단축 다이얼 번호다. 그의 컬러링은 여전하다. 경쾌한 재즈 음악이 내 명치를 쿡쿡 쑤셔댄다. 고객이 전화를 받을 수 없다는 안내 안내 멘트가 계속해서 흘러나온다. 나는 그가 일하는 학원 쪽으로 방향을 튼다.

4

학원에 들어서면서 입구에 걸려 있는 모니터를 바라본다. 여러 대의 모니터가 수업 중인 교실 안을 보여주고 있다. 남균은 지금 화이트보드 앞에 서 있고, 그의 수업을 듣는 학생 중 하나가 몸을 숙였다가 일으킨다. 바닥에 떨어진 무언가를 주운 것 같다. 학생은 다시 주위를 두리번거린다. 그 동작이 몇 차례씩 끊어지면서 다시 이어진다. 모니터나 카메라의 상태가 좋지 않은 것 같다.

나는 그의 강의실 앞에 서서 직사각형의 작은 유리창을 통해 그를 바라본다. 남의 남자를 몰래 엿보는 것처럼 심장이 둥당거린다. 몸에서 피가 빠져나가는 것 같다. 손발이 저리고 자꾸만 마른침이 넘어간다. 여기서 그만두자는 생각이 목젖을 치고 올라온다. 내가 침을 삼키면서 돌아설 때, 남균이 나를 부른다.

그는 학원 밖으로 나올 때까지 한마디도 하지 않는다. 내가 먼저 입을 연다. 그의 방에서 다른 여자가 전화를 해왔다고. 그는 한숨을 길게 내쉬고는 항의하듯 대답한다.

"그래, 다른 여자 몸을 빌렸어."

"빌렸다는 건 뭐야, 내가 충분치 않았다는 뜻이니?"

"그냥 빌렸다는 거야."

"집에 지우개를 두고 와서, 잠시 빌려 쓰는 것처럼?"

"그냥 빌렸다구."

"99%의 문제를 안고도 끄덕하지 않던 관계가 1%가 더해지면서 와르르, 끝장나는 거 알아?"

그는 한동안 나를 빤히 바라보더니 단호하게 말한다.

"아니, 너는 내가 이러기를 기다렸어."

그는 내게 등을 보이고 돌아선다. 99%보다 1%가 더 크게 작용할 수도 있다. 그가 다른 여자의 몸을 빌렸다는 것보다, 내게 등을 보였다는 1% 때문에.

그의 곱슬머리가 카키색 셔츠의 깃 위로 비어져 나와 있다. 낯설다. 그러고 보니 그는 내게 뒷모습을 보인 적이 없다. 나를 앞질러 걷지 않고 언제든 앞세웠으며, 헤어질 때조차 손을 흔들면서 뒷걸음으로 사라졌다. 나는 그에게 늘 등을 보인 셈이다.

나는 먹먹해 오는 가슴을 손바닥으로 누르면서 돌아선다. 손을 떼면 퍼렇게 질린 심장이 왈칵 쏟아져 나올 것 같다. 그렇게 세 걸음쯤 내딛다가 뒤돌아서서 그에게 달려든다. 그의 머리를 때리고 미친 듯이 쥐어뜯는다.

"그래? 상처를, 수학처럼 논리적으로 보여줄까? 그래야 직성이 풀려?"

그는 등을 돌린 채 내 주먹을 고스란히 받아낸다.

5

주인 여자는 열쇠를 건네주면서 내 쪽으로 몸을 쑥 내민다. 어제도 506호에서 벽을 치는 소리가 들렸다면서 무슨 비밀처럼 낮게 속삭인다.

"총각 나가고 나서 내가 올라가 봤는데, 별 이상은 읎더라구."

그 말을 하면서 내가 들고 온 담요를 힐끔거린다.

'눈을 감고 앉아 있는 소녀'를 지나쳐 층계를 오르는데 못 보던 화분이 놓여 있다. 내 키보다 작은 나무에 꽃대로 보이는 흰색이 길쭉하게 매달려 있다. 어느 틈에 왔는지 주인 여자가 아는 체를 한다.

"야래향이라고 하는데, 낮에는 오므라들고 밤에만 활짝 피는 기생 같은 꽃이지. 땅거미가 지면 피기 시작하거든. 그 향기에 혹하지 않는 남자가 읎대지 아마."

"그럼, 밤에 오는 향기라는 뜻인가요?"

주인 여자는 내 말을 듣지도 않고 갑자기 나른한 목소리로 말한다.

"나두 저런 시절이 있었는데…… 요즘은 정신이 깜박깜박하는지 글쎄, 층계에서 넘어졌다가 일어나면 그게 올라가든 중인지 내려가든 중인지 통 기억이 안 나."

실제로 기생이었다는 것인지, 냄새로 남자를 혹하게 했다는 것인지 얼른 알아들을 수가 없다. 나는 서둘러 눈인사를 하고 층계를 오른다. 층마다 새로운 화분이 하나씩 놓여 있다. 5층 화분에서는 서양 난이 막 꽃망울을 터트리고 있다.

오늘은 정수기의 물이 거의 바닥만 남아 있다. 다른 날에 비해 상당히 많은 양이 줄었다. 컵라면이라도 먹은 흔적을 찾기 위해 휴지통을 바라보지만 깨끗하게 비어 있다. 휴지통은 언제나 비어 있다. 어쩌면 남자는 휴지통을 전혀 사용하지 않는지도 모른다. 자신에 대한 단서를 남기지 않으려는 일종의 결벽일 수도 있다.

남녀의 웅성거림과 함께 옆방 문을 여는 소리가 들린다. 뒤이어 여자의 웃음소리가 요란하게 들려온다. 무슨 일인지 여자는 숨이 넘어가는 소리로 계속해서 깔깔거린다. 교성은 아니고 상대와 주고받는 웃음도 아닌 것 같다. 쉬이 끝나지 않을 웃음이다.

나는 신경질적으로 담요를 펼치면서 침대를 바라본다. 남자는 요즘 이불을 동글게 말아서 벽으로 바싹 붙여놓는다. 열심히 이불을 말고 있는 장면을 떠올리자니 설핏 웃음이 난다. 담요에서 방습제 하나가 툭 떨어진다. 방습제를 감싸고 있는 플라스틱에 '흰 글씨가 진해지면 바꿔주세요'라고 씌어 있다. 자세히 보니 코발트색의 방습제에 '바꿔주세요' 라는 흰 글씨가 선명하게 보인다. 몇 개의 방습제가 더 떨어진다. 바닥에 떨어진 그것들이 일제히 '바꿔주세요'라고 합창을 하는 듯하다. 소리는 내지 않고 글로 말한다. 목청을 돋우지 말고 장면을 글로 보여주는 것이 소설이라고 한다.

언제쯤이면 이렇게 소리 없이 말을 보여줄 수 있을까.

나는 글씨가 쓰여 있는 부분을 꺼내어 습작 노트 표지에 붙인다. 이것을 볼 때마다 소설을 상기시킬 수 있다면 약점을 극복하는 데 어느 정도는 도움이 되겠지. 김밥 안에 있던 밥풀을 뒷면에 짓이겨놓아서 방습제가 더욱 입체적이다. 노트의 제목이 '바꿔주세요'인 것처럼 보인다.

투고했던 잡지사의 심사평에는 내 습작에 대해 '좀 더 객관적이어야 소설이 되지 않을까'라고 씌어 있다. 객관과 주관의 거리는 머리와 가슴만큼의 거리라던데, 그 거리 어디쯤에서 이렇게 습작만 쓰다가 늙어 죽는 것은 아닌지 더럭 겁이 난다. 그것도 일종의 객사가 될 거라는 생각을 하니 가슴이 뻐근해진다.

나는 벌떡 일어나 남자의 상자를 뒤진다. 내가 매일 이러는 것을 안다면 남자야말로 이 방을 나가버릴지도 모른다. 나는 침술 사전을 꺼내 가슴의 울화를 다스려준다는 경혈 자리를 찾는다. 페이지를 찾아내고는 명치 부근을 점자책 읽듯 손끝으로 더듬어본다. 급소를 누르자, 나도 모르게 허리가 접힌다. 그 순간 사전에서 한지 봉투가 떨어진다. 나는 사전과 한지 봉투를 한 번씩 바라본다. 그러고는, 찾던 물건이라도 발견한 사람처럼 망설이지도 않고 봉투를 연다.

봉투 안에는 두 번 접힌 A4용지가 들어 있다. 접었다 펴기를 반복한 흔적인지 용지 바닥이 온통 세모와 네모의 무늬로 구겨져 있다. 수도 없이 작게 접었다가 펼친 게 아니라면 이런 무늬가 나올 수 없다. 글씨는 청색 수성펜으로 씌어 있다.

혹시, 누군가 그리워서 벽에 어깨를 부딪쳐본 적 있어요?

오늘은 선배의 손길을 아주 잠깐 느꼈죠. 내 명치를 누르다가 장침을 유문에 꽂던 야무진 손. 욕심내지 말자. 이렇게 일주일은 버틸 수 있다. 그런데 말이죠, 지금 나는 선배의 귀신이라도 보고 싶어요.

편지봉투에는 아무것도 쓰여 있지 않다. 남자는 사랑 안에서 고통스럽고 나는 사랑 밖에서 고통스럽다. 나는 불현듯 방 안의 벽을 빙 둘러본다. 남자가 어깨를 부딪친 곳은 어디일까. 문틀과 거울이 있는 자리를 빼면 벽은 얼마 되지 않는다. 나는 벽으로 가서 어깨를 대본다. 먼저 이마를 벽에 대고서 양쪽 어깨를 붙인다. 벽에 댄 이마가 서늘하다. 남자는 지금쯤 가슴의 통증을 몸이 대신할 수 없다는 걸 알았겠지. 그런데 내가 있는 여기가 사랑의 밖인가.

나는 포스트잇에 메시지를 쓴다.

'커피를 일곱 잔 마시면, 당신이 원하는 온갖 귀신을 볼 수 있다.'

한참을 망설이다가 포스트잇을 거울에 붙이고 방을 나온다.

복도 중간쯤에 남녀가 서로의 뒤통수를 움켜쥔 채 하나처럼 붙어 서 있다. 시간이 좀 이르긴 하지만 길거리 어디에서도 흔히 볼 수 있는 풍경이다. 내가 지나가는데도 둘은 떨어지지 않고 서로를 탐닉한다. 갑자기 목구멍이 바싹 마른다. 막 층계로 발을 내딛는 순간, 취한 듯한 여자의 목소리가 명랑하게 들려온다. "근데, 자기 집은 어디야?" 나는 허공에 들린 발을 겨우 내려놓는다.

6

'눈을 감고 앉아 있는 소녀'를 지나친다. 속바지의 레이스가 벌어진 다리 사이로 흘러내리지만, 소녀는 오늘도 평온해 보인다. 소녀의 표정과 음부와 손은 전혀 연관이 없는 것처럼 보인다. 마치 그 세 가지가 따로 자위에 빠진 것처럼.

나는 한참 층계를 오르다가 멈춘다. 눈을 감고 앉아 있던 소녀의 목소리가 날아와 내 등에 꽂힌다. '너는 지나친 자기애에 빠져 있어.' 이 말은 오래전에 남균이 한 말이다. 나는 괜히 층계 아래를 내려다본다. 다시 그의 목소리가 층계를 타고 올라온다. '네 소설도 그래, 자위하고 있다니까.' 오래 숨겨온 죄가 들통 난 사람처럼 얼굴에서 피가 빠져나간다. 나는 노란 얼굴로 다시 층계를 오른다.

방으로 들어서자마자 메모지를 꺼내 빠르게 쓴다. '그러니까 내가 했던 사랑도 그저 자위에 불과한?'

명상 음악을 틀고 있는데 휴대전화에 문자 메시지가 들어온다. 남균이다.

'엄마가 돌아가셨다-'

뇌사로 1년을 누워 있던 그의 어머니는, 평생 한 남자를 바라보며 늙었다는 말을 입에 달고 살았다. 그 말을 할 때의 그녀는 충분히 젊고 아름다웠다. "사랑과 소유욕은 언뜻 구분을 못해. 그런데 그 두 가지는 세포부터 다르더라." 얼마 후 그녀는 조용히 의식을 놓았고, 그래서 그 말은 유언 같은 것이 되었다.

사실 그와 나의 연애도 그때쯤 뇌사에 빠졌다. 우리는 그 연애에 종지부를 찍고 안락사를 시키자는 것에 암묵적인 합의를 했으나, 누가 관계의 호흡기를 제거하느냐에 부딪쳤다. 고양이 목에 방울을 다는 것보다 훨씬 미묘한 문제였다. 방울을 다는 것은 용기의 문제가 되겠지만, 안락사의 경우는 양심과 법적인 절차까지 따르는 복잡한 것이었다.

나는 가방에서 와인 두 병을 꺼낸다. 집에서 가져온 와인을 따고, 편의점에서 사 온 것은 냉장고에 눕혀서 넣는다. 냉장고 안에는 먹다 남은 육포와 삶은 메추리알이 보인다. 문짝에는 입구가 열린 시리얼 봉지와 400밀리 우유 팩 한 개가 들어 있다. 나는 가져온 조각 치즈 한 상자를 냉장고에 넣는다.

서서히 술기운이 오르자 명상 음악이 더는 명상에 도움이 되지 않는다. 오히려 가끔 들려오는 파도 소리에 진저리를 치다가 남아 있는 잔을 서둘러 비우게 만든다.

나는 냉장고에 넣었던 와인을 꺼낸다. 그리고 아직 남아 있는 와인을 두고서 두 병째 코르크를 뽑는다. 눈을 감고 코르크의 냄새를 맡다가 문득 그의 몸을 떠올린다. 이제는 처음처럼 간절한 마음으로 그의 몸을 흔쾌하게 만질 수 없다. '다시는 그럴 수 없다'는 사실이 어떤 계시처럼 내 명치를 건드린다. 숨이 차오른다. 나는 마셨던 와인을 분수처럼 토하면서 바닥에 길게 드러눕는다.

거울 속의 나는 더 어지러워 보인다. 방 안의 거울들이 부산한 소리로 내게 다가온다. 거울 속으로 완전히 포위되었다고 느끼자 숨소리가 거칠어진다. 그때 '피난 밧줄'이라고 쓰인 붉은 비닐 커버가 눈에 들어온다. 벽에 붙어 있던 붉은 박스의 정체를 이제야 알아챈다. 12인치 모니터만 한 붉은 색 비닐 커버 안에 꽁꽁 여민 밧줄이 보인다. 일어나려는데

머리가 바닥에 들러붙어서 꼼짝도 하지 않는다. 성급하게 마신 술이 제 기운을 발휘하는 모양이다.

나는 감겨오는 눈을 치켜뜨고서 피난 밧줄을 노려본다. 어딘가로 대피해야 한다는 생각이 든다. 지금은 오로지, 그래야 한다는 생각뿐이다.

나는 몸을 옆으로 굴려서 밧줄 아래까지 간 다음 벽을 붙잡고 일어선다. 몇 번이나 바닥에 내동댕이쳐지는 바람에 정신이 더 몽롱해진다. 한참을 누워 있다가 다시 일어난다. 드디어 벽에 기대선 채 비닐 커버 아래 달린 두 개의 똑딱단추를 뜯어낸다. 그러고는 밧줄을 잡고서 바닥에 널브러진다. 마스크와 목장갑이 밧줄과 함께 얼굴로 떨어져 내린다.

벨 소리가 요란하게 들린다. 나는 한참이나 눈을 껌벅거리다가 겨우 뜬다. 얼마나 누워 있었을까. 천장 거울 속에 난장판으로 어질러진 방 안 풍경과 온몸에 밧줄이 묶여 있는 내가 보인다. 아무리 기억을 더듬어도 이해할 수 없는 장면이다. 밧줄은 군데군데 와인 얼룩이 묻어 있다. 목과 다리 쪽에 얽혀 있는 밧줄에는 유난히 검붉은 물이 들어 있다. 나는 일어서다가 뒤로 나자빠진다. 온몸에 열이 오른다.

푸르륵 푸르르륵. 한참을 듣다 보니 방 안의 내선 전화벨 소리다. 전화벨은 계속해서 울린다. 나는 밧줄 사이로 대충 손을 빼내고 기어간다. 간신히 수화기를 들자, 주인 여자의 깨질 듯한 목소리가 튀어나온다. 마치 주인 여자의 목소리를 보고 있는 것 같은 착각이 든다.

"아니, 웬일이래? 총각이 한 시간 전부터 기다리고 있는데에……"

나는 일어서다가 다시 넘어진다. 몸에서 밧줄을 벗겨내는 데에도 오랜 시간이 걸린다. 벗겨낸 밧줄을 비닐 커버 안으로 밀어 넣지만 온전하게 들어가지 않는다. 계속해서 굴러 떨어지는 밧줄을 들고 쩔쩔매다가 침대 밑으로 밀어 넣고서 방을 나간다.

프런트 데스크에 도착하자 고무나무 옆에 서 있는 남자의 모습이 얼핏 눈에 들어온다. 주인 여자가 달려오더니 내 손에서 열쇠를 낚아챈다. 나는 잠깐 비틀거린다. 그런데 이 향기는 뭐지. 지금까지 이곳에서 맡았던 어떤 냄새와도 다른 향기가 맡아진다. 나는 숨을 깊이 들이마신다.

"총각, 미안하게 됐네. 그러기에 진작 전화한다니까, 나 참."

주인 여자는 말끝에 혀를 끌끌 찬다.

고무나무 옆에 서 있는 남자는 청바지를 입고 있다. 찢어진 바지 사이로 비어져 나온 무릎이 확대경을 들이댄 것처럼 커다랗게 보인다. 술기운 때문인지 고개를 들 수가 없다. 나는 남자에게 고개를 조금 더 숙여 보이고는 천천히 걸어 나온다.

대형 거울을 지나 여관 문을 열고서 길거리로 내려선다. 보도블록 틈새에서 자란 풀이 새파랗게 올라오고 있다. 깨진 보도블록 같은 남자의 무릎이 자꾸만 눈에 밟힌다.

7

프런트 데스크 앞에 남균이 서 있다. 주인 여자는 눈을 빛내면서 나와 남균을 번갈아 바라본다. 나는 다시 발길을 돌린다. 대형 거울 앞으로 단숨에 걸어온 그가 내 팔목을 쥐고 아프게 흔든다.

"넌 지금 이런 곳에서 자해하고 있어."

그는 '자해'라는 말에 잔뜩 힘을 준다. 헤어진 여자에게 건네는 말치고는 적당하지 않다. 그는 엄지로 턱을 몇 번이나 쓸어내린다. 초조할 때 하는 그의 습관이다. 수염이 깎인 푸릇한 그의 뺨이 바로 눈앞에 있다. 그 뺨의 까끌까끌한 감촉이 떠오르자, 손바닥 안에 저절로 땀이 밴다. 미련인지 습관인지 알 수 없다. 그는 턱에서 엄지를 떼어내고는 내게 묻는다.

"너 우리 엄마 입원했을 때 옆 침대 할머니 기억나지? 뇌사에 빠졌을 때, 자식들이 피아노 소리 들려줬다고 했잖아."

"……"

할머니는 그 피아노 소리가 듣기 싫어서 차라리 죽고 싶었다고 했다.

그는 갑자기 여관 문밖으로 나를 끌어낸다. 미색의 타일로 이루어진 여관 벽에 전단이 붙어 있다. '밤에 잠만 주무실 분 환영.' 여관 주인은 이제 장기 투숙객을 유치할 생각인가 보다. 전단 아래쪽에 휴대전화 번호까지 적혀 있는걸 보면 마음을 단단히 먹은 모양이다.

남균은 몇 번이나 숨을 고른 다음에 다시 입을 연다.

"나중에 든 생각인데, 그 할머니는 스트레스 때문에 뇌사에서 깨어난 건 아닌가 싶었어. 우리 관계도 끔찍한 어떤 소리 때문에 다시 깨어나지 않을까 하는 생각도 들었구."

남균은 재촉하듯 다시 말한다.

"우리 다시 시작하면 안 되는 거니? 어떤 스트레스는 죽은 사람도 일어나게 하잖아."

"우리가 다시 만난다면, 서로에게 가지고 있는 애틋함의 절반은 잃어버리게 될 거야."

나는 그의 손에서 팔을 빼내고는 하릴없이 손톱을 꾹꾹 누른다. 그는 내가 가진 이 두려움을 이해하지 못할 것이다. 그런 상태로 꾸역꾸역 살아가는 일이 내게는 더 힘들다는 것도.

그는 아이처럼 보채듯이 묻는다.

"그럼, 네 말처럼 우리 사랑도 요절하는 거니?"

허옇게 질려 있던 손톱이 다시 발그레한 색을 되찾는다. 나는 손톱을 바라보며 담담하게 대답한다.

"사랑은 절대로 요절하지 않아. 앓던 지병으로 죽는 거야."

나를 바라보는 그의 눈에 푸른 광채가 돈다. 무섭다. 내가 보도블록으로 눈길을 떨어뜨리자 그는 신음하듯이 말하고 돌아선다.

"내일, 엄마 발인이야."

8

여관 문을 밀고 들어서면 제일 먼저 내가 보인다. 대형 거울 속의 나는 처음 이곳을 들어설 때와 마찬가지로 여전히 낯선 얼굴을 하고 있다. 익숙해진 것은 주인 여자의 얼굴과 눈을 감고 앉아 있는 소녀의 표정이다. 주인 여자는 내게 열쇠를 주면서 어제처럼 눈을 빛낸다. 무슨 말을 하고 싶은 것 같기도 하고, 강렬한 호기심 같기도 하다. 이곳에 오래 있다 보면 오히려 관음증이 도지는지도 모른다.

나는 열쇠를 받고서 506호에 관해 묻는다.

"벽을 울린다는 그 이상한 소리, 아직도 들린대요?"

"요즘은 그런 말 읎었는데."

나는 '눈을 감고 앉아 있는 소녀'를 외면하고 층계를 오른다. 땅거미가 지기 전에는 꽃이 피지 않는다던 야래향은 여전히 흰 꽃대만 비죽이 내밀고 있다. 방문 앞에 도착할 때까지 나는 이곳의 모든 냄새를 맡는다. 예전처럼 숨을 참는 것도 귀찮다. 텁텁하고 느끼해서 숨이 탁탁 막히는 냄새. 이상한 건 무언가 타는 듯한 이 매캐한 냄새다. 밖에서 들어오는 것이 아니라면 도무지 이해할 수가 없다.

방안은 오래전에 환기가 되어 있던 것처럼 썰렁하다. 방안을 둘러보다가 취한 채 이 방을 나갈 때의 풍경이 떠오르자 귀까지 뜨거워진다.

방은 평소보다 더 말끔히 정리되어 있다. 구석에 쌓여 있던 남자의 상자들도 보이지 않는다. 나도 모르게 침을 삼킨다. 입구에 붙은 전단은 이 방의 또 다른 주인을 구하고 있는지도 모른다. 나는 시선을 창밖으로 주었다가 헛기침을 하면서 욕실 문을 열어본다. 예상대로 욕실도 말끔하게 정리되어 있다. 남자의 연두색 칫솔이 놓였던 자리에 욕실 창으로 들어온 햇살만 떨어져 있다. 이제 누군가와 다시 이 방을 공유해야 한다.

음악을 틀어놓고 방안을 서성거린다. 피난 밧줄은 꽁꽁 말려서 비닐 커버 안에 들어 있다. 나는 비닐 커버의 똑딱단추를 하나씩 떼어낸다. 밧줄은 실패 모양으로 단단하게 묶여 있다. 하릴없이 밧줄의 매듭을 손톱으로 여러 번 긁어내린다.

잠시 후 와인이 묻은 부위를 살피다가 나도 모르게 미소를 짓는다. 나를 웃게 한 것은 동그랗게 말려 있는 리본이다. 여며진 밧줄의 매듭이 리본으로 마무리되어 있다. 이불을 동그랗고 단단하게 말 때처럼 남자는 오랜 시간 밧줄과 씨름했을 것이다. 나는 동그랗게 말린 채 벽에 붙어 있는 꽃무늬 이불에 시선을 준다. 한참을 바라보다가 말려 있는 이불을 침대 위에 다시 펼친다. 그리고 그 꽃들 위에 눕는다.

천장 거울을 통해 벽을 바라보다가 고개를 돌린다. 그러고는 방 안의 모든 벽을 다시 꼼꼼하게 살핀다. 남자가 어깨를 부딪쳤을 저기 어디쯤 그가 내려놓고 간 고통이 아직 묻어 있을지 모른다.

나는 창가로 돌아가 쓰던 소설의 제목을 '이불 개는 남자'로 고쳐 쓴다.

「이불 개는 남자」의 첫 문장은 이렇게 시작된다.

'그러니까 이 미친 감정은 그때 시작되었다. 그녀의 투명한 발등을 더듬다가 함곡 위에 침을 꽂던, 바로 그 순간에.'

저 일상을 통과할 수만 있다면……

그는 터널의 깊고 진한 어둠을 눈이 아프도록 노려보았다.

몇 킬로미터로 달리면 지금의 이 현실에서 벗어날 수 있을까.

페르마타

◆◆◆◆◆◆

구급차의 사이렌이 들려왔다. 충치를 갈아내던 그는, 핸드피스의 작동을 멈추고 눈을 질끈 감았다. 그리고 목을 길게 늘여서 좌우로 돌려보았다. 등뼈에서 시작된 따끔거림이 모든 땀구멍으로 찌릿하게 퍼져나가고 있었다. 이런 야릇한 기류를 감지하면 진료 중에도 팔의 긴장감이 깨어지곤 했다. 교감신경이 제멋대로 운동을 시작할지 몰라 초조해지기 때문이다. 그렇게 되면 그의 왼쪽 가슴 어딘가에서 무장한 기마대가 달려 나올 것이고, 또다시 그를 짓밟고는 먼지를 일으키며 지나갈 것이었다. 그는 핸드피스를 내려놓고 슬며시 왼쪽 가슴에 손을 얹었다.

잠시 후 그는 충치 부분에 버bur를 대고 무사히 갈아내기를 마친 다음, 환자에게 수고했다는 말을 덧붙였다. 버가 돌아가면서 법랑질을 갈아내는 소리는 환자 본인은 물론이고 듣는 사람 모두에게 유쾌하지 못한 경험이기 때문에, 될 수 있으면 한 번에 끝내주는 것을 원칙으로 여기고 있었다. 그러나 요즘은 몇 번씩 멈추는 경우가 부쩍 늘었다.

진료대 위의 모니터에 방금 갈아낸 치아의 형태가 나타났다. 썩은 부분을 갈아낸 어금니는 다섯 개의 꽃잎을 활짝 펼쳐놓은 것처럼 보였다. 어금니의 갈라진 선을 따라 충치가 진행되기 때문에 그곳의 법랑질을 갈아내고 나면 만개한 꽃으로 보이기도 했다. 구급차의 사이렌이 점점 크게 들려오다가 멀어졌다. 그 소리에 응답이라도 하듯 그의 가슴이 어긋난 박자로 뛰기 시작했다. 그는 서둘러 치아의 파일을 메인 컴퓨터에 저장했다. 그리고 갈아낸 꽃잎 부위를 아말감으로 마무리하고는 거칠게 장갑을 벗겨내면서 원장실로 들어섰다.

그는 무심코 초록색의 소파에 앉았다가 거의 동시에 벌떡 일어났다. 그러고는 책상 앞 의자에 눕듯이 걸터앉았다. 구급차에 실려 갔던 그 날 이후에 생긴 의식적인 습관이었다.

구급차에 실려 가던 날, 그는 초록색의 소파에 누워 있었다. 며칠 전부터 불규칙한 호흡을 한숨처럼 몰아서 내쉬곤 했는데, 무언가 가슴 바닥에 남아서 여전히 두런거리는 듯했다. 숲이 숨을 쉬는 소리 같다고 생각하며 소파에 더 깊이 몸을 묻었다. 눈을 감고 그 고요 뒤에 따라오는 알 수 없는 소리에 귀를 기울였다. 마치 북소리 뒤에 따라오는 울림 같았고 기마병들의 행군처럼 말발굽 소리가 한데 어우러지면서 나는 소리 같기도 했다.

두둑 두둑, 두둑 두둑.

처음에는 아주 멀리서 아득하게 들려왔다. 그는 저도 모르게 마른침을 삼켰다. 그러자 그것이 무슨 신호인 것처럼 두런거리던 정체가 모습을 드러내며 달려 나오기 시작했다. 그는 서둘러 몸을 일으켰다. 눈에 띄게 가슴이 들썩거리고, 요란한 심장의 박동으로 귀가 먹먹했으며, 가쁜 숨소리와 함께 연신 마른침이 넘어갔다. 그는 두 손으로 가슴을 누르면서 간호사를 불렀다.

혈압을 재던 간호사가 눈을 동그랗게 뜨더니 180이라며 얼버무렸다. 그는 첫 번째 서랍에 두었던 비상용 혈압약을 꺼내어 혀 밑에 넣었다. 위나 장보다는 점막의 흡수가 빠르기 때문이었다. 그사이에도 말발굽 소리는 계속되고 있었다. 10분 뒤, 그의 재촉으로 다시 혈압을 재던 간호사는 호흡을 정지한 채 아예 대답하지 않았다. 그 스스로 230이라는 숫자를 확인할 때, 가슴속의 기마대는 흙먼지를 일으키며 성큼 다가와 있었고, 구급차에 실리던 순간에는 그의 몸을 타고 넘어 뿌연 먼지를 뒤로한 채 달려가고 있었다.

두두두둑.

그의 의식은 그 행렬이 지나가는 순간에도 멈추지 않았고, 다만 곧 이어질 자기 죽음을 지켜보고 있었다. 구급차의 사이렌이 까마득하게 들려오고, 사람들의 웅성거림이 폭포수처럼 그의 고막으로 쏟아져 내렸다. 그는 힘없이 고개를 저었다. 갑자기 송이버섯 냄새가 나더니, 뒤이어 아내의 로션 냄새와 가죽 소파 냄새, 그리고 축축한 흙냄새가 차례로 풍겨왔다. 그는 고개를 저으면서 눈을 꽉 감았다.

눈 앞에 펼쳐진 노란 죽음 앞에서, 그는 자신의 가슴을 찢고 달려 나오는 기마대를 보았다. 구급차 앞으로 몰려든 구경꾼들을 제치고, 그의 흐릿한 망막에 잡힌 피사체는 갈기를 휘날리며 질주하는 수많은 말의 발굽들이었다. 순식간에 그의 몸에 붙어 있던 무수한 철자들이 떨어져 바닥에 나뒹굴었다. 장남, 아버지, 남편, 의사…… 자음과 모음이 떨어져 나간 그 단어들은, 이제 고유한 성분을 잃어버리고 뿌연 먼지 속에서 부유하기 시작했다. 어떤 생각도, 누구의 얼굴도 떠오르지 않았다. 그저 '이렇게 환한 거리에서, 아직은 젊은 내가 죽어가고 있구나' 하는 생각이 명치끝에 걸렸을 뿐. 그리고 아주 잠시, 이런 식의 죽음은 부당하다고 생각했던가.

그러나 그는 죽지 않았고, 이후에도 계속해서 그런 식의 죽음 앞에 놓였다가 되돌아오곤 했다. 그는 일련의 정밀검사를 마친 후, 오히려 건강하다는 소견서를 가지고 정신과를 찾았다. 동료들의 권유에 의해서였다. 멀쩡한 심장이 왜 그리 바쁘게 뛰느냐는 그의 질문에, 의사는 한참 뜸을 들이더니 A4용지 위에 인체 해부도를 그렸다. 크게 그린 뇌 안에 여러 곡선을 그려 넣더니, 입을 열었다.

"만약 선생님 앞에 갑자기 호랑이가 나타나서 입을 크게 벌리고 있으면, 둘 중의 하나 선택을 하실 겁니다. 도망가든지 맞서 싸우든지. 그때 자율신경이 작동합니다. 일단 심장이 두근거리고, 손에 땀이 나면서 호흡이 가빠오죠. 그런다고 죽지는 않잖아요? 그런데 지금 선생님의 문제는……"

그의 미간 사이가 좁아졌다가 다시 멀어졌다.

"호랑이도 나타나지 않았는데 교감신경이 자꾸 신호를 보내는 거죠. 그래서 자율신경이 작동하면서 심장 박동이 빨라지는 겁니다. 이런 증상 외에도 여러 가지가 있습니다. 목에 뭔가 걸려 있어 숨이 막힌다고 호소하는 사람들도 있어요. 사실, 현대인들은 거의 신경증 환자니까요. 제가 알기로, 지나가는 사람 열 명 중에 절반 이상은 이런저런 장애를 경험한 적이 있을 겁니다. 실체가 없는 병이지만, 증상은 있는 겁니다."

그는 포갰던 다리를 풀어서 다시 제자리에 두었다. 귀신이

나 허깨비를 보는 것이냐고 묻고 싶어 입술이 달싹였다.

"그러니까 이 병의 특징은, 본인이 노력하지 않으면 누구도 고칠 수 없다는 거예요. 마음을 편히 가지세요."

그는 '마음을 편히 가지라'는 말만큼 무책임한 격려는 없다고 생각했다. 이후로 그는 벌어진 환자의 입속에서 기습적으로 튀어나오는 호랑이의 열린 입을 만났다. 새카만 어둠을 배경으로 호랑이 한 마리가 근육을 씰룩이며 그를 향해 돌진하면서 찢어질 듯 벌린 입으로 포효하기도 했다. 그러면 잠시 눈을 감았다 떴다. 그리고 다시 입안을 들여다보는 순간, 그의 머리가 호랑이의 입속에 갇혀 그 시커멓고 긴 구멍 속으로 끝없이 빨려 들어가는 엄청난 자력을 느꼈다. 그 생생함 뒤에는 핸드피스를 움켜쥔 채 짧은 진저리를 쳐야 했다. 그런 아찔한 순간들을 보내고 나면, 이렇게 도망치듯 원장실로 숨어드는 것이다.

그는 담배 연기를 창틈으로 보내면서 아래로 펼쳐진 복잡한 사거리를 훑어보았다. 터미널 맞은편 건물의 2층에 있는 치과는 그에게 바깥세상을 맘껏 탐닉할 수 있는 혜택을 주었다. 그와 정면으로 마주 보는 곳은 레스토랑의 통유리창이었는데, 그 위로 헬스클럽의 대형 간판이 아슬아슬하게 걸려 있었다. 간판 속에서는 거구의 사내가 금발 미녀와 이를 드러내며 웃고 있었다, 그는 폼을 잡은 두 남녀가 꼭 자신을 비웃는 것처럼 느껴졌다. 삼두박근에 잔뜩 힘을 주고서, '어이 밴댕이' 혹은 '건전가요' 하고 그를 부르는 것도 같았다. 동료들은 그를 건전가요라고 불렀다. 하필이면 80년대의 음반 끝에 어김없이 따라다니던 건전가요인가 항의도 했었지만, 언제부턴가 그런 빈정거림에 익숙해졌다. 그 또한 자신을 억압적인 관성에 의해 어쩔 수 없이 움직이는, 수동적이며 의무적인 시계추 같은 인간이라 여기고 있었다.

한동안 사내의 근육을 주시하던 그의 눈에는, 장두에서 외측두를 거쳐 내측두에 이르기까지 어느새 그 팽팽한 힘줄들이 가닥가닥 살아서 일제히 꿈틀거리는 것으로 보이기 시작했다. 왜곡된 기억을 불러내듯이 처음에는 아주 미미하게 흔들리다가 점차 자라나기 시작해서 나중에는 지름 10센티가 넘도록 확장되었고, 그 기괴한 모습은 푸껫의 강 하구에서 보았던 맹그로브의 거대한 기근을 떠올리게 했다. 몸피와 같은 굵기의 수많은 호흡근이 뻘에 뿌리를 내리고 있던 모습은, 네 개 이상의 발이 달린 자전거처럼 동시에 어느 방향에서 공격을 가해도 쓰러지지 않는 전천후 인간을 연상시켰다. 그리고 그 그림 위로 한동안 아내의 얼굴이 겹쳐졌다.

강 하구에서 처음 맹그로브를 보았을 때, 그는 배의 후미에서 돌아가는 프로펠러에 시선을 고정하고 있었다. '맹그로브는 유일하게 삼투압을 하는 나무이기 때문에 물속에서도 생존하며, 오랜 기간이 흐르면 그들이 서 있던 뻘이 육지로 변한다'는 가이드의 설명을 들으면서, 세상과 자신 사이에 아직도 일어나지 않는 삼투 현상에 대해 생각했다. 옆에서는 미혼인 동료가 허연 물살을 가리키며 결혼에 대한 장광설을 펼치고 있었다.

"고기잡이가 물고기를 낚는 것처럼 결혼은 안락함을 낚는 것이지. 물론, 운이 좋으면 그 그물에 사랑도 낚일 수 있다고."

바로 그때 뱃전으로부터 아내의 목소리가 날아와 그의 귀에 꽂혔다. 아내는 '옆의 ㅍ시와 동등하게 보철 값을 올리자'고 한 번 더 다짐하듯이 말했다. 불현듯 맹그로브와 같은 종류의 호흡근을 가진 사람이 곳곳에 얼마나 많은가에 생각이 미치자, 그의 정수리 위로 정전기 같은 전류가 지나갔다. 갑자기 그의 가슴 후미에서도 프로펠러가 하얀 물거품을 일으키며 돌아가기 시작했다.

노크 소리에 이어서 '예약 환잡니다' 하는 간호사의 목소리가 들려왔다. 그날 이후 간호사들이 그의 기분을 살폈다. 그런 배려들이 오히려 그를 불편하게 했으며, 그 불편함은 왼쪽 가슴 안에 대기 중인 기마병들을 불러내는 역할을 했다. 담배를 끄고 막 돌아서려던 그는, 다시 창가에 이마를 들이댔다. '안전제일'이라는 노란색 안전모를 쓴 중국집 배달원이 신호를 무시한 채 아슬아슬하게, 그러나 시원하게 질주하고 있었다. 배달원은 그와 마찬가지로 이 사거리의 신호 체계를 모두 알고 있었으며, 그때그때의 신호에 따라서 직진을 하기도 하고, 어느 때는 보행자 신호를 틈타서 대각선으로 달릴 때도 있었다. 그의 입 언저리가 한번 움직였다. 생의 레일 위를 저 노란색 안전모를 쓰고 질주하는 자신을 상상하면서 배에서부터 올라오는 웃음을 입술 근육으로 눌렀다.

⊙

그는 마스크를 착용하면서 환자에게 눈인사를 보냈다. 유통업을 한다는 사내는 오른쪽 윗니 6번 7번이 오른쪽 4도로 충치가 진행돼 있어서 신경치료를 받는 중이었다. 그는 사내가 밖에서 묻혀 온 비릿한 바람 냄새를 긴 호흡으로 들이마셨다. 유통업을 하면서 곳곳을 돌아다녔을 사내의 구강구조는 왠지 육식동물의 것처럼 단단하고 날렵해 보였다. 그러나 사내도 6번 치아가 거의 다 썩어서야 통증을 느끼고 치과를 찾았다. 엑스레이로 보면 치아의 치관과 뿌리 끝으로 검은색의 병소가 뚜렷이 식별되었다. 그는 그것을 바라볼 때마다 자신의 정신도 엑스레이를 찍고 싶다는 충동에 사로잡히곤 했다.

환자의 얼굴에 입 부위만 볼 수 있도록 구멍이 뚫린 초록색 보자기가 씌워지자, 개화하는 꽃처럼 입이 스르르 벌어졌다. 거대한 맹그로브 숲이 깨어나는 것 같았고 숨소리마저 들려오는 것 같았다. 그의 심장이 아프게 팔딱거렸다. 그는 심장이 날뛰는 소리를 들으면서 구강용 거울을 환자의 입안에 밀어 넣었다. 환자의 몸이 순식간에 일자로 경직되는 것이 느껴졌다.

삶이란 치과의사 앞에 있을 때와 같다던 말이 불현듯 떠올랐다. 항상 정말로 아픈 건 지금부터라고 생각하지만, 그땐 이미 끝난 뒤라는 것이다. 그렇다면 그 공포를 주관하는 게 그의 직업이라는 것이 아닌가. 그는 저도 모르게 고개를 흔들었다. 드릴이 돌아가는 소리가 들리자, 마주 잡고 있던 환자의 두 손에 더 힘이 들어가고 발가락 끝이 빳빳하게 곤두섰다. 선고유예의 시간인 것이다.

그는 법랑질과 상아질을 차례로 갈아냈다. 그리고 신경뿌리가 들어 있는 관을 확대하느라 파일의 굵기를 가늠하면서 옷소매로 이마의 땀을 찍어냈다. 늘 하는 일이지만 휘고 가는 신경 줄기를 건져 올릴 때마다, 매번 손끝이 무력해지는 것을 느꼈다. 모든 감각을 느끼던 치아의 신경을 제거하는 일이, 마치 민감하고 사적인 일상의 뿌리를 뽑는 것으로 여겨져 서글픈 생각마저 들었다.

치아의 상아질이 손상되면서 드러난 신경은 외부의 노출에 즉각적이고도 민감한 반응을 보이는데, 지금 그의 상태도 다르지 않았다. 그를 감싸고 있던 자신감 내지는 생의 의욕 같은 것이 치아의 상아질에 해당한다면, 그것이 모조리 손상되어 신경을 고스란히 드러낸 채 쩔쩔매고 있는 꼴이었다. 치통은 묘하게도 통증을 다른 치아에 전이시키는 고약함이 있다. 환자가 아프다고 호소하는 치아는 멀쩡한데, 오히려 그 반대편의 치아가 상해 있는 경우도 종종 있었다. 미처 해소하지 못한 정신의 찌꺼기도 시간이 지나면 부패하듯이, 그는 지금 몸을 통해서 자신의 썩은 냄새를 맡는 것인지도 몰랐다.

정신과 의사는 그의 증세를 공황장애라고 했다. 인지치료에 참여하면 완치할 수 있다고 했고, 만약 여기에서 상태가 더 악화할 때는 광장 공포로 변해서 일상생활이 어려워질 것이라며, 충고인지 협박인지 모를 말들을 늘어놓았다. 그가 약물요법을 거부하였기 때문인데, 정말이지 자낙스나 알프라졸람 등에 의지해서 하루하루를 지탱하고 싶지는 않았다. 의사로서 갖는 최소한의 자존심인지도 몰랐다. 그러한 자존심을 비웃기라도 하듯이 증상들은 그의 몸 이곳저곳을 건드리며 비명을 질러댔다. 메스꺼움과 터질 듯한 심장의 박동으로, 느닷없는 복통과 설사로, 각막 위에 버석거리는 모래알의 이물감으로, 기도를 막고 사지를 덜덜 떨게 하면서 수시로 신호를 보내왔다. 급기야 그것은 선배의 장례식 날에 그에게 일격을 가하면서 응급신호를 보내왔다.

대개 치과 개업을 하고 3년 후에는 매너리즘에 빠지게 되는데, 그때쯤이면 개업 빚을 갚고 어느 정도 숨을 돌리는 시기가 된다. 그리고 느닷없이 시작되는 인생의 변주. 그로부터 지루한 인생의 후렴구가 시작되고, 그 끝날 것 같지 않은 후렴을 부르면서 잠시나마 쉬어 갈 수 있는 페르마타를 기다리게 되는 것이다.

늘 가슴을 쥐어뜯으며 불안해하던 선배는 치과를 그만두고 무슨 가구매장을 한다고 뛰어다녔다. 자기가 쉬는 날에도 가구매장은 돌아갈 테니, 그걸로 됐다는 말을 하고 다녔다. 동료들은 선배의 용기에 열렬한 박수를 보냈다. 그러나 개업 초대장 대신 전해진 건, 그 선배의 장례식장 약도였다.

장례식장은 쓸쓸했다. 부인과 두 딸이 손수건으로 입을 틀어막고 있었고, 선배의 형과 조카가 상제 자리를 지키고 있었다. 칸막이를 사이에 둔 비좁은 분향소에는 서로 다른 죽음을 애도하는 사람들의 무표정한 얼굴이 왁자한 소음 사이를 떠다니고 있었다. 그의 왼쪽 이마에서 시작된 편두통이 위치를 옮기는가 싶더니 제법 강도 높은 자극을 보내왔다. 반사적으로 한쪽 발을 옮겨놓는 순간, 정신 한 가닥이 연기처럼 흐느적거리며 빠져나가는 것 같았다. 그런 식의 몽롱함은 무언가 시작될 조짐이었다. 속이 메슥거리고 서서히 현실감이 멀어지면서 구토가 스멀거리며 올라왔다. 나른하게 몰려오는 몽롱함을 걷어내려 고개를 저을수록, 그것은 거미줄처럼 더욱 친친하게 감겨들었다. 신발을 벗을 때, 영정사진 속의 선배 얼굴이 빠르게 자신의 얼굴로 교체되는 장면을 얼핏 보았다.

국화 한 송이를 들어 올리는 동작에도 꽤 긴 시간이 흘렀고, 그사이에 팔의 근육은 점점 제 기능을 상실해갔다. 간신히 향을 꽂고 절을 하기 위해 뒤로 물러서다가, 왼발은 앞에 오른발은 뒤에 놓인 자세로 조용히 주저앉았다. 온몸의 맥이 모조리 빠져나갔다. 선배의 영정사진을 정면으로 응시한 채, 손가락 하나도 꼼짝할 수 없었고 눈동자를 굴릴 여력도 없었다. 웅성거리던 소음이 차단되면서 현실감이 한 걸음 더 성큼 물러났다. 그때 웃고 있던 영정사진이 확장되면서 선배의 웃음소리마저 들려왔다. 이대로라면 액자 속에서 부스스 걸어 나온 선배가 그를 향해 삼배라도 올릴 것 같았다. 그는 자신의 장례식에 앉아 있는 또렷한 영상에서 벗어나기 위해 통곡이라도 하고 싶었다. 그러나 그 과장된 현실 앞에서 그가 할 수 있는 것은 아무것도 없었다. 마비된 몸과 제멋대로인 의식의 중간에서 대책 없이 앉아 있을 뿐이었다.

얼마가 지났을까. 겨우 손가락부터 움직거리던 그는 동료들의 부축을 받지 않고도 자리를 옮길 수 있었다. 그들은 자신들의 직업에 대해 서로 비아냥거리면서 시시덕거렸다. 좁아터진 입속만 들여다보며 살다 보니, 모두 '소갈머리가 밴댕이'라며 자조하는 웃음이었다. 술잔을 들 때도 검지를 서로에게 겨냥한 채 '밴댕이'를 외치면서 취해갔다. 그러나 그날은 조용히 술잔들을 비웠다.

장례식 내내 쏟아지던 비가 돌아올 무렵에는 폭우로 변해 있었다. 그의 차는 후면 번호판이 덜덜 떨리는 2.5톤 트럭과 잘 빠진 회색 지프의 중간에 끼어 있었다. 사방이 막혀버리고 퇴로가 차단된 막다른 골목으로 내몰리는 기분이 들었다. 그는 차 지붕을 두드리는 빗소리를 들으며 한숨을 크게 내쉬었다. 그리고 목울대를 몇 번 쓸어내리다가 갑자기 차선을 바꿔서 트럭을 앞질러 달리기 시작했다. 그때 멀리서 어스름한 터널이 입을 벌리며 황급히 다가왔고, 그의 가슴에서도 꼭 그만큼의 속도로 무언가 둔탁한 소리를 내며 굴러떨어졌다.

두둑 두둑.

차 지붕을 때리던 빗소리는 곧이어 우렁찬 말발굽 소리로 바뀌었고, 터널 입구는 순식간에 호랑이의 시커먼 아가리로 돌변해서 포효하고 있었다. 그 벌어진 중력의 중심으로 끝없이 빨려 들어가는 섬뜩함 앞에 전신이 떨려왔고, 저 터널을 살아서 지나갈 수 없다는 근거 없는 절망감이 와락 달려들었다.

그의 차가 급정거를 하자, 뒤따라오던 차가 미친 듯이 경적을 울려댔다. 그는 높게 뛰는 이마의 혈관을 손바닥으로 누르면서 머리를 세차게 흔들었다. 축축해진 손으로 다시 핸들을 움켜쥐고 터널을 바라보았다. 부산하게 움직이는 윈도 브러시와는 상관없이 유리창에 서린 뿌연 김 때문에 시야가 흐릿하게 보였고, 딱 그 흐린 시야만큼 그의 정신도 뒤로 물러앉는 느낌이었다.

조치하려고 버튼에 손가락을 대는 순간, 그는 자신의 몸이 주체할 수 없이 흔들리고 있다는 것을 깨달았다. 브레이크 페달 위에 올려 있던 발이 서서히 위로 들려지고, 기어가 중립에 놓여 있던 차는 뒤로 굴러가 뒤차의 범퍼에 슬며시 닿았다. 씩씩거리며 달려온 뒤차의 남자를 보며 그가 할 수 있는 일은, 사지를 규칙적으로 떨면서 애원과 공포의 눈빛을 보내는 일뿐이었다.

이제 그의 승용차는 주차장 구석에 세워진 채 녹이 슬어갔다. 공포는 말이 없었으나 언제나 그를 고분고분하게 만들었고, 그는 일탈을 꿈꾸는 일조차 두려워졌다.

⌒

옆의 진료 의자에서 사랑니를 앓고 있는 여자의 신음이 들려왔다. 여자는 오른쪽 다리를 왼쪽 다리 위에 포개놓고 누워서 듣기에 좀 민망한 소리를 내고 있었다. 발광하는 4세 미만의 어린이를 그물에 묶어놓고 치료할 때보다 훨씬 진땀을 흘리게 하는 부류였다. 엑스레이를 보니 치아도 누워 있는 여자의 자세와 별반 다르지 않게 불량스러운 자세였다. 사랑니가 뒤쪽으로 비스듬히 누워서 뿌리 끝이 앞의 어금니에 슬쩍 닿아 있었다. 발치할 준비를 하고 마취제를 놓으려 하자, 여자가 그의 가운 앞섶을 붙잡고 늘어졌다.

아으, 아프게 하시면 안 돼요.

아, 예……

여자의 눈은 애원하는 목소리와는 다르게 웃고 있었다. 언젠가 본 눈이었다. 최근에도 본 적이 있는, 아내의 눈빛과 닮아 있었다. 그는 실내온도가 너무 높다고 생각하면서 안경다리 위로 구르는 땀방울을 손등으로 찍어냈다. 아내를 처음 보았을 때도 안경다리 위로 땀이 흐르고 있었다.

그가 본과 3학년이던 해에, 아내는 치위생학과의 신입생으로 실습실에 나타났다. 모두 마스크를 착용하고 눈만 내놓고 있었기 때문에 눈으로 많은 대화가 오가던 시기였다. 실습 중인 환자를 보고 있다가 무심코 눈을 들었을 때, 아내의 가늘고 긴 눈이 그를 보며 웃고 있었다. 짧은 순간, 그는 저 눈이 자신을 구원해주리라는 구체적인 상상으로 몸을 떨었다. 느닷없이 실내온도가 턱없이 올라감을 느끼자, 등에 고여 있던 열기가 일시에 얼굴로 몰려나왔다.

백일장에서 장원하던 그에게 어머니는 의대와 법대 사이에서 양자택일하게 했고, 본인보다 조금 더 현실적으로 보이는 아내와의 결혼을 적극적으로 지지했다. 이제 그는 릴레이 경주에서 사용되는 바통에 지나지 않았다. 엄마의 넓은 치마폭에서 아내의 당찬 손으로 넘겨진 그는, 또다시 아내가 원하는 방향으로 쉴 새 없이 내달려야 했다.

아내는 그에게 악착같이 수련의 과정을 권유했고, 그는 거절도 못 하고 시간을 보냈다. 그때 그는 자신의 몸에 흐르는 우유부단한 피를 모두 갈아버리고 싶었다. 그러나 그는 기꺼운 듯이 수련의 과정을 택했다. 자신 때문에 누군가를 불편하게 하는 건 그를 더 괴롭히는 일이었다. 그런 기질이 그의 몸 안에 해독이 어려운 증상을 만들고 있다는 것은 알지 못했다.

대개 수련의 기간에 한 번쯤은 수술실을 뛰쳐나가기도 하는데, 그는 꼭 세 번을 뛰쳐나갔다. 그에게는 그 기간이 아주 지루한 일식의 진행 상태였다. 옆에 서 있던 선후배들의 얼굴도, 신혼 초의 아내도, 그를 이과로 밀어 넣은 힘센 어머니의 얼굴도, 심지어 그때 태어난 딸의 유아기 영상마저도 모두 그 일식에 가려져 어둡게만 기억되었다. 그 어둠 가운데서 오롯이 떠오르는 것은 수술 환자들의 엷은 분홍색 잇몸에 미로처럼 퍼져 있던 자주색 실핏줄이었다.

사랑니를 뽑고 그 자리를 꿰매는 중에도 여자는 여전히 그의 가운 앞섶을 부여잡고 있었다. 간호사가 여자의 손을 거두어 가고 나서야 겨우 벗어난 그는, 옆자리 환자의 진료 카드를 받아 들고서 환자에게 인사를 건넸다.

"거의 한 달 만에 나오셨네요."

그렇게 말하면서 진료 카드를 넘기던 그는, 한쪽 발을 옮겨 디딜 정도로 눈에 띄게 다리를 휘청거렸다. 분명 한 달 전에 본 듯한 그 환자는 사실 3년 만에 찾아온 것이었다.

그는 마른침을 삼키면서 맥없이 앉아 있다가 법랑질을 갈아내기 시작했다. 갈아낸 법랑질과 상아질이 물보라와 뒤엉키다가 흡입기로 빨려 들어갔다. 그 장면은 흙탕물이 튀어 오르던 여자의 다리를 떠올리게 했다. 인지 치료에 다녀온 이후로 환자의 입안에서 튀어 오르는 물보라를 볼 때마다 네온 빛에 드러나던 여자의 얼굴이 생각났다.

인지 치료를 받던 날은 아침부터 비가 내렸다. 정신과 의사를 가운데 두고서 각자 자신이 겪은 증상들을 더듬거리며 털어놓기 시작했다. 의외로 많은 사람이 그와 같은 증상에 시달리고 있다는 사실에 놀라기도 했지만, 위로를 받기도 했다. 그들 가운데에서 그는 오히려 건강한 편에 속했다.

그의 옆자리에 앉은 여자는 자기 순서가 돌아와도 입을 열지 않았다. 여자는 계속해서 검지로 엄지의 마디를 문질러대고 있었는데, 그 자리에는 이미 굳은살이 노랗게 박여 있었다. 다시 여자의 차례가 돌아왔다. 여자가 헛기침을 서너 차례 하더니 겨우 입을 열었다. 숨이 차는지 제대로 말을 잇지 못했는데, 울먹이는 소리처럼 들리기도 했다. 갑자기 그는 여자에게 지독한 연민을 느꼈다.

"시댁 문을 나서면 항상, 목구멍에 무슨 덩어리가 콱 걸리고…… 그게, 점점 커져서요. 숨이 막히고, 속이……"

여자는 귀밑까지 물들이며 겨우 거기까지 말하더니, 갑자기 입을 틀어막고는 밖으로 뛰쳐나갔다.

어두워져서야 모임이 끝났고, 그가 제일 먼저 밖으로 나왔다. 그때까지도 여전히 비가 내리고 있었다. 옆 건물의 층계 끝에서 아까 뛰쳐나갔던 여자가 부스스 일어섰다. 그는 저도 모르게 여자 앞으로 성큼성큼 걸어갔다.

"공황이, 가장 고통스러운 순간에, 자신을 구하는 수단이라는, 그 말이, 맞는 거 같네요."

여자는 그렇게 말하면서 빗물이 고인 작은 웅덩이에 발을 들여놓고 찰박거렸다. 그는 여자의 어깨를 잡아주고 싶다고 생각하면서 어색한 자세로 주위를 둘러보았다. 그들 곁으로 이따금 비가 들이쳤다. 웅덩이에 빗물이 떨어지면서 여자의 하얀 다리로 흙탕물이 튀어 오르고 있었다. 그리고 모텔의 네온 불빛은 지나치게 자주 깜박거렸다. 객실 대여, 짧은 밤.

껌벅거리는 붉은 네온 빛에 의해 여자의 얼굴이 켜졌다 꺼졌다 하고 있었다. 그는 여자의 어깨를 잡아주지 못하는 대신 악수라도 나눠야겠다고 생각했다. 왠지 꼭 그래야 할 것 같았다. 그러나 그의 손은 주머니에 갇혀서 꼼지락거리고만 있었다. 얼마나 지났을까. 여자의 얼굴이 다시 켜졌다. 그리고 그의 손이 겨우 주머니에서 나왔을 때, 여자는 이미 돌아서고 있었다. 여자의 공단 리본 핀이 비에 젖어 새카맣게 보였다. 그는 여자의 뒷모습을 향해 손을 들었다. 그의 손은 느리게 작동되는 윈도 브러시처럼, 빗속에서 오래도록 좌우로 흔들리고 있었다.

그는 신경을 제거한 관 속에 약솜 덩어리들을 밀어 넣으며 빗속에서 흔들리던 자신의 손등을 흘끗 바라보았다.

그는 3년 만에 찾아온 환자의 진료를 끝내고, 허둥지둥 원장실로 돌아와서 양치질하기 시작했다. 치아의 결을 따라

순서대로 칫솔을 움직이면서 무연히 거울을 바라보았다. 마치 잠적해버린 3년을 그곳에서 찾으려는 듯이 거울 속을 노려보았다. 어쩌면 그가 눈치채지 못한 채 사라진 수많은 시간이 거기 어딘가에 숨어 있을지도 몰랐다. 그는 팔에 더 힘을 주어 빠른 속도로 칫솔을 움직였다. 얼핏 치약 거품에 핏물이 비쳤다. 그는 이제 거의 기계적으로 팔을 움직이고 있었다. 붉은 거품이 보글거리면서 세면대로 흘러내렸다.

치과 일이라는 것이 항상 어깨 근육의 힘을 조절해야 하므로 그는 만성 견비통을 앓고 있었다. 게다가 예고 없이 찾아오는 발작으로 인해 늘 삶의 허방을 디디는 기분이었다. 그러나 이런 그의 몰골이 아내의 인정이나 눈물샘을 자극하지 못했고, 자극받지 못하기는 그 또한 마찬가지였다. 요란한 속옷 차림으로 다가오는 아내의 노력에도 불구하고, 그의 몸 어디에서도 점화의 선을 찾아낼 수가 없었다.

아내는 주기적으로 치과에 들러서 진료기록부를 검토하고는, 그를 원장실로 불러들였다. 그리고 보철 환자의 수요와 보철로 연결할 수 있었던 환자들에 대해서 넌지시 말하곤 했다. 그는 '양심이 이 흉골 밑에 살고 있어 어쩔 수 없었다'는 말이 혀뿌리까지 올라오는 걸 누르느라고 연신 헛기침을 해댔다. 그럴 때면 아내는 마치 그의 속을 읽기라도 한 것처럼 말했다.

"양심이 얼마나 사람을 비겁하게 만드는지 모른다고 했던 건, 당신이에요."

자신을 구원하리라 믿었던 아내의 눈은, 손을 대지 않고도 그의 기도를 좁혀오는 일상 그 자체였다. 어쩌면 자신은 아내가 디디고 있는 '뻘'이 아닌가, 하는 생각이 들기도 했다. 맹그로브의 강인한 생명력으로 자신에게 깊숙이 뿌리내린 아내와 아직 삼투작용이 되지 않는 일상에 의해 그의 몸이 서서히 육지가 돼가고 있는 상상을 하기도 했다. 그럴 때마다 그는 조건반사처럼 재빨리 발가락을 꼼지락거렸다.

보철 환자가 돈이 된다는 것은 누구보다 잘 알고 있었다. 하지만 아말감으로 처리해도 무방한 환자에게 굳이 보철을 권한다는 것은 그의 양심이 허락지 않았다. 보철해야 할 때도 마찬가지였다. 환자에게 금과 메탈 중에서 선택하게 해야 했고, 금으로 한다면 함량에 따라 가격이 세 등급으로 나뉜다는 설명을 하면서 높은 함량일수록 몸에 좋다는 설명도 덧붙여야 했다. 그렇게 해서 비싼 쪽으로 흥정을 하는 일이 그에게는 가장 힘든 순간이었다. 그럴 때면 자신이 환자의 멱살을 잡고 흔드는 듯한 착각에 빠지는 것이었다.

한번은 70세가 넘은 노인이 보철해야 할 경우가 있었는데, 제일 저렴한 것으로 해도 50만 원이 넘는 금액이 나왔다. 그런데 안 하겠다고 고개를 가로젓는 것이었다. 그는 환자의 얼굴에서 고집보다는 망설임의 빛을 읽었다. 그가 자제분이 안 계시냐고 묻자, 고개를 저으면서 더욱 얼굴빛을 흐렸다. 재차 돈이 없으시냐고 묻자, 20만 원은 있다면서 우물거렸다.

일주일 뒤, 보철 세팅이 끝나자마자 노인이 흡족한 웃음을 보이면서 그에게 다가왔다. 그러고는 분명 가진 돈의 전부임이 분명해 보이는 꼬깃꼬깃한 지폐를 그의 손에 쥐여주었다. 그가 펄쩍 뛰면서 '65세 이상은 무료'라며 억지로 돌려보냈는데, 그것이 화근이 되었다. 노인의 며느리라는 여자가 전화를 걸어 와서 치과를 뒤집어놓았고, 때마침 아내가 진료기록부를 살피고 있었다.

그 며느리의 말은 가관이었다. 세상에 공짜가 어디 있느냐, 늙은이를 꼬여서 시술받게 해놓고 나중에 자기네한테 청구할 속셈인 거 아니냐, 지금 당장 '돈 받을 의사가 없다'는 각서를 쓰지 않으면 경찰에 신고하겠다며 숨도 쉬지 않고 으르렁거렸다.

그는 아직도 일식이 끝나지 않았음을 깨달아야 했다. 어둠 속에서 맞닥뜨린 상대에게, 자신이 '경계하지 않아도 되는 존재'임을 알리려는 인기척을 했을 뿐이었다. 그 인기척의 표시로 이를 드러내고 웃었을 뿐인데, 상대는 그의 흰 이를 적의로 해석하고는 당장이라도 집어삼킬 듯이 으르렁거리고 있는 것이었다. 세상이라는 어둠은, 그와 그가 지향하는 삶 사이를 끊임없이 이간질하고 있었다.

⊙

그는 시술용 장갑을 갈아 끼고서 진료 의자에 앉아 환자의 진료 카드를 훑어보았다. 5년 전 자궁적출을 한 것 외에는 별다른 병력이 없었다. 고혈압 환자의 사망 사건 이후로, 그는 아무리 간단한 치료도 환자의 병력을 정확히 확인하고서 진료를 시작했다.

그는 모니터에 찍혀 나온 엑스레이를 먼저 살펴보았다. 최신형 디지털 파노라마는 U자 모양으로 되어 있는 구강의 구조를 평면으로 펼쳐서 한눈에 볼 수 있게 해주었다. 활짝 벌려진 입과 코의 구멍, 그리고 울타리처럼 가지런한 치아의 행렬과 그 행렬의 끝에 자리한 사랑니까지 훤히 보였다. 살짝 벌린 입의 안과 밖으로 희미한 실선들이 거미줄처럼 복잡하게 얽혀 있었다. 검은 부분과 흰 부분이 또렷한 대비를 이루는 그 장면은 벌어진 해골의 입을 연상시켰다. 신경을 제거한 자리나 임플란트 치아는 새하얗게 둥실 떠 있어서 형광 불빛처럼 보일 지경이었다.

환자는 아래위의 앞니 열 개가 모두 임플란트였다. 열 개의 임플란트 치아가 사열하듯 정확한 간격으로 늘어서 있는 모습은 하얀 치아로 만든 감옥으로 보였고, 아내의 피아노 건반 같기도 했다. 그러자 아내의 피아노 교본에서 보았던 페르마타라는 음표가 떠올랐다. 언젠가 아내의 피아노 앞에서 있었을 때, 꼭 사람의 눈처럼 생긴 음표가 그를 빤히 바라보고 있었다. 진료 의자에 앉아서 소리도 없이 죽어가던 고혈압 환자의 눈이 거기에도 있었던 것이다.

그날, 마취제를 맞고 기다리던 환자가 눈을 두 배로 크게 치뜨고 있었다. 그는 재빨리 경동맥을 짚어보고는 환자의 혀 밑에 혈압약을 넣었다. 그러나 구급차가 도착하고 들 것이 올라왔을 때 환자는 이미 죽어 있었다. 부릅뜬 환자의 눈은 들것에 실려 층계를 다 내려갈 때까지도 그를 보고 있었다. 그림 속의 초상화 같았다. 그 후로 남의 집 액자 안에 있는 사람들의 시선도 한결같이 그를 바라보았다. 그가 앉거나 돌아설 때, 심지어 모서리 뒤로 숨는 순간까지도 모든 사진 속의 눈동자가 집요하게 그를 향하고 있었다.

그가 오전 진료를 마치고 마스크를 벗을 때, 팩스와 연결된 전화기의 벨이 울리고 동시에 노크 소리가 들려왔다. 그는 수화기를 들면서 황급히 들어서는 동료를 바라보았다. 동료는 담배를 입에 물고 라이터를 찾았다. 전화기에서는 치과협회의 여직원이 명랑한 목소리로 또 한 명의 사망 소식을 전하고 있었다. 그는 가슴에서 들려오는 말발굽 소리를 애써 외면하며 동료를 바라보았다.

"이번엔, 폐암이래……"

정확한 사망 원인을 전하려는 동료의 친절도 그에게는 위로가 되지 않았다. 이러다가 자신이 세 번째가 되는 건 아닌가, 하는 재앙화 사고가 작동하더니 가슴속의 기마대가 분주히 움직이기 시작했다. 증상이 느껴지면 부교감신경을 최대한 활용하라는 정신과의 말이 떠올랐다. '마지막엔 구급차에 실려 가면 된다'는 자포자기의 심정으로 호흡을 고르며 한참을 서성거렸다. 그러자 그 체념이 오히려 기마대의 함성을 주춤거리게 하는 효력을 발휘했다. 그는 아주 오랜만에 짧은 희열을 느꼈다.

그는 점심시간을 이용해 장례식장에 다녀오면서 줄곧 아내의 눈에 대해 생각했다. 오늘 장례식에서 부딪친 사람들이나 동료들의 눈이, 결코 아내의 눈과 다르지 않았던 것이다. 그러고 보면 매일 마주치는 간호사나 환자들의 눈도 무언가 요구하면서 조금씩 감추기도 하고, 그러면서 고만고만한 밝기로 빛을 내고 있었다.

보철 세팅이 끝나자마자 뭔가 석연치 않은 눈으로 그를 바라보는 환자에게는, 사람의 몸이 유기적이므로 이물감이 사라질 때까지 참으라는 말을 하기가 힘들었다. 따라서 예민한 환자의 경우에는 다시 뜯어내는 수고를 여러 번 반복해야 했다. 그리고 동료들의 눈은 어떠했던가. 그러니까 보철 노인의 일로 파출소에서 각서를 쓰고 돌아온 그에게, '사회 부적응자'라는 판정을 내리던 아내의 눈과 다르지 않은 것이었다. 그들의 눈이 암묵적인 약속으로 그를 바라본 것인지, 아니면 그가 오늘에서야 그런 사실을 깨달은 것인지는 알 수 없었다. 다만 분명한 것은 지금껏 자신을 바라보는 모든 눈동자를 독촉장으로 인식하고 있었다는 것이다.

걷다 보니 어느새 치과 앞이었다. 그는 자신이 2층에서 늘 내려다보던 횡단보도에 서서 보행자 신호를 기다렸다. 부릉거리는 소리에 옆을 돌아보자, 노란색 안전모를 쓴 배달원과 눈이 마주쳤다. 배달원은 눈알을 불안스레 희번덕거리면서 열심히 사거리의 신호체계를 읽기 시작했다. 바로 옆에서 바라본 그 안전모는 헬멧이 아니어서인지 조악하고 허술했으며, 아내의 하이힐만큼이나 불안정했다. 위에서 내려다볼 때는 희망의 상징으로 보였던 그것이 늘 깨지기 쉬운 현실에 대한 노란색 옐로카드로 보였다. 배달원은 평소대로 보행자 신호를 따라 대각선으로 달려나갔다. 멀어지는 안전모가 신호대기 앞의 노란색 점멸등처럼 그의 눈앞에서 쉴 새 없이 깜빡거렸다.

치과로 돌아와 유리창에 이마를 대고 네거리를 바라보던

그는 문득 놀라운 사실을 깨달았다. 10년 동안, 의식이 깨어 있는 시간의 90%를 이 거리에서 보냈다는 사실이었다. 그리고 그 세월의 이끼 위에서 미끄러지고 있는 자신이 아슬아슬한 지점에서 위태롭게 엎드려 있는 것이었다.

보행자 신호에 파란불이 들어오자, 사각의 흰 빗금 위로 색색의 옷들이 장사진을 이루다가 다시금 흰 빗금이 염전의 소금처럼 드러났다. 갖은 색색의 성분이 증발하고 남겨진 결정체 위를 또다시 문명의 결정체인 자동차가 점령하기 시작했다. 앞차와의 아슬아슬한 간격을 두고서 달리다가 멈추기를 반복하는 모습이, 마치 직사각형의 자석들이 붙어서 일제히 움직거리는 것 같았다.

사람 사이에도 저렇듯 자기장이 흐르고, 그 자장에 의해 달리기와 멈춤이 가능한 것은 아닐까. 얼마 전까지는 그도 저 꼬리의 일부였다. 그러나 지금은 모든 구멍 앞에서 자력을 상실한 쇠붙이가 되어가고 있었다. 터널은 물론이고 환자의 목구멍 앞에서도 진땀을 흘리며 가슴에서 달려 나오는 말발굽 소리를 듣는 것이다.

그는 밤이 늦도록 치과의 창가에서 서성거렸다. 어둠 속에서 은밀한 목소리가 말을 건네면서 쉴 새 없이 보챘다. 귀를 기울이면 오히려 더 불분명하게 들려왔다. 공황장애는 가장 고통스러운 순간에 자신을 구하는 수단이라고 말하는 여자의 목소리 같기도 했고, 현실을 회피하지 말라는 아내의 음성이 변조되어 들리는 것도 같았다. 그 목소리들은 그를 조급하게 만들었다. 여자의 목에 걸렸다던 덩어리의 성분과 자신의 가슴에서 시도 때도 없이 뛰쳐나오는 무수한 말들의 종자가 궁금해서 미칠 것 같았다.

목소리에 집중하려고 눈을 감으면 현실보다 더 또렷한 환상이 집요하게 펼쳐졌다. 수많은 맹그로브에 의해서 자신의 몸이 육지가 되어가고 있었다. 이미 다리를 지나 서서히 허리까지 굳어오는 장면에서 눈을 반짝 떴다. 그는 재빨리 발가락을 꼼지락거리면서 허리를 비틀었다. 그러고는 또다시 창가에 이마를 대고 밖을 내려다보았다. 예각의 불빛을 앞세우고 차들이 도도하게 질주하고 있었다.

그는 불빛을 바라보다가 주차장에서 녹이 슬고 있는 자신의 차를 떠올렸다. 느닷없이 자동차의 달리고자 하는 본능을 일깨워야겠다는 열정이 솟구쳐 올랐다. 무엇보다 그의 내부에서 수면 중인 감각들을 위해 경적을 울리면서 내달리고 싶었고, 그 감각들이 부스스 기지개를 켜면서 깨어나게 하고 싶었다. 그래서 훨씬 이전의 자신으로 돌아가게 하고 싶은 욕망이 목을 타고 진득하게 올라왔다.

그는 서랍에서 뒹굴고 있는 자동차 열쇠를 찾아 들고는 그것을 한동안 바라보았다. 그리고 손바닥이 아프도록 꽉 움켜쥐었다. 그 뭉툭한 통증이 그를 재촉하는 것 같았다. 그는 허둥거리며 지하 주차장으로 내려갔다.

차 문을 열자, 형광 불빛에 먼지 입자가 뽀얗게 흔들렸다. 운전석에 앉아서 숨을 들이마신 다음에 핸들에 손을 얹었다. 당혹감 대신 차 안에 몰려 있던 어둠이 그에게 부딪혀왔다. 그는 마른침을 삼키면서 신중하게 열쇠를 돌렸다. 시동은 두 번 만에 걸렸다. 그는 자동차의 엔진 소리를 들으면서 어둠이 낯익을 때까지 기다렸다가 천천히 출발했다.

⊙

멀리서 보아도 터널은 여전히 건재했다. 한 치의 빈틈도 허용할 수 없다는 듯 완강하게 버티고 서 있었다. 그의 입매가 단단해지는가 싶더니 갑자기 속력을 내며 달리기 시작했다. 미리 계획이라도 세운 것처럼 달리던 가속도를 이용해서 그곳을 통과해보려고 시도했다. 그러나 입을 벌리고 다가오는 터널 앞에서 그의 차는 자지러지듯이 급정거를 하고 말았다.

그는 숙였던 고개를 들고 왼손으로 이마를 짚었다. 차가운 이마가 땀으로 흥건했다. 터널 천장에 늘어선 두 줄의 네온 불빛이 짐승의 송곳니처럼 보였고, 으르렁거리는 소리마저 들리는 것 같았다. 뜨거워진 등이 일시에 따끔거리기 시작하더니 가슴속에서 말발굽 소리가 맹렬하게 들려왔다. 찬찬히 사방을 둘러보아도 여전히 맹그로브 숲 속이었다. 그는 '빌어먹을 놈의 도시'라고 꼭꼭 씹듯이 중얼거렸다.

저 일상을 통과할 수만 있다면…… 그는 터널의 깊고 진한 어둠을 눈이 아프도록 노려보았다. 몇 킬로미터의 속력으로 달리면 지금의 이 현실에서 벗어날 수 있을까. 그러자, 그 생각의 끝을 따라서 흥분한 기마대가 뽀얀 발광체처럼 터널의 중앙으로 둥실 떠올랐다. 그는 미친 듯이 뛰어오르는 가슴을 지그시 눌렀다. 이미 그의 가슴 왼편에서는, 출정을 앞둔 기마대가 갈기를 휘날리며 앞발을 높이 들어 올리고 있었다.

그는 아주 천천히 들숨과 날숨을 두 번 반복했다. 그러고는 가속 페달을 끝까지 밟으며 기마대를 향해 정면으로 내달렸다.

두두두둑.

'자정에

결혼했다.

……

사는 동안

네 사랑에

빚지고

살아간다.'

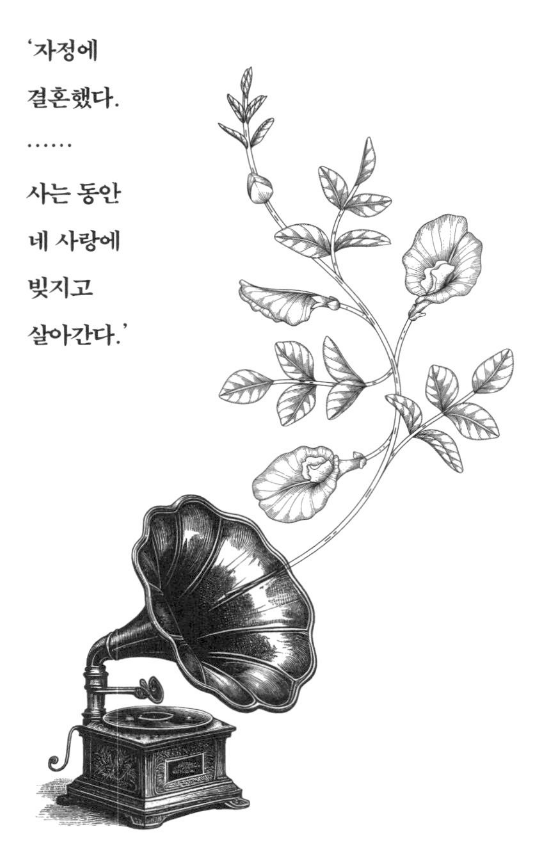

나는, —— 자정에 —— 결혼했다

◆◆◆◆◆◆◆

1

당신은 여자의 몸을 바라보고 있다.

여자는 광고용 포스터의 그림 속에서 온몸을 나풀거린다. '초현실주의의 희로애락'이라고 쓰여 있는 그 포스터는, 바람 때문에 그림을 분간하기 어려울 만큼 펄럭거리고 있다. 여자의 몸에 검은 줄무늬 같은 것이 보였다가 이내 사라진다. 얼핏 보면 맹수 한 마리가 그림 속에 갇혀서 날뛰고 있는 듯하다. 당신은 손으로 포스터를 누르고서 그림 속 여자의 알몸을 바라본다.

여자의 노란 알몸에는 나무의 나이테 같은 무늬가 새겨져 있다. 언뜻 지도의 등고선이나 일기도의 등압선 모양처럼 보인다. 이마에서 콧등을 지나 왼쪽 뺨까지, 그리고 오른쪽 가슴에서부터 골반, 그 골반 위에 얹힌 손과 허벅지 안쪽으로도 나뭇결 무늬가 흐른다. 어깨에 그려진 옹이는 등압선에서 저기압 발생 지점을 표시해놓은 무늬와 같다. 그래서인지 그림 속 여자의 표정은 찌뿌듯해 보인다. 당신은 여자에게 강한 유대감을 느낀다. 마치 여자의 어깨에 흐르는 저기압이 당신에게로 이동한 듯하다.

당신은 포스터에서 손을 떼고 물러선다. 포스터가 다시 휘날리자, 여자의 몸도 성난 맹수처럼 꿈틀거린다. 당장이라도 그림에서 뛰쳐나와 당신에게로 달려들 것 같다. 당신은 한 걸음 더 물러선다.

당신은 게시판 앞을 떠나 걸음을 옮기다가, 이내 다시 돌아와 여자를 본다. 사람의 몸도 대패질하면 저런 본래의 무늬가 드러나는 것은 아닐까. 어쩌면 관절마다 나이테 같은 옹이가 박혀 있을지도 모른다. 당신은 소름이 돋는 팔을 쓸어내리면서 습관적으로 왼손의 약지를 더듬는다. 팥알만 한 루비가 박힌 반지가 만져진다. 볼록 솟아오른 루비는 그림 속 여자의 유두와 똑같은 크기다.

전시회장에 가면 이보다 더 초현실적인 일상을 보여주는 그림이 있을 것이다. 당신은 들고 있던 서류봉투를 무심코 내려다본다. 봉투의 귀퉁이가 물에 젖은 채 찢어져 있다. 어디에서 물이 묻었을까. 찢어진 틈새로 비어져 나온 두 개의 여권이 보인다. 당신은 지금 제휴 여행사에 신혼부부의 항공권을 인계하러 가는 중이다. 여유 시간을 두고 나왔으니 아직 시간이 좀 남아 있다.

당신은 전시회의 그림들이 궁금해서 견딜 수가 없다. 시계를 한참이나 바라보던 당신은, 돌아오는 길에 느긋하게 관람하는 편이 좋다고 생각한다. 그러나 당신의 시선은 그림 속 여자의 몸에서 떠나질 않는다.

잠시 후, 당신은 매표소 창구 앞에 선다. 구멍이 송송 뚫린 반투명 아크릴 벽 건너에서 몇 장이냐고 묻는 여자의 목소리가 들려온다. 당신은 그 질문에 선뜻 대답하지 못한다. 재촉하는 소리를 듣고서야, 당신은 겨우 마음을 정하고 지갑을 연다.

"성인 여자 하나요."

'어른 한 장'이라고 해도 되는 것을 저도 모르게 그렇게 발음해놓고는, 당신이 언제부터 성인이었나를 생각한다. 스무 살이 되는 날이었는지, 처음으로 남자를 안은 날이었는지, 아니면 집안의 가장이 되어버린 최근인지. 얼떨결에 뱉은 그 '성인 여자'라는 말을 다시 주워 삼키려는 듯 당신은 자꾸만 침을 삼킨다.

창구 안에서 손이 쑥 나온다. 손가락의 마디가 굵고 주름살이 선명하다. 게다가 여자의 손이라고 하기에는 너무 메말라서, 새의 발톱처럼 보인다. 습기라고는 전혀 없는 갈퀴 같은 손이, 낚아채듯 돈을 집어 가는 것을 당신은 물끄러미 바라본다. 당신은 곧 눈앞에서 사라진 새의 발톱이 궁금해진다. 송송 뚫린 아크릴 벽 안을 들여다보던 당신은, 그 구멍 크기만 한 새의 눈알과 마주친다. 오히려 그 눈이 당신을 들여다보고 있다.

잠시 후, 아까의 손가락이 티켓 한 장을 꾹 누르며 나타난다. 당신은 표를 집어 들고 미술관 방향으로 빠르게 걷는다.

당신이 막 전시장의 층계를 오르고 있을 때, 맞은편에서 하이힐을 신은 여자가 내려온다. 여자는 당신과 서너 단을 사이에 두고 갑자기 몸을 휘청거리더니 그대로 주저앉는다. 그리고 미간을 찌푸리며 끌려 올라간 치맛단을 잡아 내린다. 그 잠깐 사이에 여자의 멍든 허벅지가 당신의 시선을 붙잡는다.

당신은 아찔함으로 고개를 한번 젓는다. 순간 당신도 이해하지 못할 마비 상태가 찾아온다. 마치 넘어진 사람이 당신인 것처럼, 그 자리에서 꼼짝도 하지 못한다. 여자가 난간을 붙잡고 힘겹게 일어선다. 그러고는 하이힐의 굽을 똑바로 세우고서 황급히 계단을 내려간다. 여자가 미술관의 회전문 밖으로 완전히 나갈 때까지 다각 거리는 구두 굽 소리가 어긋난 박자로 들려온다. 당신은 그 엇박자에 오래도록 귀를 기울인다.

2

당신은 전시장 입구에 서서 어둑한 실내를 바라본다. 미술관을 통째로 보여주는 대형 스크린 앞에 서 있는 기분이다. 노란 할로겐 조명에서 뿜어져 나오는 예각의 불빛이 벽면에 걸린 그림들을 비추고 있다. 그 조명과 그림 사이에서 부유하는 뽀얀 먼지 입자들마저 하나의 전시물로 보인다. 당신은 미열이 느껴지는 이마 위로 손을 올리며 전시장 안으로 들어선다.

전시장 안의 어둠에 익숙해진 당신은 바로 앞에 보이는 유화로 다가간다. 10호 정도로 보이는 정물화이다. 비틀린 일상에 대한 그림을 기대했던 당신 눈에는, 입시생의 습작으로 보일 만큼 지나치게 평범한 그림이다.

당신은 그림을 바라보며 행복한 가정의 모습을 연상한다. 식탁을 중심으로 네 개의 의자가 있고, 의자 뒤로는 키가 큰 스탠드가 오렌지색 불빛을 뿜어내고 있다. 식탁 위에는 울긋불긋한 꽃 모양이 음각된 와인잔 두 개와, 고풍스러운 스타일의 물 주전자가 놓여 있다. 그리고 가운데 놓인 화병에서는 막 노란 봄이 피어나는 중이다. 숨은그림찾기처럼, 화폭 어딘가에 '행복'이라는 단서가 숨어 있을 것만 같다. 당신의 눈은 그림의 구석구석을 뒤지기 시작한다. 그러다가

스탠드 뒤쪽에 비스듬히 걸려 있는 액자를 발견한다.

흔한 결혼식 사진이다. 신부가 턱시도를 입은 신랑에게 자신의 면사포를 씌워주며 자지러지게 웃고 있다. 당신은 신랑의 머리 위에 씌워진 면사포를 유심히 바라본다. 길게 흘러내리는 면사포 자락이 하얗게 쏟아지는 폭포수처럼 보인다.

어느 날 당신은 여행사 사무실에서 예비부부의 신혼여행을 상담하고 있었다. 한참 의례적인 설명을 하던 당신은 신부와 눈이 마주치는 순간, 몇 가지 사실을 동시에 깨달았다. 상담 내내 당신이 신부만을 바라보고 있었다는 것과, 가느다란 눈을 새치름하게 뜨고 있던 신부는 당신의 손놀림만을 보고 있었다는 것, 그리고 당신의 심장이 엇박자로 뛰면서 갑자기 얼굴과 목이 확확 달아올랐다는 것이다. 그런 상담을 하루 이틀 해온 것도 아닌데…… 이상한 일이었다.

그날 저녁 회식 자리에서 예비부부들의 이름이 화제에 올랐다. 어떤 커플은 신랑 이름이 너무 여성스럽고, 신부 이름은 남성스럽더라는 것이다. 그래서 그들이 신혼여행지에 도착했을 때, 환영 플래카드에 신랑·신부의 이름이 서로 바뀐 채 쓰여 있었다고 했다. 한바탕 웃음이 지나가고 나자, 영업팀장이 당신을 유심히 바라보았다.

"미스 오, 무슨 좋은 일이라도 있나? 오늘따라 아주 혈색이 좋아 보이네."

팀장의 말에 당신은 어색하게 웃으며 젓가락을 내려놓았다. 팀장은 동의를 얻으려는 듯 사람들의 시선을 당신 쪽으로 모았다.

"안 그래? 평소에는 무슨 햇병아리같이 야리야리한 게, 보기에도 안쓰럽더구먼."

사람들이 당신을 보며 고개를 끄덕거리자, 팀장이 짓궂게 웃으며 당신의 남성적인 제스처에 대해서 말하기 시작했다. 유난히 제스처가 많은 당신을 보면 수화를 하는 것으로 보일 지경이라고 했다. 당신의 제스처는 '전화'라고 말하며 흔히 손을 귀에 갖다 대는 정도로 자연스러운 일이었고, 그날까지는 아무런 문제가 되지 않았다. 그러나 팀장은 당신이 필요 이상으로 손을 사용한다고 말했다. 대화할 때 주도권을 확보하려는 남자들의 몸짓과 닮았다는 것이다.

팀장은 '말이야'를 연발하면서 한마디를 덧붙였다.

"그런 미스 오를 볼 때면 말이야, 남자 동료 같은 묘한 느낌이 든단 말이야."

당신은 술잔을 비우고 가만히 두 손을 내려다보았다. 제멋대로 움직이는 그 손목에 당장이라도 수갑을 채우고 싶은 심정이었다. 사람들은 당신의 외모에서 풍기는 여성스러움을 믿어 의심치 않았기 때문에, 당신의 성적 정체성에 대한 농담과 진담을 마치 술잔 돌리듯이 거리낌 없이 주고받았다.

그 후로 당신은 여자를 대하면서도 매사에 당황하기 시작했다. 사람들은 농담과 지레짐작으로 '남성적'이라는 알을 낳아서 당신에게 던졌고, 당신은 그 알을 품고 부화시키기 시작한 것이다.

최근에는 편의점에 들어갔다가 그냥 나온 적도 있었다. 카운터의 여자에게 물건의 위치를 물어보던 중 갑자기 얼굴이 빨개진 것이다. 당황한 당신은 주위를 둘러보았다. 그러다가 편의점 천장에 붙어 있는 볼록거울을 보게 되었다.

"뭘 찾으시는데요?"

그 볼록거울 속에서 당신이 툭 불거진 얼굴을 빨갛게 물들이고는, 당신을 빤히 내려다보고 있었다.

"저기……"

당신은 결국 사려던 물건의 이름 대신 '저기'라는 말만 되풀이하다가 편의점을 나와버렸다.

당신은 근무 중에도 화장실로 달려가 거울 속에 비친 모습을 구석구석 살피곤 했다. 행여 남자의 징후라도 발견하게 될까 봐 마음을 졸이며 오랜 시간 거울을 들여다보았다. 습관이던 팔자걸음에 지나치게 신경을 썼고, 의식적으로 가느다란 목소리를 내려고 노력하다가 이상한 쇳소리를 내기도 했으며, 그러다가 말의 갈래를 잃어버려 더욱 당황했다.

그러면서 당신은 차츰 유니폼 안으로 숨어들었다. 사람들이 당신을 유심히 바라보아도 그 옷을 입고 있으면 왠지 안심되었다. 교복을 입으면 학생으로 보이듯이, 여자 유니폼은 당신의 여성성을 한눈에 증명해줄 것이었다. 유니폼은 호기심 어린 시선들로부터 당신을 지켜주는 부적이 되었다.

3

당신은 지금 잔꽃 무늬가 촘촘히 수놓아진 연회색 실크 블라우스와 감색 플레어스커트를 입고 있다. 당신이 회사에서 입는 유니폼보다 훨씬 여성스러운 느낌을 주는 옷차림이다.

"안녕하세요, 여러분?"

당신은 소리나는 방향으로 고개를 돌린다. 언제 들어왔는지 당신이 서 있는 곳으로부터 세 번째 그림 앞에 도슨트가 서 있다. 여기저기 흩어져 있던 관람객들이 그녀 앞으로 주춤주춤 다가간다.

"여러분은, 오늘 이곳에 아주 잘 오셨습니다. 잠시라도 현실을 초월할 수 있는 특별한 기회가 되실 겁니다."

도슨트의 한 손에는 소형 마이크가 들려 있고, 또 한 손은 허공에서 우아한 포물선을 그리고 있다. 아주 겸손하면서도 오만해 보이는 손이다. 도슨트의 골반과 치골 사이에 매달린 손바닥만 한 스피커에서 그녀의 목소리가 흘러나온다.

전시회에 대한 짧은 설명이 끝나자, 도슨트는 일행들을 이끌고 이동한다. 그녀의 짧은 단발머리에서 까만색 윤기가 흐른다. 마이크와 스피커를 한 몸에 지닌 채 움직이는 그녀의 모습을, 당신은 홀린 듯이 바라본다.

관람객 틈에서 건던 정장 차림의 남자가 도슨트에게 알은체를 한다. 그들은 이미 잘 알고 있는 사이인 듯, 잠시 친밀한 눈길로 대화를 나눈다.

당신은 들고 있던 서류봉투를 그러안으며 다른 그림으로 옮겨 간다. 몇 개의 그림을 보면서 지나치던 당신은, 아까 포스터에서 보았던 것과 똑같은 그림을 발견한다. 여자의 몸은 인쇄된 사진으로 보았을 때보다 훨씬 육감적이다. 어깨에 그려진 등압선 표시 같은 옹이와 나이테 무늬도 더욱 또렷하게 보인다. 당신의 몸에도 흐릿한 무늬가 있다.

그림 속 여자는 깊이를 알 수 없는 까만 눈으로 당신을 내려다본다. 마치 당신 몸에 흐르고 있는 흉터들을 꿰뚫어 보는 듯하다. 여고를 다닐 때, 당신은 지독한 신장병을 앓았다. 빼빼 말랐던 당신의 체중이 72kg으로 늘어나면서 온몸이 무섭게 부어올랐다. 당신의 여린 몸 구석구석이 터지고 그 자리에서 피가 새어 나왔다. 심지어 손등까지 터졌다. 그 부위의 흉터는 갈색의 무늬가 되어 당신의 하얀 속살 위에 남았다. 그 무늬는 속살에만 남은 것이 아니라, 당신의 표정과 자존심에도 뿌리를 내렸다.

한때 당신은, 그것들 때문에 일상의 작은 축복으로부터 소외되었다는 생각을 했다. 적어도 당신이 대중탕 안에서 자유롭기 전까지는.

그림 속 여자는 나이테를 온몸에 드러내고도 한없이 도도한 표정이다. 한 쌍의 남녀가 당신 옆으로 다가온다. 남자는 여자의 것으로 보이는 헝겊 가방을 들고 있다. 여자는 무언가에 대한 지독한 결핍이라도 있는 듯이 맹렬하게 껌을 씹는다. 그러다가 그림 속 여자를 가리키며 낮게 외친다.

"저게 뭐야, 무슨 호랑이 가죽을 뒤집어쓴 거야? 어우, 끔찍해."

여자는 끔찍하다는 말을 감탄사처럼 던지고는 남자를 바라본다. 남자는 말 없이 여자의 팔을 잡아끌며 민망한 눈길로 주변을 둘러본다. 그들이 서둘러 가버리고 나자, 왠지 끔찍하다는 말이 당신에게 남겨진 것 같다. 당신은 머리를 한 번 짧게 젓는다.

당신의 시선은 그림 속 여자의 배 아래로 내려간다. 여자의 음부를 기웃거리던 당신은 문득 옆을 바라본다. 같은 그림을 보고 있던 남자와 시선이 얽히자, 남자가 먼저 눈길을 돌린다. 잠시 후 남자는 주머니에 들었던 손을 빼내어 얼굴을 쓸어내린다. 남자는 조금 전에 도슨트와 친밀한 시선을 주고받던 사람이다.

4

당신은 며칠째 잠을 이루지 못하고 있다. 어쩌다 불면 증세를 겪기는 하지만 요즘처럼 깨어 있는 상태가 오래가기는 처음이다. 그래서인지 오늘은 이마의 미열이 떠나지 않는다. 게다가 걸음을 옮길 때마다 허공을 디디는 듯해서 깜짝깜짝 놀라곤 한다.

다시 도슨트의 음성이 들려온다. 그녀는 허연 원피스가 유령처럼 걸려 있는 그림 앞에 서서, 화가의 가난하고 고통스러웠던 시절에 관해 얘기하고 있다. 그녀는 흔한 정신분석적 호기심만으로 화가의 어린 시절을 들여다보지는 않는 것 같다.

얼마 전 당신은 '건강가정지원센터'라는 무료 상담소에 전화한 적이 있다. 당신은 최근에 찾아온 혼란스러운 정체성에 대해 고백했다. 상담원은 다짜고짜 어린 시절에 상처를 받은 적이 있느냐고 물었다. 문득 떠오르는 사건은 없었다.

그렇다고 상처가 없다고 말하면 성의 없는 대답이 될 것 같았다. 당신은 어린 시절의 상처를 찾아서 몇 분간 머릿속을 뒤적거렸다.

"어떤 상처는, 무의식에 눌려서 상처라고 인지하지 못하는 경우가 있어요."

상담원은 그쯤에서 당신의 수고를 덜어주었다. 그러고는 자웅동체로 태어나는 사람도 있다면서, IS라는 희귀한 경우에 관해 얘기했다.

"염색체 문젠데, 한 몸에 양성을 다 가지고 태어나는 경웁니다."

그 말을 듣는 순간 당신은 감성돔을 떠올렸고, 그만 전화를 끊고 싶었다. 감성돔은 2년에서 4년생까지는 자웅동체로서 암수를 한 몸에 지니고 있다가, 5년생이 되어서야 암수로 분리된다. 갑자기 당신은 아무 말이나 지껄이기 시작했다.

"어린 시절 상처가 생각났어요. 살아 있는 물고기를 가지고 놀았어요. 비늘을 다 떼어내고 지느러미도 모조리 잘랐거든요. 그러고는 물속으로 던졌어요. 어른들이 하는 것처럼 방생하는 흉내를 낸 거죠. 그러니까 요즘 이루어지는 방생이라는 것도 다……"

상담원은 몇 번이나 큼큼거리는 소리를 내더니, 목에 무언가 걸린 듯한 목소리로 아까 하던 말을 계속 이어나갔다.

“그 염색체 문제는, 그러니까 2천 분의 1의 확률이에요.”

“그럼, 그때 방생한 물고기가 암놈일 확률도 2천 분의 1일 수도 있겠네요. 만약 살아 있다면 그거야말로 그 확률이 되는 게 아닐까요?”

“그래서…… 그 경우는 커가면서 자신의 정체성에 의해서 성을 결정하고는 그 성으로 살아가게 됩니다.”

상담원은 목소리에 당황한 기색을 역력히 드러내면서, 하던 말을 마무리 짓고는 서둘러 전화를 끊었다.

병원에 가서 병을 옮아온다는 속설처럼, 당신은 몸 어딘가에 덜 자란 성기가 달린 건 아닌가 하는 또 다른 의혹에 사로잡혔다. 어느 날은 잠에서 깨어나자마자 턱 밑을 더듬었다. 밤사이에 수염이 자라 있는 건 아닌가 하는 생각이 문득 들었다.

그즈음 당신은 주변 남자들의 언행을 유심히 살피기 시작했다. 그리고 그들 속에 들어 있는 여성성을 찾아내고자 애썼다. 당신은 대다수 남자에게서 여성적인 기호를 발견했다. 예를 들면, 눈을 크게 뜨고 손으로 입을 가리며 웃는다거나 그러면서 얼굴을 붉히는 남자, 새끼손가락을 뻗치고 술잔을 든다거나 그 상태로 계산기 버튼을 눌러대는 남자, 아니면 어울리지 않게 매사에 우렁찬 목소리를 내거나 과도한 여성 편력을 보이는 남자들을 볼 때면, 그들 안에 덜 자란 자궁이 들어 있는 건 아닌가 하는 의심의 눈길을 보냈다. 그러면서 그들에 대해 안쓰러움을 느끼는 동시에 어쩔 수 없는 안도의 숨을 내쉬었다. 동병상련이야말로, 위기에 몰린 사람에게는 더할 나위 없는 위로가 되었다.

멀리서 들려오는 도슨트의 목소리는 차분하면서도 힘이 넘친다. 당신은 그 힘에 이끌리듯 그녀를 둘러싼 관람객들 근처로 다가간다. 관람객들은 도슨트의 목소리에 고개를 끄덕이다가 일사불란하게 그림으로 시선을 옮긴다. 당신도 그녀의 등 뒤에 걸려 있는 그림을 바라본다.

독수리가 양복을 입고 있는 그림이다. 양복 재킷 사이로 나와 있는 독수리의 머리와 부리는 섬뜩하다. 그 부리가 당신을 쪼아대는 상상을 하자, 실제로 뒷머리에서 편두통이 시작된다. 그런데 양복을 입은 독수리라니.

당신은 옆을 응시하고 있는 독수리의 눈동자가, 재킷에 채워진 한 개의 단추와 정확히 일직 선상에 놓여 있는 것을 발견한다. 그것이 무슨 수수께끼 같아서 또다시 섬뜩해진다. 혹시 당신이 모르는 삶의 잔혹한 비밀이 숨어 있는 게 아닐까. 갑자기 요의를 느낀 당신은 진저리를 친다. 방광이 급속도로 부풀어 오르는 만큼 머릿속이 고요해진다.

당신은 화장실을 찾아 고개를 돌린다. 그때 당신 눈앞으로 원형탈모증에 걸린 남자의 뒷머리가 불쑥 나타난다. 당신은 극심했던 요의를 잊어버리고, 느닷없이 수탉의 꽁지를 떠올린다.

털이 숭숭 빠진 채 앞마당을 돌아다니던 수탉이 있었다. 초등학교 5학년 여름이었나 보다. 당신은 부엌 문턱 위에 놓인 그 닭의 모가지를 밟고 있었다. 선택의 여지가 없었다. 아버지는 당신에게 그 일을 시키고는 물이 끓는 것을 보러 갔다. 닭을 날려 보내서는 안 되었다. 그랬다가는 엄마 입을 통해서 '아무짝에도 쓸모가 없을 것'이라는 당신 미래에 대한 불길한 예언을 들을 것이 분명했다.

당신은 닭 모가지 위에 발을 올리고 체중을 실었다. 당신은 닭을 죽일 수도, 날려 보낼 수도 없을 만큼의 무게를 가늠하느라 진땀을 흘렸다. 어린 당신은 발바닥과 닭 모가지 사이의 그 미끄덩한 감촉을 낭떠러지 같다고 표현했다.

당신은 누에남자가 떠날 때도 마찬가지 반응을 보였다. 당신에게는 한 남자가 있었고, 그를 '누에남자'라고 불렀다. 여행이 길어지면 못 돌아올지도 모른다던 그를 당신은 잡지 않았다. 사실은, 당신이 그를 보냈다. 서서히 아무런 표시도 나지 않게 조금씩 그를 밀어냈다. 그는 진작부터 그것을 알고 있었고, 다가올 자신의 실연을 긴 여행으로 바꿔버렸던 것이다.

왜일까. 당신은 지금에서야 그 사실을 받아들인다. 그리고 당신이 밟고 있던 세상이 언제나 그만큼이었다는 것도 깨닫는다. 발바닥과 닭 모가지 사이의 아득한 틈새, 딱 그만큼이었다고.

털이 빠지고 볼품없던 그 수탉의 꽁지는, 지금 당신 앞에 놓인 남자의 뒤통수와 너무도 닮았다. 내면의 스트레스 면적을 저렇듯 청사진처럼 보여주는 일이 유쾌하지 않다는 것을 당신은 잘 알고 있다. 남자의 원형탈모 크기는 오백 원짜리 동전만 하다. 오십 원짜리 크기일 때 손을 쓰지 않으면 순식간에 넓어진다. 남자는 탈모 치료에 상당한 시간이 걸릴 것이다.

탈모증 남자는 도슨트의 말을 들으면서 게처럼 옆으로 걸어간다. 그렇게 벽 쪽으로 다가간 남자는 하얀 벽을 미닫이처럼 밀고는 밖으로 나간다. 그 모습을 지켜보던 당신은 재빨리 남자의 뒤를 따른다. 층계참에 화장실이 보인다.

5

다시 전시장으로 들어선 당신은 눈으로 도슨트의 모습을 좇는다. 그녀는 관람객들과 함께 몇 개의 그림 건너 저편으로 가 있다. 걸음을 옮기며 무심코 옆의 그림을 보던 당신은, 두통과 어지럼증을 동시에 느낀다.

그림은 아주 낯익은 장면이다. 비타민 정제 같은 동그랗고 샛노란 달이 떠 있고, 그 아래에 마을의 집들이 까맣게 엎드려 있다. 몇 개의 불 켜진 창문 때문에 납작 엎드린 그것들이 집이라는 것을 알게 해준다. 그림은 낯이 익은 정도가 아니라, 그림 속에 아예 당신이 들어 있다는 착각을 일으킨다.

편두통이 일정한 간격으로 아찔하게 찾아온다. 당신은 이마를 짚은 채 연거푸 숨을 내쉰다.

그때 도슨트의 목소리가 들려온다.

"어디가 편찮으신가요?"

목소리가 굴절되어 들린다. 아주 먼 데서 오는 소리처럼 현실감이 없다. 당신은 바닥에 쪼그려 앉으며 스탕달 증후군을 떠올린다. 뛰어난 예술작품을 보았을 때 순간적인 충동이나 분열 증상을 일으킨다는 그 증후군은, 무릎에서 힘이 빠져나가 주저앉기도 한다고 했다. 그러나 지금 당신이 느끼는 것은 그런 식의 황홀경이 아니다. 그때 도슨트가 다가와 당신 앞에 선다.

"일어서기 힘드시면 부축해드릴까요?"

당신은 손을 내저으며 겨우 고개를 든다.

"휴게실에서 잠시 누워 계세요, 괜찮아질 거예요."

도슨트가 당신을 일으켜 세우고는 허리에 팔을 두른다. 그녀에게서 잘 익은 열대과일 냄새가 난다. 달콤한 과육에 탐닉하는 당신은 그 단내에 저절로 눈이 감긴다. 당신은 그녀의 친절이 낯설고 불편하다. 그러나 불편함만큼 나른한 평화도 함께 찾아온다. 당신이 몸의 힘을 빼고서 의지하자, 그녀의 숨소리가 더욱 자세하게 들려온다. 당신의 긴 머리카락이 정전기를 일으키면서 그녀의 어깨에 소리 없이 달라붙는다.

층계를 내려온 도슨트는 로커룸 옆의 직원 대기실로 당신을 안내한다. 복도 중간쯤에 있는 문을 열고 들어서자, 간이 침대가 두 개 놓여 있는 방이 나타난다. 블라인드의 열린 틈새로 들어온 빛이 침대 위에 줄무늬를 만들고 있다.

그녀가 머뭇거리는 당신을 향해 웃어 보이자, 입술 끝으로 보조개가 옴폭 팬다. 그녀는 창가 쪽의 침대에 당신을 눕힌 다음, 블라인드를 닫아 실내를 어둡게 만든다. 그리고 찬 물수건을 가져온다.

"편안해지시면, 그때 천천히 올라오세요."

당신은 고개를 주억거린다. 당신을 바라보는 그녀의 얼굴에서 보조개가 한없이 깊어진다.

낯선 방에 혼자 남겨진 당신은 이상할 정도로 기분이 가라앉는다. 물수건의 무게 때문인지 몸과 마음이 아래로 꺼져 내리는 느낌이다. 도슨트의 서늘한 손이 당신 이마를 지그시 누르는 것 같기도 하다. 당신은 슬며시 물수건 위에 손을 얹고는, 아까 보았던 그림을 다시 떠올린다. 누에남자와 걸었던 밤길이 그림 속 풍경과 똑같다는 것을 당신은 이해할 수 없다. 우연치고는 지나치다는 생각이 든다.

당신의 그런 의혹을 잠재우듯 차츰 졸음이 몰려온다. 물수건에 눌린 눈꺼풀이 더욱 무겁게 가라앉는 것을 느끼며, 당신은 곧 혼미한 잠 속으로 빠져든다.

처음 산행을 하던 날, 당신은 샛노란 달이 뜬 산길을 그와 나란히 걸어 마을로 내려왔다. 그리고 달빛 아래 납작 엎드린 집 중 하나를 찾아 들어갔다. 빈방은 없었다. 누에를 키우는 방이 하나 있었는데, 방바닥의 절반이 뽕잎으로 파랗게 덮여 있었다.

방으로 들어선 당신은 널려 있는 뽕잎을 멀뚱히 바라보았다. 잘 여문 조 이삭보다 굵직한 누에가 뽕잎을 갉아 먹는 것이 눈에 들어왔다. 머리가 작아서 몸통의 윗부분이 모두 입으로 보였다. 누에는 그 입을 기계적으로 움직이면서 요란하게 뽕잎을 갉아 먹었다. 당신 눈앞에서 뽕잎 한 장이 순식간에 스러졌다.

그는 이불을 펴고 있었다. 당신이 그와 처음으로 같이 누울 자리였다. 이불은 아이보리색 바탕에, 빨간색 꽃잎이 네

장씩 달린 무늬가 어지럽게 새겨져 있었다. 그와 당신은 불을 끄고서 그 꽃잎들 위에 누웠다.

사방이 고요해지자, 난데없이 빗소리가 들려왔다. 당신은 궁금증으로 고개를 틀었다. 베갯잇 스치는 소리가 들리자, 그가 당신의 궁금증에 대답이라도 하듯이 중얼거렸다.

"누에가 뽕잎을 갉아대는 소리야."

사각거리는 빗소리가 방안에 가득 들어찼다. 당신은 그 소리에 점점 취해가고 있었다. 그때 체념한 듯한 그의 목소리가 흘러나왔다.

"저러고 나면, 제 몸에서 실을 뽑아 자신이 들어앉을 고치를 만들 거야."

그 명주실로 아름다운 비단이 짜이고, 누에는 나비가 되어 날아갈 것이다. 그러고 보면 뽕잎을 갉는 소리는 자신이 가야 할 다음 생을 준비하는 눈물겨운 소리이기도 했다. 당신은 한숨을 내쉬며 반듯하게 누웠다. 캄캄한 어둠 속에서 하얗고 통통한 누에가 야광등처럼 둥실 떠올랐다.

그가 떨리는 목소리로 또박또박 말했다. 마치 먼 길을 달려온 사람이 억지로 숨을 고르며 말을 하는 것 같았다.

"고치에서 나온 나비는, 고치 속에 들어 있던 자신을 기억할까?"

규칙적으로 들려오는 요란한 빗소리는, 이제 당신 몸이 갉아 먹히고 있다는 착각이 들게 했다. 당신은 저도 모르게 도리질을 치면서 말했다.

"저 소리…… 누에가 나를 갉아 먹는 것 같아."

"누에는, 나비와 전혀 다른 종이라고 생각하니?"

말을 마친 그가, 불현듯 당신 손을 더듬어 잡았다. 데일 것처럼 뜨거워서 하마터면 당신은 소리를 지를 뻔했다. 그가 숨 가쁘게 물었다.

"넌 정말 전형적인 여자 모습으로 살아가는 것 같아. 근데, 너 스스로 그 속에 갇힌 것처럼 보여서 답답해. 넌 그게 좋으니?"

그때 잘못 기어 나온 누에가 당신의 팔꿈치 밑에서 말캉하게 터졌다. 당신이 그 말을 하기 전에, 그가 다시 물었다.

"누가 너를 여자로 살아가게 하니?"

"누에가…… 내 뜻은 아닌 것 같아."

뜨거워진 당신 등 밑으로 또다시 누에가 기어 들어왔다. 당신은 그의 입술을 받아들이면서 등을 뻣뻣하게 들어 올렸다.

낯선 간이침대 위에서 당신은 그때의 느낌에 온몸을 내맡기고 있는 듯하다. 혼미한 상태에서도 등을 들어 올리며 팔꿈치를 긁는다. 그러면서 다시 선잠으로 빠져들다가 깨어나기를 반복하고 있다. 당신 이마 위의 물수건은 이제 미지근하다.

당신은 그만 일어나야겠다고 생각하지만, 몸은 움쩍도 하지 않는다. 그때, 당신 입술에 무언가 닿는 감촉이 느껴진다. 물수건처럼 미지근하고 축축하다. 당신은 몇 초의 시간이 더 지나서야 그것이 누군가의 입술이라는 것을 깨닫는다. 입술의 감촉이 더욱 생생해지면서 당신은 차츰 몽롱함에서 깨어난다.

뽕잎을 갉는 소리가 환청으로 들려오더니, 당신이 지금 누워 있는 곳에 대한 지각이 찾아든다. 당신이 여기 누운 것을 아는 사람은 도슨트뿐이라는 사실도 동시에 깨닫는다. 혼란스러움을 느끼면서도 당신 입술은 오히려 능동적이다. 그러자 당신 입에 사로잡힌 입술이 멈칫거린다. 당신의 감각도 멈춘다.

당신은 이마 위로 천천히 손을 올리고는 수건을 끌어 내린다. 눈을 떠보지만 부옇기만 할 뿐, 아무것도 보이지 않는다. 잠시 후, 부스스 눈을 뜬 당신은 남자의 숨결을 느낀다. 이제 당신의 몸과 정신은 잠에서 완전히 깨어난다. 당신은 남자를 떠밀며 상체를 일으킨다. 그러나 입술의 주인이 남자임을 확인한 당신은, 오히려 안도의 숨을 내쉰다. 남자가 당신보다 더 놀란 듯 뒷걸음치며 말한다.

"얼굴이 수건에 가려 있어서…… 그냥 장난만 치려고 했던 건데."

사색이 된 남자는 몰랐다는 말을 되풀이하면서 두 손을 맞잡는다.

"아, 정말 몰랐습니다. 어떻게, 여긴 다른 사람 자린데, 당신이 왜 여기 있는 겁니까?"

땀이 배어 나온 남자의 이마가 찬 서리처럼 반짝인다. 당신은 민망함을 최소화하려는 몸짓으로 천천히 일어난다. 그리고 가방과 서류봉투를 챙겨 들고는 빠르게 문 쪽으로 간다. 문을 밀고 나서는 당신의 등 뒤로, 들릴 듯 말 듯한 남자의 목소리가 들려온다.

"미안합니다."

6

복도로 나온 당신은 얼핏 커피 냄새를 맡는다. 당신은 벽면에 붙어 있는 전시장 내부의 상세 지도를 본다. 지도에서 카페의 위치를 확인한 당신은 그쪽으로 걷는다. 그러나 정작 눈앞에 나타난 건 기념품 판매장이다. 당신은 그곳이 목적지였던 것처럼 망설임 없이 그 안으로 들어간다.

당신은 엽서들을 한동안 뒤적거린다. 어쩌면 당신이 찾고 있는 것은 누에남자가 보낸 엽서의 그림과 같은 것인지도 모른다.

그는 긴 여행을 떠났고, 몇 달 뒤 당신에게 편지를 보내 왔다. 편지봉투 안에는 엽서 한 장과 그의 사진 한 장이 들어 있을 뿐이었다. 사진 속의 그는 입을 꾹 다문 채 카메라의 렌즈만을 바라보고 있었다. 유럽의 어느 성당 앞에서 찍은 듯했다. 당신은 그의 뒷배경을 둘러보다가 사진의 귀퉁이에서 웃고 있는 백인 남자를 발견했다. 남자는 사진에서 거의 잘려나갈 위치에 아슬아슬하게 서서 얼굴 전체로 웃고 있었다.

엽서에는 모호한 그림이 인쇄되어 있었다. 새파랗고 커다란 나뭇잎이, 한 그루의 나무처럼 서 있는 그림이었다. 당신 눈에는 얼핏 사람처럼 보였다. 섬세한 잎맥이 지도의 길처럼 어지럽게 뻗어 있었고, 사람의 심장 부위쯤 되는 지점에 벌레가 갉아 먹은 흔적이 보였다. 갉힌 자리는 아주 세밀해서 삭아 들어가는 곤충의 날개 같았다.

엽서 뒷면에는 두 문장이 쓰여 있었다.

'자정에

결혼했다.

……

사는 동안

네 사랑에

빚지고

살아간다.'

그 두 문장은 시처럼 칸이 바뀌어 세로로 길게 늘어져 있었고, 말줄임표도 한 칸을 차지하고 있었다. 자정은 시차를 말하는 걸까. 당신은 그 말줄임표의 점들을 하나하나 들여다보며 생각했다. 그가 생략한 말은 대체 무엇이었을까.

당신은 몇 장의 엽서를 사고는 서둘러 매장을 나온다. 그리고 머릿속 지도를 접고, 왔던 길을 다시 되짚어 올라간다. 층계를 오르던 당신은, 문득 누군가의 감정에 대해 채무자가 되고 싶다는 생각을 한다. 그러고도 아무렇지 않게 살아갈 수 있다면, 당신도 몇 문장으로 갚을 수 있는 그런 빚을 지고 싶다.

당신은 층계를 올라오자마자 창가로 다가간다. 어지럼증은 사라졌지만, 이마의 미열은 여전히 남아 있다. 당신은 세로로 기다란 직사각형의 창문에 이마를 대고 눈을 감는다. 서늘함이 뇌수까지 파고드는 느낌이다. 뜻밖의 차가움에 눈을 뜬 당신은, 저도 모르게 뒤로 물러선다. 유리창 바깥 면으로 날벌레들이 잔뜩 붙어 있다. 생김새는 잠자리 유충 같고 모기보다는 훨씬 커다랗다. 그것들은 거미줄에 연결된 것처럼 일정한 간격을 유지한 채 촘촘히 붙어서 미동도 하지 않는다.

그때 어디선가 새가 날아오더니, 그중 한 마리를 콕 쪼아 물고 날아간다. 연이어 다른 새가 날아오더니 또 한 마리를 쪼아 먹는다. 가만히 보니 날벌레를 물어 가는 새는 제비다. 유리창에 제비의 부리가 부딪치는 소리가 나면 날벌레가 한 마리씩 사라진다. 제비의 부리가 그토록 위협적인 소리를 낸다는 사실이 당신은 믿기지 않는다. 무슨 이유인지, 그런 긴박한 상황에서도 날벌레들은 꼼짝하지 않는다. 그렇게 해서 꽤 많은 날벌레가 사라진 후에야, 당신은 그들이 천적을 피하지 못하는 이유를 알게 된다. 그들은 유리에 붙어서 젖은 날개를 말리는 중이었고, 제비들은 그것을 알고 있었던 것이다.

죽음의 차례를 기다리는 날벌레들의 몸이 겨우 불규칙하게 떨리기 시작한다. 공포에서 벗어나기 위한 몸짓이거나 체념에서 오는 마지막 움직임일 수도 있다. 혹시, 엄마 눈에 들어 있다는 파리 날개도 저런 식으로 떨리고 있다는 말인가.

엄마는 일을 그만두고 집 안에 들어앉은 이후부터 이상해졌다. 오른쪽 눈에서 파리 날개가 파닥거리는 바람에 정신이 없다고 하소연을 했고, 꺼져 있는 스피커에서 자꾸 말소리가 들린다고 했다.

어느 날은 온종일 파리 쫓는 시늉을 하더니 정색을 하고 말했다.

"아무래도 내가 귀신에 씌었나 보다. 얘, 네 눈엔 이게 안 보이니?"

당신은 점집을 찾아갔다. 방울을 정신없이 흔들던 만신은, 집 안에 나무를 들여왔다는 말을 하면서 당신을 노려보았다.

당신은 온 집 안을 뒤졌다. 액자를 들추고 심지어 나무젓가락까지 샅샅이 살폈지만 들여온 나무 같은 건 없었다. 깔끔해진 엄마 때문이기도 했다. 웬만한 물건들은 모두 내다 버려서 새로 들여온 물건이라고는 없었다. 가시적인 치매 증상이었다.

이상한 건 그뿐만이 아니었다. 전에 없이 청결해진 엄마는 아버지를 보면 얼굴을 붉혔다. 엄마는 그 나이에 이성에 대한 부끄러움을 느끼기 시작했고, 그 대상은 다시 아버지였다. 당신이 기억하기에는, 엄마 앞에서 얼굴을 붉히던 사람은 언제나 아버지였다. 엄마는 늘 밖에서 일했고, 아버지는 밥을 하면서 당신의 숙제를 봐주었다. 당신은 부모의 역할이 서로 바뀌었다는 생각을 했지만, 멸치를 넣어 끓인 아버지의 찌개 맛은 그런 궁금증을 잠재울 만큼 특별했다.

아버지는 부끄러워하는 엄마를 두고서 집을 나섰다. 엄마를 위해서라도 더 늦기 전에 돈을 벌어야 한다는 것이었다.

아버지의 첫 번째 사업은 누군가에게 명의를 빌려주는 것이라고 했다.

엄마는 꿈속에서 돌아가신 할머니를 보았다며 고개를 갸웃거렸다.

"어젯밤에 네 할머니가 왔다 가셨다."

"돌아가셨잖아?"

"그러니까, 아무 때나 오시더라. 얘, 할머니가 집 안으로 떡 들어오시더니, 누워 있는 네 아버지한테 이불을 덮어주고 가시더라."

바로 그날, 아버지 소식이 들려왔다. 아버지는 집을 나선지 두 달 만에 미결수가 되어 있었다. 명의를 빌려준 대신 네 자리 수인 번호를 얻은 것이었다. 그날로 엄마 눈에 든 파리는 더욱 기승을 부리기 시작했고, 웅얼거리던 스피커는 본격적으로 말을 걸어왔다. 엄마는 정신이 사납다며 털썩 주저앉는가 하면, 스피커 앞에서 언성을 높이며 한참을 떠들어대곤 했다. 젊은 날, 그토록 강건했던 엄마는 아버지의 부재와 함께 감쪽같이 사라졌다. 엄마를 아버지의 숙주쯤으로 여겼던 당신은 다시 혼란에 빠졌다.

엄마는 안과를 다녀왔다. 파리의 날갯짓은 노안 증상이었지만, 엄마는 그 말을 믿으려 하지 않았다.

이제 날벌레는 몇 마리 남아 있지 않다. 제비들도 가끔 날아온다. 포만감 때문인지 제비들의 날갯짓도 시큰둥해 보인다. 어쩌다가 날아온 제비는 유리창에 부리만 부딪치고는 급히 날아오른다. 그럴 때마다 남아 있는 날벌레들의 날갯짓이 처절하도록 빨라진다. 당신 눈에는 배를 채운 제비들이 날벌레를 상대로 장난을 치는 것으로 보인다.

당신은 날벌레가 거의 사라지기 직전에 전시장으로 발길을 돌린다. 남은 그림들을 둘러보고, 서둘러 거래처로 가야 할 시간이다.

7

전시장으로 들어선 당신은 실내가 많이 밝아진 느낌을 받는다. 처음에 보았던 4인용 식탁이 있는 정물화를 지나가는데, 무언가 당신의 눈길을 잡아당긴다. 당신은 어쩔 수 없이 멈춰 선다. 잠시 후, 당신은 화병 아래 떨어져 뒹굴고 있는 꽃잎들을 발견한다. 아까는 못 보았던 장면이다. 떨어진 꽃잎들은 이미 거무스름하게 말라 있거나 막 갈색으로 변해 가고 있다. 게다가 앤티크 스타일의 물 주전자는 누군가의 오래된 영혼이라도 들어 있는 듯 기이한 느낌을 준다.

아까는 왜 못 보았을까. 당신은 고개를 갸우뚱 기울인다. 그러고 보니, 그림 안의 모든 물체는 대리석의 질감이 나게 그려져 있다. 떨어진 꽃잎과 결혼사진은 물론이고, 식탁이나 화병, 심지어 식탁보까지 모두 단단하게 굳어서 돌이 되어 있다. 시간이 식탁 위에 선사했던 모든 순간을, 다시 휩쓸고 지나간 것이다. 돌이 된 식탁, 굳어버린 행복한 시간. 당신은 돌이 된 시간에 애도의 눈인사를 보내다가, 화들짝 놀란 듯 시계를 본다. 그리고 서둘러 걷기 시작한다.

당신은 그림들 사이를 생각 없이 지나간다. 굳어버린 식탁의 잔상이 강렬하게 남아 있어, 다른 그림이 선뜻 눈에 들어오지 않는다. 그렇게 몇 개의 그림을 지나치던 당신은, 보자기를 쓰고 있는 그림 앞에서 멈춰 선다. 여자가 하얀 보자기를 쓴 사람을 바라보고 있다. 여자는 자주색 원피스를 입고 눈을 동그랗게 뜨고 있다.

'삶의 발견'이라는 제목이 보인다. 보자기를 쓴 상태에서 삶을 발견한다는 것인지, 보자기를 쓰고 있는 사람을 보면서 삶을 발견한다는 것인지 언뜻 이해가 되지 않는다. 언젠가 당신은 토끼 인형 옷을 입고서 다른 사람을 본 적이 있다.

당신은 무심코 한 손을 머리 위로 올린다. 뜨거웠던 8월의 놀이공원이 불쑥 떠오른 탓이다.

여름휴가를 받은 당신은 누에남자를 위한 깜짝쇼를 준비

했다. 그와 놀이공원의 바이킹 앞에서 만나자는 약속을 하고는, 그곳에서 근무하는 친구를 찾아갔다. 그리고 친구에게서 커다란 토끼 인형 옷을 빌렸다. 분홍색 토끼 옷은 엉덩이 부분에 두꺼운 패드가 들어 있어서 그 부분이 더욱 강조되어 있었다. 당신은 그 두꺼운 털옷을 입고 약속 장소로 나갔다.

8월 초였다.

한낮의 놀이공원은 혀를 빼물 정도로 지독하게 더웠다. 그런데도 서로에게 몸을 밀착시킨 채 걸어가는 남녀의 모습으로 넘쳐났다. 뒤뚱거리며 걷던 당신은 잡티가 점점 진해지고 있는 얼굴 위로 손차양을 만들어 올렸다. 그리고 이내 올렸던 손을 다시 내렸다. 얼굴이 털옷으로 가려져 있다는 걸 뒤늦게 깨달았다.

그는 한 남자를 바라보고 있었다. 청년기를 갓 지났을 것으로 보이는 젊은 남자였다. 젊은 남자는 쇠파이프 위에 엉덩이를 걸치고 앉아서, 누군가를 기다리는 듯 이따금 먼 곳을 바라보았다. 그럴 때마다 눈이 가늘어지면서 양쪽 눈썹이 여덟 팔 자 형태로 휘어졌다. 남자의 얼굴로 햇살이 노랗게 쏟아졌다.

당신은 뒤에 앉은 누에남자를 돌아보았다. 그는 젊은 남자의 머리에 후광이라도 드리운 듯 그쪽을 눈부시게 바라보고 있었다. 그렇게 바라보는 것 말고는 아무런 표정이 없었다. 모든 감정이 휘발되어버린 듯 텅 빈 얼굴이었다.

누에남자의 얼굴에 가까스로 표정이 생겼다. 젊은남자를 돌아보니 베레모를 쓴 여자와 마주 보고 서서 웃고 있었다. 남자는 옆에 선 여자보다 시선을 끌 만큼 아름다웠다. 잠시 후, 남자가 여자의 목덜미를 손으로 감싸고 당신 앞을 지나갔다. 더운 바람이 그들을 따라갔다.

나비의 정체성을 묻던 누에남자의 음성이 당신 귓바퀴에 끈끈하게 들러붙었다. 그 순간 당신은 이상하게 가슴이 아려왔다. 아리다는 말 외에는 도무지 이름 붙일 수 없는 통증이었다. 어쩌면 그 통증은 당신과 누에남자의 감정이 만나는 지점에서 보내오는 마지막 구조 요청 같은 것인지도 몰랐다.

당신은 갑자기 겁에 질린 눈으로 주위를 돌아보았다. 여기저기 널려 있던 수많은 사람 중에서 또 누군가를 발견하게 될지도 모를 일이었다. 얼굴을 드러내지 않은 당신의 존재가 알게 될 세상의 비밀들, 그 피해 가고 싶은 진실을 목격하게 될까 봐 두려웠다. 당신은 쓰고 있던 토끼의 가면을 벗겨내기 시작했다.

당신은 기를 쓰고 벗겨낸 토끼의 가면을 들고서 누에남자에게로 다가갔다. 그가 당신을 알아보기까지 약간의 시간이 흘렀다.

누군가의 비밀을 안다는 건, 그 사람에 대한 이해가 뒤따라야 한다는 것을 그때의 당신은 몰랐다. 또한, 그 비밀의 무게만큼 책임을 짊어지는 일이라는 것도 알지 못했다. 그날 보았던 것이 그의 비밀이었는지는 당신도 잘 알 수 없다. 그러나 당신 의식은 지극히 관습적인 영역에 머물러 있었다. 그래서 당신은 여성적이어야 했고, 그는 온전히 남자여야만 했다.

최근 들어 당신은 어린 시절부터 보아온 부모의 모습에 대해 자주 생각했다. 어쩌면 그들은 서로 안에 들어 있는 자기를 사랑했는지도 모른다는 생각이 들었다. 바깥일을 해온 엄마의 모습이 그다지 남성적이지 않았으며, 아버지도 여성적인 외모를 보이지는 않았다. 당신이 기억하기로 그들은 그렇게 잘 지내왔다.

당신이 한 번이라도 누에남자에게 진지하게 물었더라면 어떻게 되었을까. 혹시 내 안에 들어 있는 남성성을 사랑하는 게 아니냐고. 그랬더라면 그는 긴 여행을 떠나지 않았을지도 모른다. 당신은 그에 대한 연민에 사로잡힌 채 그림 앞에서 물러난다. 다른 그림으로 가던 당신은, 방향을 바꿔서 아예 전시장 바깥쪽으로 걷는다.

8

복도에 나와 우두커니 서 있던 당신은, 더욱 진해진 커피 냄새에 이끌린다. 냄새를 따라서 전시장을 끼고 오른쪽으로 걸어가니 카페가 나온다. 머릿속 지도보다는 후각에 의지하는 편이 빠르고 정확할 때가 있다.

카페에는 귀에 익은 선율이 피아노 연주로 잔잔히 흐르고 있다. 분명히 들었던 곡인데 제목이 선뜻 생각나지 않는다. 당신은 에스프레소를 주문하고 순번 대기표인 진동기기를 건네받는다. 당신 손바닥보다 작은 기기는, 둥그런 테두리에 팥알만 한 꼬마전구가 돌기처럼 빼곡하게 박혀 있다.

“에스프레소가 나오면, 이 기계가 진동합니다.”

말을 마치고 돌아서려는 직원을 당신이 급히 부른다. 직원은 당신을 보고서 표정 없이 아까의 말을 반복한다. 직원의 말이 끝나자, 당신이 질문하면서 오른손 검지로 허공을 가리킨다.

“이 음악의 제목을 알 수 있을까요?”

직원은 당신의 손가락을 바라보며 눈을 깜박거리더니, 환하게 웃는다.

“네, 「전람회의 그림」입니다. 매일 들어서 이제 지겨울 지경입니다.”

당신은 창가 자리를 찾아가면서 지금 흐르는 곡이 몇 번째 그림에 대한 주제인지 생각한다. 관현악으로 들을 땐 무척 웅장해서 주제가 변하는 굴곡을 느낄 수 있었다. 그런데 지금은 아무리 귀를 기울여도 구분할 수가 없다. 관현악이 여성의 몸이라면, 피아노곡은 오히려 단조로운 남성의 몸을 연상시킨다. 남자와 여자가 다른 종으로 보이듯이, 똑같은 곡을 피아노 연주로 들으니 전혀 다른 곡으로 들린다.

당신은 창가 자리에 앉으며 엽서를 탁자 위에 펼쳐놓는다. 여권이 들어 있는 봉투 귀퉁이의 젖은 부분이 거의 말라가고 있다.

"여기서 뵙는군요. 한참을 찾았습니다."

고개를 든 당신 얼굴에 이렇다 할 표정이 떠오르지 않는다. 아까 휴게실에서 뜻하지 않게 입을 맞춘 남자였다. 남자는 주머니에 한 손을 넣고는 다소 오만한 표정을 짓고 있다.

"혹시, 아까 제가 사과를 드려서 기분이 상하셨습니까?"

당신은 남자의 질문을 이해하지 못한다. 당신이 다시 엽서를 내려다보자, 남자가 맞은편 의자를 당기면서 말한다.

"사과하고 나서 곧 후회되더군요. 그 쪽에게 미안한 마음이 생겨서 말이죠."

당신이 그의 사과를 받고 기분이 상했다니? 잠시 어리둥절한 표정을 짓던 당신은 다소 강한 어조로 말한다.

"오늘은 이해할 수 없는 일이 더는 안 일어났으면 해요. 제가 몰라도 되는 일이거나 상관하지 않아도 되는 일이면, 알고 싶지 않습니다."

남자는 자신도 모르는 당신의 속마음에 대해 이해시키려는 듯 고집스럽게 구체적인 근거를 제시한다.

"왜 있잖습니까, 사과하지 않는 게 오히려 위로되는 경우 말입니다."

당신은 남자의 저의를 알 수가 없다. 혹시 이 남자는 자신의 몸에 덜 자란 자궁을 가지고 있다는 고백이라도 하려는 건가. 그 미숙한 자궁이 바로 자신의 속마음이라고 털어놓고 싶은 건 아닌가! 당신은 상체를 의자 등받이에 기대며 남자를 올려다본다. 그때 그의 등 뒤에서 도슨트의 하얀 얼굴이 나타난다.

"어머, 이제 괜찮으세요?"

당신을 발견한 그녀는 반색한다. 그리고 그 말을 반복하면서 의자에 앉는다. 얼떨결에 두 사람은 당신의 맞은편에 나란히 앉는다. 당신은 슬그머니 탁자 아래로 두 손을 내린 다음에 깍지 끼듯이 마주 잡는다. 그러고는 '아 그렇군요!' '좋아요' 등과 같이 제스처 없이도 할 수 있는 말들을 골라본다.

도슨트는 당신과 남자의 얼굴을 번갈아 보면서 짓궂게 웃는다. 정면에서 바라본 그녀는 귀여운 미소년 같은 얼굴이다. 그래서인지 진한 장밋빛 루주를 바른 입술이 그녀의 전체적인 이미지와는 조금 어긋나 보인다. 거기에 비하면 당신의 외모는 세속적인 여성스러움을 지녔다고 할 수 있다. 남자는 옆자리의 도슨트는 아랑곳하지 않고 당신을 집요하게 바라본다. 도슨트가 얼핏 남자를 바라본 순간, 그녀의 얼굴에 지나가는 당혹감을 당신은 놓치지 않는다. 잠시 후 당신은 목례를 하고 자리에서 일어선다.

"아직 대답을 안 하셨습니다."

남자가 단호한 어조로 말한다.

당신은 엽서를 가방에 넣는다. 그리고 남자의 질문에 대한 대답으로 도슨트에게 다가가 그녀의 뺨에 입을 맞춘다. 남자는 어색하게 웃으며 양손을 들어 올린다. 당신은 서류봉투를 그러안고 나가려다가, 이번에는 도슨트의 빨간 입술에 입을 맞춘다. 그녀의 입술은 얄팍하고 건조하다. 당신은 숨을 참으며 기다린다. 당신의 몸과 마음이 정체성을 고백해오기를.

당신이 미션스쿨을 다니던 열여섯 살 때였다. 교복을 입지 않고 늘 체육복을 입고 다니는 선머슴 같은 아이가 있었다. 어느 날 예배시간에 눈을 감고 있던 당신에게 그 아이가 입을 맞추었다. 그 후로 당신은, 눈을 감고 기도할 때마다 그 일이 반복될까 봐 조바심이 났다. 그러나 그 조바심 중의 일정 부분이 기다림이었다는 것을, 졸업하면서 깨달았다. 그렇게 기다린 것이 유독 그 아이의 입술이 아니라, 온기를 가진 모든 입술이었다는 것은 더 나중에서야 알게 되었다.

도슨트는 미동도 하지 않는다. 그리고 지금, 당신의 육체는 아무것도 고백하지 않는다. 당신은 그녀의 등을 두드려주고는 카페를 나온다. 카페를 나서는 당신의 가방에서 느닷없이 진동이 일어난다. 진동기를 꺼내 보니 기기 전체에 붉은 등이 깜빡거린다. 당신의 에스프레소가 준비되었다는 신호다. 당장 가져가지 않으면 식은 커피를 마시게 될 거라고 경고하는 것 같다.

9

시간을 확인한 후, 당신은 밖으로 나가는 길을 찾는다. 전시장을 거쳐서 나가는 것이 지름길이었던 기억이 난다. 당신은 전시장을 가로지르며 서둘러 걷는다. 그리고 전시장 밖이 내다보일 즈음에 다시 시계를 본다. 택시를 타면 약간의 시간을 더 벌 수 있다. 두 개의 액자가 남아 있는 지점에서 숨을 돌리던 당신은, 기이한 그림과 마주친다.

그림 속에서는, 크고 우람한 남자의 손이 여자의 젖가슴을 거칠게 움켜쥐고 있다. 그러나 당황한 듯한 여자는 남녀의 구분이 없는 양성의 얼굴이다. 게다가 겁탈당하는 얼굴이 놀라움이라기보다 다가올 쾌락 속에 자신을 내던지고 망연자실한 표정이다. 그러고 보니 둘은 한 몸이다. 여자의 풍만한 몸에 검은 양복을 입은 남자의 다리와 손, 그리고 까만 머리가 함께 들어 있다. 자기 속의 남녀가 서로 뜨겁게 얽혀 있는 것이다. 마치 한 마리의 자웅동체가 제 속의 결핍을 끌어안으며 몸부림치는 듯하다.

어떤 의도로 저런 그림을 그렸을까. 모두가 정신의 자웅동체라는 말을 하려는 거라면 너무 적나라하다는 생각이 든다. 제목 아래에는 '1925, 캔버스에 유채'라고 쓰여 있다. 1925, 아버지의 수인 번호를 닮았다. 순간 당신은 우스운 생각이 들어 입술에 힘을 준다. 엄마는 여자라는 착각을 하며 살아온 남자가 아닐까. "여자로 사는 게 얼마나 힘든 줄 아니!"라는 말을 평생 입에 달고서 말이다. 그러니까 엄마가 태어난 해인 1946년에 여자로 수용되어 미결수로 살아온 것인지도 모른다.

그림 앞에서 입술을 오므리고 생각에 빠져 있던 당신은, 갑자기 모든 게 낯설게 느껴진다. 어쨌든 오늘은 좀 이상한 날이다. 강력한 자장에 이끌린 듯 전시장에 들어온 것부터가 그렇다. 그림들은 무슨 음모라도 꾸민 듯 한결같이 당신의 과거를 들추어내고는, 기억에서 묻어버린 누에남자를 집요하게 끄집어내더니 이상한 기운으로 현기증이 일게 했다. 가만히 생각해보니 모든 사람이 다 수상하다. 매표소 여자의 새 발톱 같은 손가락, 도슨트의 능란한 화술과 필요 이상의 친절함, 계속 같은 그림을 보며 눈이 마주치다가 급기야 입맞춤하게 된 남자, 심지어 당신에게 화장실을 안내하는 역할을 한 원형탈모증 남자까지, 이곳의 모든 것이 다 수상하게 여겨진다. 과거라는 미로에 빠졌다고 당신은 생각한다.

이러다가는 항공권을 인계하는 시간에 늦을지도 모른다. 당신은 초조한 눈으로 시계를 본다. 어느 신혼부부가 당신 때문에 부부로서의 첫 여행에 차질을 빚을 수도 있다. 당신은 허둥대는 눈길로 마지막 그림을 훑어본다.

얼핏 미용실을 연상하게 하는 그림이다. 정사각형의 선반이 있고, 그 위 칸에 뒷모습만 보이는 남자의 두상이 놓여 있다. 아래 칸에는 금발의 여자 두상이 있다. 여자의 두상은 얼굴이 텅 비어서 안쪽으로 깊은 그늘이 보인다. 무슨 말을 하려나 싶어 당신은 재빨리 제목을 본다. '자정의 결혼'이다. 당신은 명치 아래로 지나가는 바람을 느낀다. 서늘한 바람이 마치 작정이라도 한 듯 술렁거리면서 오래 지나간다.

당신은 시계를 보며 전시장을 빠져나온다.

층계를 찾는 당신 눈에, 조금 전 카페에 두고 나온 남자가 보인다. 도슨트는 보이지 않는다. 남자는 주머니에 손을 넣은 채 막 층계를 내려가고 있다. 당신은 갑자기 느닷없는 충동에 휘말린다. 남자에게 무슨 말이라도 건네고 싶어진 것이다. 당신은 층계를 향해 뛰듯이 걷는다.

아까 카페에서 못한 대답이라도 해야겠다고 당신은 생각한다. 미안하다는 사과를 받아서 기분이 매우 상했다고 할까. 그러니 서로에게 감정의 빚 같은 건 지지 말고, 그냥 같이 있자고 하면 어떨까. 당신이 그런 생각을 하며 층계참에 도착했을 때, 남자는 계단 중간의 넓은 공간을 돌고 있다.

세 번째와 네 번째 계단 사이에서 당신의 스텝이 어긋난다. 몸이 갸우뚱 기울자, 서류봉투가 허공으로 솟아오른다. 당신은 반사적으로 손을 내민다. 담쟁이덩굴처럼, 당신의 손이 난간을 향해 기를 쓰고 뻗어 나간다. 습기라고는 전혀 없는 갈퀴 같은 손이, 살기 위해 새의 발톱처럼 손가락을 세운다. 그 순간, 남자가 당신을 돌아본다.

여기저기서 사람들의 비명이 들려온다. 허공으로 솟아올랐던 서류봉투는 이미 층계가 시작되는 지점에 떨어져 있고, 당신 몸은 계단 위로 던져진 채 굴러 내리고 있다. 오늘 보았던 그림들이 파노라마처럼 한 줄에 꿰어 나와 당신에게 들러붙는다. 사람들의 비명은 마치 당신에게 붙어 있는 그림을 설명이라도 하는 듯 산발적으로 이어진다.

당신은 몸을 번데기처럼 말고서 층계 위를 구른다. 그러다가 중간의 넓은 공간에서 가까스로 멈춘다. 당신이 부스스 상체를 일으킨다. 그러고는 끌려 올라간 치맛단을 잡아 내리고서 난간을 붙잡고 일어선다. 당신을 바라보는 남자의 얼굴이 파랗게 질려 있다.

남자의 질린 얼굴은 점차 아래로 퍼져 내려가면서 그의 몸을 새파랗게 물들인다. 파란 몸 가운데에서 노릇한 줄기가 생겨나더니, 막 돋아난 섬세한 잎맥이 순식간에 몸 전체로 뻗어 나간다. 남자는 이제 커다란 나뭇잎이 되어 당신 앞에 우뚝 서 있다. 그러자, 당신의 입이 벌어지기 시작한다. 점점 더 커다랗게 벌어지더니 나중에는 머리 부분까지 모두 입으로 변해버린다. 당신은 남자 앞에 무릎을 꿇는다.

어디선가 세찬 빗소리가 들려온다.

당신은 어느새 하얗고 통통한 누에가 되어, 나뭇잎을 갉아 먹고 있다. 사각사각. 끈끈이 같은 당신의 입이 쉴 새 없이 오물거린다. 환형동물이 인간의 살 속으로 파고들듯이 당신의 몸짓은 필사적이다. 이미 무릎을 지나 고환을 차례로 먹어치우더니, 심장을 파먹기 시작한다. 당신 몸은 쑥쑥 자라난다. 뇌수를 갉기 전에 당신은 잠시 고개를 든다. 그리고 몸통을 길게 한번 꿈틀거리고는 뇌수 속으로 들어간다. 잎은 순식간에 앙상한 잎맥만 남는다.

잠시 후, 거대한 나뭇잎 한 장이 쓰러진다.